Mick Schulz wurde 1959 als Sohn eines Journalisten und einer Lehrerin in Bonn geboren. Nach Abitur und Studium am »Mozarteum« in Salzburg zog es ihn zunächst als Kapellmeister an die Oper; erst später entdeckte er seine Leidenschaft fürs Schreiben. Für ihn soll der Krimi mehr als ein Spannungsroman sein: Ein guter Krimi ist auch immer Spiegel der Gesellschaft. Der Autor lebt und arbeitet im Harz bei Goslar.

MICK SCHULZ

Sauerfleisch

HARZ KRIMI

emons:

MIX
Papier aus verantwortungsvollen Quellen
FSC® C083411

Umschlagmotiv: Fotomontage unter Verwendung
eines Motivs von: fotolia.com/Andreas Reimann
Umschlaggestaltung: Tobias Doetsch
Druck und Bindung: CPI – Clausen & Bosse, Leck
Printed in Germany 2011
ISBN 978-3-89705-863-7
Harz Krimi
Originalausgabe

Unser Newsletter informiert Sie
regelmäßig über Neues von emons:
Kostenlos bestellen unter
www.emons-verlag.de

Für Gesine

PROLOG

Wie der hereinstürzende Berg donnert mir die Stimme entgegen, doch ich schwöre, daß sie meinen Widerstand nicht brechen wird. Die Wut macht mich standhaft und verschließt mir den Mund. Du wirst meine Lippen nicht lösen, meine Ehre machst du mir nicht streitig. Bis zum letzten Atemzug werde ich für sie kämpfen und mit reinem Herzen vor den Heiland treten, sollte es so weit kommen müssen. Denn ich weiß, es geht nicht nur um mein Leben, sondern um unser aller Leben. Das, was wir jetzt haben, ist schon lange keines mehr, das ist längst die Hölle.

»Ein rechtschaffener Bergmann will er sein?«, schreit mir der Richter höhnisch entgegen, und der Geifer aus seinem empörten Maul sprüht mir ins Gesicht. »Unserem allergütigsten Kurfürsten von Gottes Gnaden will er dienen? Und er wagt es, hier zu sitzen und zu schweigen und Vaterland und die Früchte unserer Hände Arbeit an einen Haufen toller Rebellen zu verraten?«

Seit mindestens einer Stunde versucht dieser Teufel in gepuderter Perücke mit seinen falschen Worten in mich einzudringen, unablässig bemüht, einen Keil zwischen mich und die Anführer der Knappschaft zu treiben.

Noch haben sie Langenberger und Müller nicht verhaftet. Wahrscheinlich haben sie zu wenig gegen die beiden in der Hand. Deshalb verhören sie zuerst alle anderen, die am 14. Juni dabei waren, um sie einzuschüchtern und zu bedrohen, in der Hoffnung, daß einer aufgibt und umfällt. Dann haben sie es mit den Anführern leichter.

Aber niemals werde ich einen der Unsrigen verraten, nie werden sie mehr aus mir herauspressen als die Worte, die ohnehin in der Petition der Bergbruderschaft stehen und um die allein es geht, das schwöre ich. Dafür sollen sie mich einsperren, wenn sie können, denn um Brot darf jeder flehen, das wird uns keiner verbieten.

»Es geht um unsere Familien, um unsere Kinder, Hochwohlgeboren! Wir können sie mit unserem schmalen Lohn nicht mehr ernähren.«

Ich werde dabei nicht laut, versuche arglos zu erscheinen, denn es hat keinen Sinn, den Richter herauszufordern. Er ist stärker als ich, viel stärker. Aber er muß doch einsehen, daß wir keine Rebellen sind, daß der Kampf um unsere Sache keine Rebellion ist, sondern das letzte Aufbäumen vor dem Verrecken. Unsere Lage kann niemand mehr ernsthaft leugnen. Dabei bleibe ich, auch wenn sie mich bis in die Nacht hinein traktieren.

»Werd er nicht unverschämt! Will er damit etwa sagen, daß unser allergnädigster Kurfürst und König Georg seine Kinder im Lande vergesse und gerade seine Untertanen im Harze, die er besonders liebt, schmählich im Stiche lasse?«

Es ist mir, als lache die Antwort auf diese Frage schallend von den Wänden der Amtsstube wider. Wie jeder weiß, sitzt der allergnädigste Kurfürst in London als König auf dem englischen Thron. Dem fällt nicht ein, an seine Kinder im Harze zu denken. Der wird sich erquicklichere Bilder machen als die, wie seine Untertanen in den Gruben, verschmiert und im Schweiße, nach dem Erze schießen, jeden Tag den schlimmen Wettern und Gefahren unter Tage begegnend. Wie die bleichen Knaben, bekleidet nur mit Leinenkitteln, in den Pochwerken vom frühen Morgen bis in den späten Tag das Silber vom tauben Steine scheiden und die Peitsche spüren, wenn sie lahm dabei werden. Wenn wir nach Hause kommen, gibt es kaum Brot, mit Glück ein Stück harten Käse. Am Ende holt uns alle die Bergsucht. – Und da hat jemand die Kühnheit zu sagen, daß das Herz des Tyrannen für seine Kinder in den Gruben schlage?

»Unser allergnädigster Vater im Himmel wird ihm flüstern, wie es seinem Volke im Harze geht, und wird ihm raten.«

Ich kämpfe die Erregung nieder, denn die Wut in mir brennt lichterloh.

Der Richter schäumt. Doch was bleibt ihm außer Drohungen? Schließlich kann er nicht die halbe Arbeiterschaft ins Gefängnis werfen. Wer außer uns sollte denn das Silber für die Ta-

ler, die später in den königlichen Schatullen klimpern, aus der Teufe ans Tageslicht heben?

»Werft den frechen Kerl hinaus! Mit dem ist nichts anzufangen. Er wird schon sehen, was er davon hat!«

Sie drängen mich aus der stickigen Amtsstube, stoßen mich mit den Kolben ihrer Gewehre in die Rippen und behandeln mich wie einen hergelaufenen Dieb.

Auf der Straße im hellen Tageslicht bin ich wieder frei und atme auf. Nein, sie haben mich nicht besiegt, aber sie haben mich an der Arbeit gehindert und mir den Tageslohn genommen. Frau und Kinder werden heute hungern müssen.

Oh, Du gütiger Jesus, der Du für die Menschen gestorben bist, erbarme Dich unser!

J.L., zum Gedenken an Mittwoch,
den 9. Julius im Jahre des Herrn 1738

EINS

Fast ein Jahr war Kriminaloberkommissarin Sina Kramer nicht mehr oben gewesen. Beruflich hatte es sich nicht ergeben, und ansonsten gab es kaum etwas, das sie in den Oberharz zog. Wandern vielleicht, aber dazu hatte sie allein keine Lust. Und Torsten zu fragen, ob sie sich zusammen den Goetheweg vornehmen sollten, hatte kaum Aussicht auf Erfolg. Der musste erst von seinem PC losgeeist werden.

Sina fuhr in ihrem gelben Honda auf der B 241 in Richtung Clausthal. Die Strecke war ihr immer wie ein Tunnel vorgekommen. Kurz hinter dem mittelalterlichen Bilderbuchstädtchen Goslar tauchte man ein und nach etwas mehr als zwanzig Kilometern schwarzgrüner Tannendüsternis am anderen Ende, meist im Nebel, wieder auf, vier bis fünf Grad kälter, graue Häuser, graue Menschen. Die Welt wurde enger, je tiefer man in den Oberharz vordrang.

Nicht weit hinter dem Campingplatz war die Stelle, wo das Wildschwein gelegen hatte, mitten auf der Fahrbahn, noch zuckend, ringsum alles mit Blut verschmiert. Jemand hatte es nachts im Schneegestöber auf die Hörner genommen und im Todeskampf liegen gelassen. Das war vor zwei oder drei Jahren gewesen, nach der Weihnachtsfeier. Sina war nichts anderes übrig geblieben, als den Förster anzurufen und hilflos abzuwarten, bis er kam, immer das zuckende Schwein vor Augen. So ein Bild hakt sich einem im Kopf fest, das vergisst man nicht.

Jetzt hatten sie endlich begonnen, an den Straßenrändern die Bäume zu roden, vermutlich auch wegen der Wildunfälle.

Sina drehte auf, der kleine Honda schraubte sich zügig die Serpentinen hoch.

Die in Clausthal hatten wieder mal Personalmangel. Rosenberg war krank, und einer von ihnen war auf Fortbildung, hatte Jens Niebuhr erzählt. Sina und Jens waren schon Kollegen gewesen, als sie noch oben gearbeitet hatte.

»Sina, wir brauchen dich!«, hatte Niebuhr am Telefon gesagt, als er das erste Mal wegen der Vertretung angerufen hatte. Sie fand das übertrieben. Was konnte da oben schon groß passieren?

Aber nach gerade mal zwei Tagen hing Kriminalrat Keilberth persönlich an der Strippe und faselte etwas von einer Mordsache. Kaum zu glauben. Und der neue Fall ließ auf eine umfassende Ermittlung hoffen, der eigentliche Grund, weswegen Sina Kramer zur Kripo gegangen war.

Niebuhr stand schon am blauen Dienstwagen und machte Zeichen, als Sina in den Hof des Kommissariats einbog. Sie parkte ihren Honda und stieg bei ihrem Kollegen ein.

»Schön, dich zu sehen, Sina!«

»Hallo, Jens.«

Ein Händedruck, und alles war wie immer, obwohl sie sich ein ganzes Jahr nicht gesehen hatten. Beim ersten Blick kam ihr Niebuhr allerdings dünner vor, doch das konnte täuschen.

Er war aufgekratzt, mit sichtlich Spaß an der Sache. »Endlich mal was Neues: Crime and suspence im Oberharz. Die alte Lattinger wird nicht schlecht gestaunt haben, als ihr Mann ihr heute Morgen aus dem dritten Stock entgegenbaumelte.«

»Geht's auch der Reihe nach?«, bremste Sina. Er tat gerade so, als wüsste sie schon Bescheid. Sie wusste nur, dass es sich um Mord in einem bekannten Hotel handelte.

»Ist alles noch taufrisch und wartet auf uns. Wir sind gleich beim ›Oberharzer Hof‹, dann sehen wir ja, was los ist.«

Wenigstens eine brauchbare Info, dachte Sina. Das Hotel kannte sie dem Namen nach, war aber nie da gewesen. »Außerhalb in Richtung Buntenbock?«

»Genau.«

Sie schwiegen eine Weile.

Irgendwie war Niebuhr doch anders als früher. Er wirkte so easy.

»Wie geht's dir so?«, fragte Sina.

»Ganz gut, danke. Ich gehe jetzt andere Wege.«

Sie wusste sofort, was er meinte. »Aha, klingt interessant.«

Fragt sich nur, welche, dachte sie, denn die Wege, die er mit seinen Flammen bisher beschritten hatte, hatten meistens in einer Sackgasse geendet.

Niebuhrs Beziehungen hatten im Schnitt nie länger als drei Monate gedauert. Danach hatte er wie ein Gespenst ausgesehen und Sina die Ohren vollgeheult. Dabei war nie richtig rausgekommen, woran es eigentlich lag, dass bei ihm in Sachen Frauen immer alles den Bach runterging. Niebuhr war mit Mitte dreißig im besten Alter, sah nicht schlecht aus, und sein Lächeln konnte einen unter Umständen aus dem Konzept bringen.

»Ich hab mich damit abgefunden, allein zu sein«, sagte Niebuhr.

Sina schielte ungläubig zu ihm hin, doch er blieb ernst.

»Zuerst muss man mit sich selbst klarkommen, dann kommt man auch mit den anderen klar.«

Noch so ein Klops.

»Respekt, Kollege Niebuhr. Ausgesprochen weise. Klingt nach Gruppentherapie«, stichelte sie.

»Warum eigentlich nicht? Wenn's hilft.«

Er schien sich wirklich völlig verändert zu haben, seitdem sie nach Goslar versetzt worden war. Ausgerechnet er, der von dem ganzen »Psycho-Quatsch« wie Persönlichkeitstests, Paarberatung und so weiter nichts hielt, ausgerechnet Jens hatte eine Gruppentherapie gemacht?

»Das glaubst du doch selbst nicht!«

Immer noch verzog er keine Miene. »Nach sorgfältigem Nachdenken habe ich mich für die kleinen Happen in puncto Beziehung entschieden. Das ganze Menü überlasse ich gerne anderen«, kam es in wohlgesetzten Worten.

Was sollte denn *das* heißen? Vielleicht eine Anspielung auf ihre geschiedene Ehe?

»Du meinst, du wärst fein raus im Gegensatz zu Typen wie mir, die sich auf das Menü eingelassen haben und zur Strafe anschließend die Küche aufräumen müssen?« Sina ärgerte sich, dass sie Niebuhr den Ball auch noch zugespielt hatte.

»Wenn du es so siehst …«

Der Punkt ging an den jüngeren Kollegen.

Sina überlegte noch, wie sie ihm passend herausgeben konnte, da fuhr Niebuhr schon in einen Seitenweg ab, die Auffahrt zum »Oberharzer Hof«.

Der Weg war breit, aber nicht geteert. Niebuhr fuhr Slalom um die randvoll mit brauner Brühe gefüllten Schlaglöcher. Nach etwa zweihundert Metern kreuzten sie einen unbesetzten Busparkplatz vom Ausmaß eines halben Fußballfeldes. Dahinter führte eine schmalere asphaltierte Straße durch ein mindestens zwei Hektar großes Wiesengrundstück, auf dem vereinzelt noch kahle Laubbäume ihre Äste ausbreiteten. Ein paar hartnäckige Schneehaufen scherten sich offenbar nicht im Geringsten darum, dass der Frühling längst begonnen hatte.

Das dreistöckige Hotel mit einer vorgelagerten ausgedehnten Kaffeeterrasse kam in Sicht. Alles im gediegenen Landhausstil der Siebziger, mit weit überhängendem ausgezimmertem Dach, symmetrisch über die Fassade verteilten Erkern und reichlich verzierten Holzbalkonen.

»Nicht übel«, sagte Sina, »fast wie in den Alpen.«

»Hat sogar Hallenbad, Wellness und so weiter. Und es scheint immer noch zu laufen. Jedenfalls haben die Lattingers durchgehalten im Gegensatz zu den meisten hier oben«, erklärte Niebuhr.

Sina nickte. Das Hotelsterben im Oberharz war auch für sie nichts Neues mehr. Dass es mit dem Tourismus nicht mehr so richtig klappte, seitdem der Osten dazugekommen war und die Gäste sozusagen geteilt werden mussten.

Die Auffahrt endete vor dem Eingang an der Rückseite des Hotels, umgeben von einem Pkw-Parkplatz und einer Anzahl Garagen. Von hinten wirkte der Bau weit weniger ansehnlich. Der schmutzige, ehemals weiße Anstrich und das graue, angefaulte Holz der Fassade, offenbar nur an der Vorderseite aufgebessert, machten einen mitgenommenen Eindruck. Auch der geschwungene Schriftzug »Oberharzer Hof« über dem Eingang hatte es dringend nötig, mit frischer Farbe nachgezogen zu werden.

Gegenüber dem Eingang standen neben der blauen Streife und dem Rettungswagen noch einige Autos mit Goslarer und Osteröder Kennzeichen, darunter der lange Audi von Kriminalrat Keilberth. Kein Mensch war zu sehen. Offenbar hatte die Presse noch nicht Wind von der Sache bekommen, jedenfalls schwänzelte niemand neugierig mit der Kamera in der Hand um das Haus herum.

Sina und Niebuhr stiegen aus. Der graue Morgen verzog sich allmählich. Vereinzelt blitzten Sonnenstrahlen durch die Wolkendecke.

Niebuhr steckte die Autoschlüssel in die rechte Tasche seiner schwarzen Lederjacke, während Sina noch einen Blick auf die Uhr warf – acht Uhr zweiundzwanzig –, bevor sie sich von der Drehtür in die Hotellobby schubsen ließen.

Drinnen war die Luft überheizt und trocken, die Rezeption in gediegenem Holz rechts neben den Toiletten war unbesetzt. Auf der linken Seite umstanden drei feudale, aber nicht mehr ganz neue Ledersessel mit blank gerutschter Sitzfläche einen Ablagetisch, darauf, säuberlich Kante auf Kante gelegt, ein Stapel Magazine.

Die Kollegen von der Spurensicherung, die auf dem Marmorboden herumkrochen und behandschuht einsammelten, was ihnen in die Hände fiel, oder Fingerabdrücke nahmen, hatten sie noch nicht bemerkt. Im Hintergrund dudelte, wie in Watte gepackt, alte Schlagermusik. Alles machte einen beschaulichen Eindruck. Beängstigend beschaulich, dachte Sina.

Auf der anderen Seite mündete die Lobby in einen Saal mit großer Glastür, wahrscheinlich das Restaurant. Links davon begann das offene Treppenhaus. Dort stand Kriminalrat Keilberth im Gespräch mit einem Mann, der der Leichenbestatter hätte sein können. Ansgar Mörtenkötter – *Dr.* Ansgar Mörtenkötter –, ganz in Anthrazit mit unbewegtem Blick und milchweißem Teint, war aber der Staatsanwalt und besonders Niebuhr bestens bekannt, nachdem Mörtenkötter ihn einmal in Sinas Gegenwart belehrt hatte, dass der Doktortitel zum Namen gehöre und er Wert darauf lege, korrekt angesprochen zu werden.

»Da seid ihr ja!«, sagte Keilberth mit dem unterschwelligen Vorwurf in der Stimme, ohne den er nicht mehr auszukommen schien. Dabei hatte Sina, nachdem sie von dem Mord erfahren hatte, noch nicht mal ihren Kaffee ausgetrunken.

Er und Mörtenkötter passten auf unangenehme Weise zusammen. Der Staatsanwalt verzog während des dienstlichen Händeschüttelns sein Gesicht, als hätte er Schmerzen dabei.

Wenigstens musste nicht viel geredet werden. Der Tote lag mit zugedecktem Gesicht zu ihren Füßen. Doch Keilberth zeigte zuerst nach oben.

Die Köpfe in den Nacken gelegt, hatten sie freien Blick auf ein geschnitztes Holzgeländer, das sich von Stockwerk zu Stockwerk bis unter das Dach schraubte. Von oben hing ein rustikaler Kronleuchter – ein umfunktioniertes altes Wagenrad, mit drei schweren Ketten und mächtigen Schrauben an den Dachbalken befestigt und mit orangefarben beschirmten Lämpchen ausgestattet – etwa ein Stockwerk herunter. Daran baumelte bis ungefähr eineinhalb Meter über ihren Köpfen ein gedrehtes Seil alter Machart, das unten sauber abgeschnitten war.

»Ewald Lattinger, der Besitzer des Hotels, scheinbar Selbstmord durch Erhängen, tatsächlich aber Fremdeinwirken, soweit wir vor der Obduktion einschätzen können«, erläuterte Keilberth, jetzt auf den Toten deutend. »Näheres müsst ihr schon selbst herausfinden. Ich darf mich dann empfehlen. Den Bericht erhalte ich schnellstmöglich. Ich weiß, dass ich mich auf euch verlassen kann.«

Der Staatsanwalt schloss sich dem Kriminalrat an. »Wir werden uns im Laufe der Ermittlungen ja noch öfter über den Weg laufen«, sagte er mit der ihm eigenen Herablassung, wohl wissend, dass er alle Anliegen ausschließlich mit Keilberth besprechen würde.

Vor ihnen lag die Leiche eines fünfundsechzig bis siebzig Jahre alten Mannes, nicht größer als eins achtzig, schlank, mit einem Strick um den Hals. Bekleidet mit glatten schwarzen Lederschuhen, blauer Jeans und einem grüngrauen Sakko mit Ellenbogenschützern aus Wildleder. Das Gesicht blutunterlaufen und aufgedunsen.

Im Hintergrund plätscherte die Melodie aus »A Summer Place«.

»Irgendetwas Interessantes, was wir sofort erfahren sollten?«, schnitt Sinas Stimme in die schweigende Runde der Techniker.

In dem Augenblick kam ein Mann im Eilschritt auf sie zu. Freundlich schüttelte er Sina und Niebuhr die Hand.

»Klemke mein Name. Ich bin der Notarzt. Ich kann Ihnen kurz etwas sagen, wenn Sie möchten.«

»Gerne, nur zu«, antwortete Niebuhr.

Der Arzt beugte sich über den Toten und schlug das Tuch zurück. »Als wir hier eintrafen, hing der Mann im Treppenhaus. Wir haben ihn abgenommen und überprüft, ob noch was zu machen ist. Aber die Leichenstarre hatte schon eingesetzt. Am Hinterkopf klebte getrocknetes Blut. Eindeutig eine Schlagwunde, das könnte auch die Todesursache gewesen sein. Es sieht so aus, als wäre er erschlagen und erhängt worden. Aber das ist Sache der Gerichtsmedizin.«

»Könnte es nicht doch Selbstmord gewesen sein? Vielleicht ist er bei dem Versuch, sich zu erhängen, mit dem Hinterkopf gegen die harten Holzplanken des Treppengeländers geschlagen?«, sagte Sina.

Der Arzt zuckte mit den Schultern. »Nicht mein Bier«, gab er zurück. »Der Totenschein ist jedenfalls ausgestellt.«

Sina seufzte. Das ging ihr immer so, wenn sie im Dienst Leichen sah. Sie konnte nichts mehr ändern, sie konnte nur noch aufräumen.

»Erst mal guten Morgen«, meldete sich eine Stimme von der Seite. »Kleiner Tipp von mir: Schauen Sie sich mal im dritten Stock um. Wie es da aussieht, spricht Bände.«

Sina nickte dem Kriminaltechniker, der sich gerade aus der Hocke in den Stand begab, dankbar zu. »Haben Sie noch etwas gefunden, was uns helfen könnte?«

»Leider nein. Natürlich eine Menge Fingerabdrücke. Aber das wird dauern, bis wir die alle zugeordnet haben, ist ja schließlich ein Hotel.«

»Ist denn keiner von der Familie da?«, fragte Niebuhr.

»Frau Lattinger ist im Hinterzimmer mit dem Kollegen Hasemann von der Streife. Der schlürft jetzt genüsslich seinen Kaffee. Eigentlich sollten wir auch einen kriegen.«

»Über Stock und über Stein …«, trällerte Rudi Schuricke im Hintergrund.

»Kann mal jemand das Gedudel abstellen? Immerhin liegt hier ein Toter!« Irgendwie kam Sina dieses seichte Gewimmer plötzlich respektlos vor. Niebuhr und der Mann von der Kriminaltechnik schauten sich verwundert an.

»Die Musik läuft immer hier, schon seit über dreißig Jahren, von morgens bis abends. Und es gibt keinen Grund, weshalb sie heute nicht laufen sollte.«

Die schnarrende Stimme gehörte einer kleinen Frau, die, ein Tablett mit Tassen, Untertassen und einer Kanne in den Händen, aus dem Hinterzimmer der Rezeption gekommen war und sich selbstbewusst vor Sina aufbaute.

»Wer sind denn Sie?«, fragte Sina. Es war schon länger her, dass ihr jemand so harsch über den Mund gefahren war.

»Ich bin Sieglinde Lattinger«, erwiderte die kleine Frau und ließ die Kriminaloberkommissarin stehen, um die Männer mit Kaffee zu versorgen.

Nachdem sie jedem von ihnen eine Portion verabreicht hatte, gab es auf dem Tablett keine Tassen mehr. Mit ungerührter Miene trippelte die Hotelchefin an Sina vorbei in Richtung Rezeption. Blieb dann plötzlich stehen, ohne sich umzudrehen.

»Möchten Sie auch einen?«

Klemke deckte das Gesicht des Toten wieder zu. »Übrigens, das ist ein echter Henkersknoten, aber das haben Sie bestimmt schon bemerkt. Mein Hobby ist das Segeln, und da habe ich mit jeder Menge Knoten zu tun. Geht mich ja eigentlich nichts an …«

»Ist der schwer zu machen?«, fragte Sina. »Sieht jedenfalls so aus.«

»Mit ein bisschen Übung kann das jeder, aber der hier ist bildschön, wenn man so sagen darf. Wer den gemacht hat, versteht etwas davon.«

»Und wer, außer Seglern, arbeitet noch mit Knoten?«

»Bergsteiger zum Beispiel«, antwortete Klemke.

Ein erster Anhaltspunkt, dachte Sina. »Danke, Doktor. Können Sie auch etwas über den Todeszeitpunkt sagen, auch wenn es Sie nichts angeht?«

»Nageln Sie mich nicht darauf fest, aber es wird wohl vor Mitternacht gewesen sein.«

»Sind alle Fotos gemacht?«, fragte Sina in Richtung der Kriminaltechniker, während sie dem Notarzt die Hand drückte. »Dann kann der Tote abtransportiert werden.«

Jetzt hatte sie Zeit, sich mit Niebuhr die obere Etage anzusehen.

»Glück auf, Frau Kommissarin, welche Ehre. Na, das freut mich jetzt aber wirklich!«

Der alte Hasemann war tatsächlich immer noch im Dienst. Wie ein Bär auf Hinterbeinen schaukelte er Sina mit geöffneten Pranken entgegen. Den langgedienten Streifenbeamten hatte sie schon fast vergessen. Die Kollegen hielten ihn zwar für ziemlich beschränkt, aber Sina mochte ihn. Allerdings hatte Hasemann eindeutig einen Fehler: sein überbordendes Mitgefühl. Und dafür hatte die Oberkommissarin jetzt definitiv keine Zeit.

Aber es war schon zu spät.

»Ist das nicht trostlos?«, jammerte Hasemann, packte Sinas Hände und schüttelte sie freundschaftlich, dass es ihr fast die Schultern herunterriss. »Direkt heulen könnte man, wenn man das so sieht.« In seinem Gesicht formte sich Verzweiflung, seine braunen Murmelaugen wurden feucht.

»Ja, Hasemann, Sie haben recht: Zum Heulen ist das alles.« Sina wollte ihn nicht gleich abwürgen, das hätte sie nicht übers Herz gebracht, aber sie fragte sich, wie sie den Kollegen abstellen sollte, ohne ihn zu kränken.

»Hier im Oberharz gibt es kein Glück, wissen Sie, Frau Oberkommissarin, hier gibt es nur Schweiß, Blut und Tränen. Und durch die Krise geht alles noch mehr den Bach runter ...«

»Ja, leider«, bestätigte Sina.

»Da schlagen sie sich die Köpfe ein oder hängen sich auf, weil sie keine Hoffnung haben. Ein Elend jagt das nächste, und das Schlimmste ist: Man kann nichts dagegen tun.«

Resigniert schüttelte Hasemann sein massiges Haupt, das von einem Band grauweiß geringelter Löckchen bekränzt war und ihm etwas Rührendes verlieh. Als er den Mund wieder öffnete, um für seine Trauer weitere Worte zu finden, war Sina schneller.

»Sie wissen ja, wie wichtig Ihr Bericht für mich ist, Hasemann«, sagte sie im Ton der schwachen Frau, die ohne starke Männer nicht zurechtkommt, »ob Sie das wohl bis Mittag schaffen können?«

»Natürlich, Frau Oberkommissarin, natürlich. Ich gebe mein Bestes.«

Sina lächelte sanft und streckte ihm schnell ihre Hand hin. Hasemann blieb nichts anderes übrig, als sie zu nehmen, sie nochmals zu schütteln und sich danach zu trollen.

»Hat mich wirklich gefreut, Sie wiederzusehen, Frau Oberkommissarin«, sagte er leutselig und etwas verlegen, verbeugte sich kurz und schob dann seinen imponierenden Polizistenkörper dem Ausgang entgegen, bis er in der Drehtür verschwand.

»Eine empfindsame Seele, unser aller Hasemann«, seufzte Niebuhr übertrieben.

Als Sina ihn strafend ansah, platzte das Lachen aus ihm heraus.

In dem schmalen Treppenaufgang, der am Ende des Flurs im dritten Stock unter das Dach führte und kaum breiter als eine

Leiter war, blieb Sina fast stecken, und der lange Niebuhr zog mit einem schmerzerfüllten »Scheiße!« ruckartig den Kopf ein, nachdem er gegen die Oberkante der niedrigen Decke geknallt war.

Die Tür zu den Räumen stand nur einen Spalt offen, aber dass hier ein starker Raucher gehaust hatte, war offenkundig. Dahinter versteckte sich eine kleine Mansardenwohnung. Von dem engen Flur gingen zwei niedrige Türen ab, die eine ins Bad, die andere ins Wohnzimmer mit vergilbten, raufasertapezierten Dachschrägen.

»Ein richtiger Waschbärenbau. Passt gar nicht zu dem Luxusambiente des Hotels«, stellte Niebuhr fest, während er sich immer noch die Stelle an seinem Schädel rieb, die mit der Decke kollidiert war.

Die Einrichtung bestand aus schäbigen Möbeln der letzten hundert Jahre. Auf dem Couchtisch, inmitten einer verschlissenen Sitzgruppe in undefinierbarem Braun, stand ein Whiskeyglas mit einem Fingerbreit Flüssigkeit, ein anderes lag in Scherben. Die Flasche Jim Beam war umgefallen und zu drei Vierteln ausgelaufen. Niebuhr rümpfte die Nase, der kalte Zigarrengestank vermischt mit dem süßlichen Whiskeygeruch war unerträglich. Auf dem bis zum Gerippe abgewetzten Orientteppich breitete sich eine schon angetrocknete Blutlache bis unter den Tisch aus. Etwas weiter entfernt war ein massiver Aschenbecher aus bernsteinfarbenem Glas vor einer staubigen Stehlampe mit eingedrücktem Schirm liegen geblieben.

»Das Ganze scheint friedlich angefangen zu haben«, kommentierte Niebuhr.

»... aber so ist es nicht geblieben«, murmelte Sina, während sie den Teppich genauer untersuchte.

Die Blutspuren zwischen der Sitzgruppe und dem Schreibtisch und der Zustand des Raumes ließen ohne viel Phantasie auf eine Auseinandersetzung schließen. Sina warf einen Blick auf den Aschenbecher. Es klebte Blut daran. Ihre Selbstmordtheorie war damit begraben.

Ihr Blick wanderte über den klobigen Schreibtisch, der mit

einem wilden Durcheinander von Unterlagen bedeckt war. Drum herum, auf dem Boden verstreut, lagen herausgerissene und zerknüllte Papierseiten. Es schienen Rechnungen, Bestellungen, Bankauszüge und Ähnliches zu sein. Den Aktenschrank aus Metall hatte jemand vollständig ausgeräumt, Ordner in der Mitte durchgerissen und in die Ecke geschmissen.

»Das müssen wir alles checken«, grummelte Sina und kramte in ihrer Jackentasche nach einem Paar Latexhandschuhe, »daran kommen wir nicht vorbei.« Als sie die Handschuhe endlich gefunden und über ihre Hände gepellt hatte, tappte sie, ohne die Beweisstücke am Boden mit den Schuhen zu berühren, zu der alten Anrichte am anderen Ende des Raumes und zog die Schubladen auf.

Fotos, Einladungen, Postkarten, Glückwünsche.

»Konnte sich wohl von nichts trennen, der alte Lattinger.«

Sie warfen noch einen Blick in die Schlafhöhle des Toten, die nur durch einen verwaschenen Vorhang vom Wohnzimmer getrennt war. Dann krochen sie die schmale Treppe wieder hinunter.

Das, was sie gesehen hatten, ließ Konturen erkennen. Mit den Ergebnissen der Kriminaltechnik, der Spurensicherung und der ersten Befragung der Witwe konnten sie schon auf Anfangsergebnisse hoffen.

Der Speisesaal war hoch und weitläufig. Die holzverkleidete Decke trugen gigantische palisanderfarben lasierte Balken, kontrastierend zu dem strahlend weißen Landhausputz an den Wänden.

»Nicht übel«, wäre Sina beinahe wieder herausgerutscht.

Entlang der Fensterfront mit Blick in den Park reihten sich fünf oder sechs Tische, einer davon gedeckt, während sich die übrigen unregelmäßig im Raum verteilten, umgeben von poliertem und gepolstertem Gestühl. Über die ganze Fläche leuchteten gelbe Narzissen auf blauen Tischläufern, und das Büfett umrahmten knospende Zweige in Vasen aus Keramik. Der Saal strahlte eine so geschmackvolle Atmosphäre aus, dass Sina

Lattingers jämmerliche Dachwohnung wie eine Halluzination vorkam.

»Haben Sie nur vier Gäste?«, fragte Sina.

Die Hotelchefin zog die Schiebetür hinter sich zu und stellte den Kaffee für die Oberkommissarin auf die gestärkte blitzweiße Damasttischdecke eines der ersten Tische. »Im Augenblick ja. Ist noch Vorsaison, wissen Sie, da ist nie mehr los.«

Sie setzten sich.

»Und wo sind die Gäste jetzt?«

»Noch in ihren Zimmern, zweielf und zweizwölf im zweiten Stock. Es sind Stammgäste, zwei befreundete ältere Ehepaare. Ich habe sie über Haustelefon informiert. Sie bleiben freiwillig bis neun Uhr dreißig im Zimmer. Aber dann wollen sie frühstücken, wenn Sie nichts dagegen haben.«

»Nein, natürlich nicht.«

Sina überlegte, wie sie am besten anfangen sollte. Nach dem missglückten Auftakt in der Lobby wollte sie die alte Frau auf keinen Fall verschrecken, schließlich war sie gerade erst Witwe geworden.

»Ich möchte Ihnen mein Beileid aussprechen. Vermutlich bricht jetzt eine schwere Zeit für Sie an«, begann sie förmlich. »Wir Ermittler haben natürlich auch Gefühle, aber auf der anderen Seite sind solche Ereignisse unser Job, und den müssen wir gut machen. Ich bitte also um Verständnis.«

Die Witwe nickte kurz und ernst. Abwartend, die Hände über der Tischplatte gefaltet und in der Haltung, als wäre ein entfernter Verwandter, den sie ihr Leben lang nicht gesehen hatte, zu Tode gekommen, ließ sie in stoischer Gefasstheit die Belehrung über ihre Rechte als Zeugin über sich ergehen.

Die Gefasstheit der Lattinger war Sina direkt unheimlich. Aber jeder Mensch reagiert anders auf einen Schock.

»Ich habe Übung in schweren Zeiten, wissen Sie, Frau Kramer.«

Sieglinde Lattinger sah der Kriminalbeamtin offen ins Gesicht. Sie nötigt einem Respekt ab, dachte Sina.

Dagegen wirkte die äußere Erscheinung der Witwe fast grotesk. Allein die Art, wie sie ihre Haare trug: aufgetürmt zu einem Berg braungrauer Zuckerwatte. Make-up schien auch nicht ihre Stärke zu sein. Die Augenbrauen waren dicke Balken, die Lippen viel zu rot, und der Lidschatten erinnerte an den ersten Schminkversuch eines Teenies.

Der wunderliche Eindruck verstärkte sich durch die Kluft, in der die Hotelchefin steckte. Unter dem wie eingelaufen wirkenden dunkelblauen Kostüm, auf dem eine altmodische Brosche mit Perle klebte, trug sie eine weiße Bluse mit Rüschen, die bis zum Hals hinaufwucherten. Unweigerlich fiel Sina ihre Konfirmation ein. Beinahe hätte sie an dem Tag auch so eine grausame Bluse tragen müssen, Tante Marga hätte sich so gefreut.

Die ganze Aufmachung Sieglinde Lattingers hatte einerseits etwas Lächerliches, andererseits erregte es fast Mitleid. Aber es war die Unverfälschtheit dieser Frau, die den äußeren Eindruck schnell vergessen machte. Sie hatte das, was man Persönlichkeit nennt.

»Ich will Sie fürs Erste nicht lange aufhalten, Frau Lattinger. Es ist alles zu schrecklich …«

»Fragen Sie nur. Ich werde es schon aushalten.«

Hasemann hatte ihre Personalien aufgenommen, das war seine Aufgabe, und Sina würde den Bericht spätestens heute Mittag haben. Damit brauchte sie also keine Zeit zu verschwenden.

»Mich interessiert vor allem der Ablauf des gestrigen Abends. Wann haben Sie Ihren Mann zuletzt gesehen?«

»Ich habe meinen Mann nur selten zu Gesicht bekommen. Er war den ganzen Tag unterwegs. Was hier im Hotel ablief, war meine Sache. Mit Ausnahme von großen Veranstaltungen oder wenn Busse kamen, da hat er auch mitgeholfen. Ewald hat sich fast nur um seine Vereine gekümmert: Schützenverein, Fremdenverkehrsverein, Hotelverein, Heimatverein, die Jäger, und im Ortsrat hat er auch noch mitgemischt.«

»Und wie war das gestern?«

»Ewald ist nachmittags gegen drei aus dem Haus gegangen, danach hab ich ihn nicht mehr gesehen.«

»Wann ist er abends zurückgekommen?«

»Ich weiß nie, wann er nach Hause kommt. Wir wohnen sozusagen getrennt. Er hat die Zimmer unter dem Dach, und ich schlafe im Souterrain, in einem der Privaträume neben der Heizung und der Schwimmbadtechnik. Vor Jahren haben wir uns entschlossen, unsere Wohnung im dritten Stock als Ferienwohnung zu vermieten.«

»War da Ihre Ehe noch intakt?«

Die Frage war eine glatte Unterstellung, die unweigerliche Antwort deshalb auch mehr als ein misstrauischer Blick.

»Was heißt hier intakt?« Der Oberkörper der kleinen Frau straffte sich und machte sie deutlich größer. »Wir haben vor über vierzig Jahren geheiratet und sind zusammengeblieben, über einige Krisen hinweg. Das genügt doch wohl! Sind Sie verheiratet?«

»Ich war verheiratet, aber wir haben uns getrennt«, antwortete Sina wahrheitsgemäß. Das Tor, das sie aufgestoßen hatte, ließ sich jetzt nicht einfach wieder schließen. Wenn sie dieser Person nicht ehrlich gegenübertrat, hatte sie nichts mehr von ihr zu erwarten, das spürte sie deutlich.

»Also geschieden? Das ist einfach. Sehr einfach. Man sagt, es geht nicht mehr, und dann ist Feierabend. Jeder geht seiner Wege. Das ist unsere Zeit. Und was kommt danach? Der nächste geplatzte Traum, weil da auch wieder was nicht so ist, wie man es sich gewünscht hat? – Haben Sie Kinder?«

Wie alt war diese Frau, siebzig? Kaum zu glauben, wie sie abging, wenn ihr etwas nicht passte.

»Einen Sohn«, antwortete Sina.

»Ich habe zwei Söhne. Natürlich ging nicht immer alles glatt, aber sollte ich meine Existenz aufgeben und die zwei Kinder ohne Vater lassen?«

Als die Witwe von ihren Söhnen sprach, verlor ihre feste Stimme plötzlich den Halt.

»Brauchen Sie eine Pause?«, fragte Sina besorgt.

»Nein, nein, es geht schon, fragen Sie nur.«

Der Kaffee war schon fast kalt, aber Sina hatte einen trockenen Mund, und zum Anfeuchten taugte er noch. Während sie einen bitteren Schluck hinunterspülte, fing sich die Hotelchefin wieder.

»Hatte Ihr Mann Feinde?«

»Er war Oberharzer, wenn Sie das meinen«, antwortete Sieglinde Lattinger, und ein bittersüßes Lächeln schlich über ihr Gesicht.

»Man konnte also gut mit ihm streiten?«

»Ja, er konnte bösartig werden, wenn ihm jemand an den Karren fuhr. Aber er hat sich bedingungslos in der Sache für die Region eingesetzt. Bis nach Hannover zur Landesregierung ist er gezogen, hat den Herren den Kopf gewaschen, dass sie uns hier oben finanziell einfach hängen lassen und den Oberharz zum Armenhaus machen. Er hat gekämpft, wo es was zu kämpfen gab. Und an der Stelle wird er auch fehlen!«

»Zusammengefasst: Ihr Mann hatte nicht nur Freunde. Aber hatte er ausgesprochene Feinde?«

»Für die es zum Mord gereicht hätte, meinen Sie? – Nicht dass ich wüsste.«

Das bedeutete jede Menge kleinerer Befragungen und Telefonate. Jens wird sich freuen, dachte Sina.

»Sie werden verstehen, dass ich mir ein Bild vom gestrigen Tag machen muss. Schildern Sie mir bitte genau, was Sie gemacht haben, nachdem Ihr Mann das Haus verlassen hat. Wer war noch im Haus?«

»Am Nachmittag war ich allein im Hotel. Die Gäste waren nach Goslar gefahren. Das Zimmermädchen und die Küchenhilfe halten sich nur auf Abruf hier auf. Bis Mitte Mai ist nicht viel los, da brauche ich das Personal nur sporadisch.«

»Haben Sie nicht auch Gastronomie?«

»Ja, sonntags oder an Festtagen. Aber die Gäste melden sich vorher an. Natürlich bewirten wir auch Gesellschaften auf Bestellung. Laufkundschaft gibt es schon lange nicht mehr. Die Eintagstouristen nehmen sich heutzutage ihre Butterbrote mit und machen Picknick auf den öffentlichen Parkplätzen.« Das sagte sie nicht ohne Bitternis.

»Was haben Sie genau gemacht?«

»Sie brauchen sich nur umzusehen! Die Blumen hab ich auf die Tische gestellt. Das mache ich immer selbst. Frische Blumen gehören einfach auf die Tische, auch wenn kein Gast im Haus ist.«

Ihre Augen funkelten stolz. Das Hotel ist ihr Leben, dachte Sina.

»Dann habe ich in den Etagen Betten abgezogen und gelüftet. In so einem Haus gibt es immer was zu tun.«

»Und am Abend?«

»Um sechs ist die Fanny gekommen, die Küchenhilfe. Sie hat die Halbpension vorbereitet. Die Gäste kommen immer gegen sieben. Ich habe selbst bedient und ein bisschen mit ihnen geschwatzt. Das gehört dazu, die beiden Ehepaare kommen schon seit über fünfzehn Jahren zu uns.«

»Dann sind die Gäste vermutlich auf ihre Zimmer gegangen.«

»Ja.«

»Wann genau?«

»So gegen halb neun. Danach habe ich hier alles abgeräumt, noch für das Frühstück eingedeckt und hinterher den Saal abgeschlossen. Den mache ich aus Gewohnheit immer zu. Wenn viele Gäste im Haus sind, kommt schnell mal was weg, Sie verstehen, was ich meine. Die Fanny hat den Spül in die Maschine geräumt und die Küche sauber gemacht, dann ist sie gegangen, das war kurz vor neun. Ich habe noch die Beleuchtung ausgemacht und die Haustür abgeschlossen. Die Gäste sind schon an die achtzig, die gehen abends nicht mehr aus, wissen Sie. Dann bin ich runter in mein Zimmer und habe ferngesehen. Nach den Nachrichten um Viertel nach zehn hab ich mich hingelegt. Das war alles.«

»Ohne Schlüssel konnte also niemand mehr das Haus betreten?«, vergewisserte sich Sina.

Kopfschütteln.

»Wer hatte alles einen Schlüssel. Nur Sie und Ihr Mann?«

Nicken.

»Wie viele Türen hat das Gebäude?«

»Außer der Haustür gibt es noch die Seitentür, die führt vom Fahrradkeller in den Garten und ist gleichzeitig Notausgang. Und dann die Tür vom Speisesaal auf die Terrasse, aber der Speisesaal war ja zu.«

»Ist der Notausgang abgeschlossen?«

»Nein, aber von außen kommt da ohne Schlüssel keiner rein. Es sei denn mit Gewalt, und das hätte ich gehört.«

»Haben Sie denn etwas anderes gehört, ein wegfahrendes Auto oder so etwas?«

Sieglinde Lattinger überlegte kurz. »Doch, natürlich.«

Vielleicht endlich ein brauchbarer Hinweis.

»Das Brummen der Heizung im Keller nebenan und das Blubbern der Filteranlage im Schwimmbad. Die muss auch mal wieder kontrolliert werden, hab ich mir noch gedacht.«

Fehlanzeige, dachte Sina. Im Ergebnis hatte ihr die Befragung der Hotelchefin nicht weitergeholfen. Auf der anderen Seite hatte sie selbst für die Zeit, nachdem sich das Küchenmädchen und die Gäste zurückgezogen hatten, kein überprüfbares Alibi.

»Was war heute Morgen?«

»Ich bin wie immer um halb sieben aufgestanden, habe mich fertig gemacht …«

Und das ziemlich gründlich, dachte Sina, ein Grinsen unterdrückend, als sie Sieglinde Lattingers Outfit noch einmal in Augenschein nahm.

»… dann bin ich nach oben, um die Haustür aufzuschließen, damit die Fanny reinkonnte.«

»Ist Ihnen da etwas Besonderes aufgefallen?«

»Nein, noch nicht. Ich bin über die Wendeltreppe durch das Hinterzimmer der Rezeption hochgegangen. Als ich die Drehtür, also die Haustür, aufschließen wollte, hat allerdings Ewalds Schlüssel in der Schließanlage gesteckt, und die Tür war offen.«

»Und?«

»Natürlich habe ich mich gewundert. Aber ich dachte, vielleicht ist es gestern spät geworden, und er ist einfach nur schusselig gewesen. Er hat in letzter Zeit öfter mal seine Schlüssel irgendwo liegen gelassen. Ich hab dann den Schlüsselbund abgezogen, und als ich mich umdrehte, hab ich ihn hängen sehn …«

Keine Tränen, keine Anzeichen von Trauer. Nur ihr Gesicht war weiß wie die Gipsfelsen im Südharz. Vielleicht weint sie später unten in ihrem Zimmer, dachte Sina. Aber möglicherweise trauerte die Witwe nicht, war einfach nur von den Umständen mitgenommen.

»Dann habe ich die Polizei und den Notwagen gerufen, die Fanny später bestellt und den Gästen gesagt, sie sollen erst herunterkommen, wenn ich sie anrufe. Den Rest wissen Sie ja.«

Andere wären zusammengebrochen und hätten nichts mehr auf die Reihe gebracht, dachte Sina. Obwohl sie spürte, dass ihr die alte Frau weniger sagte, als sie wusste, ergaben sich fürs Erste keine greifbaren Verdachtsmomente. Es war auch kaum vorstellbar, dass Sieglinde Lattinger, die kaum größer als einen Meter fünfundfünfzig war, ihren Mann niedergeschlagen und im Treppenhaus aufgehängt haben könnte. Doch was war aus Hass nicht alles möglich?

»Brauchen Sie mich noch?«, fragte die Hotelchefin jetzt wieder mit selbstbewusst schnarrender Stimme und schickte sich an, aufzustehen.

»Nur eine Frage noch: Wohnen Ihre Söhne hier in der Gegend?«

»Ja. Uwe wohnt in Northeim und Christian hier in Clausthal. Die Adressen habe ich dem großen Polizisten gegeben.«

»Haben Sie Ihre Söhne schon angerufen?«

»Nein.«

»Wir werden uns mit den beiden in Kürze in Verbindung setzen. Sie werden verstehen, Frau Lattinger, dass wir Sie noch offiziell zur Befragung ins Präsidium bestellen müssen. Wir brauchen Ihre Unterschrift.«

Die Hotelchefin war schon aufgestanden und reichte der

Oberkommissarin mit einem flüchtig angestrengten Lächeln die Hand. Dann verließ sie den Speisesaal.

***

»Da ist etwas, das du sehen solltest«, sagte Niebuhr.

Sie stiegen in den zweiten Stock. Plötzlich tauchte in einem der Gänge ein neues Gesicht auf. Ein völlig aufgelöstes altes Weiblein.

»Guten Tag, mein Name ist Meierseder«, rief sie. »Das ist alles so furchtbar!« Sie wedelte mit ihren dürren Armen in der Luft herum, vor Aufregung hatten sich ihre ledernen Wangen rosarot gefärbt. »Wir halten es in unseren Zimmern nicht mehr aus. Dürfen wir jetzt zum Frühstück runter?«

»Ja, jetzt dürfen Sie, Frau Meierseder, sagen Sie bitte den anderen Gästen auch Bescheid«, antwortete Niebuhr der Frau.

Die nickte so heftig, dass ihre sorgfältig drapierten Dauerwellen erzitterten, drehte sich um und verschwand in gebrechlicher Eile wieder in einem der Zimmer.

»Hat deine Zeugenbefragung etwas ergeben?«, fragte Sina amüsiert.

»Herr Meierseder ist schwerhörig. Das andere Pärchen am Ende des Flurs hat überhaupt nichts mitgekriegt. Frau Meierseder meinte, sie hätte gestern einen ziemlichen Krach und Streitereien über ihrem Zimmer gehört. Aber sie hat sich nichts weiter dabei gedacht und einfach den Fernseher lauter gestellt. Irgendwann ist sie dann vor dem Kasten eingeschlafen.«

»Wann war das?«

»So gegen zehn.«

»Das könnte passen.«

Sie gingen noch zwei Schritte und standen vor einer Tür mit der Aufschrift »Heimatstübchen«.

»*Das* wollte ich dir zeigen«, sagte Niebuhr.

Die Tür war angelehnt, die Neonröhre an der Decke brannte und warf ein unnatürlich scharfes Licht auf den Inhalt des fensterlosen Raums. Es roch wie in einem Trödelladen. Ausgestopfte Greifvögel mit gefächerten Schwungfedern, Wildschweinköpfe auf Holzscheiben, Hirschrudel in Öl, Stiche von historischen Porträts, ein völlig eingestaubtes turtelndes Auerhahnpärchen. Den Fuchs, der auf einem Stück ausgetrocknetem, fusseligem Moos saß, hatten die Motten schon fast aufgefressen. Gruppenfotos, Schützen und immer wieder Bergmänner. Eine mannshohe Puppe, bekleidet mit Arschleder, Kittel und grüner Kappe, erweckte für eine Sekunde den Eindruck, dass Leben in dieser Bude wäre. Auf Schautischen unter Glas gammelten alte Chroniken vor sich hin. Ein wahrscheinlich in Tausenden von Stunden Heimarbeit gefertigtes Modell der Marktkirche von Clausthal stand, fingerdick mit Staub bedeckt, nutzlos herum; mehrere Paare alter Ski mit vorsintflutlichen Bindungen und Rodel lehnten an der Wand. Alte Seilrollen und Stricke lagen wie Abfall in der Ecke.

»Das passt zu Lattingers Wohnung unterm Dach«, sagte Sina, »aber was sagt uns dieser Haufen Krempel noch, frage ich dich?«

»Keine Ahnung, ich dachte, ich zeige es dir auf jeden Fall.«

»Wahrscheinlich hat er es für die Touristen gemacht, oder vielleicht war es einfach nur Heimatliebe, ehrliche, kitschige Heimatliebe«, vermutete Sina. »Aber so wie das hier aussieht, scheint sich dafür lange keiner mehr interessiert zu haben.«

Doch dann fiel ihr etwas auf.

»Wie hast du den Raum vorgefunden. Abgeschlossen?«

»Nein, die Tür stand offen, und das Licht brannte.«

Sina warf noch einmal einen Blick in die Ecke auf das Bündel alter Stricke. »Vielleicht war der Täter hier drin und hat was gesucht … zum Aufhängen. War die Spusi schon hier? Wenn nicht, soll sie anrücken. Sag ihnen auch, dass sie gleich unten an der Seitentür nachsehen sollen. Vielleicht gibt es vom Garten her Fußspuren und natürlich Fingerabdrücke.«

»Jawohl, Frau Oberkommissarin!«, gab Niebuhr übertrieben dienstbeflissen zurück.

Sina quittierte mit Augenaufschlag, dann zog sie angewidert von der Ansammlung von Kadavern die Tür des »Heimatstübchen« hinter sich zu.

Auf dem Weg zurück ins Kommissariat bewölkte sich der Himmel wieder stärker, und nach einer Weile rieselte es kleine weiße Kügelchen, die auf der Windschutzscheibe des Polizeiwagens tänzelten, als hätte da oben jemand einen Sack Styropor aufgeschnitten.

»Und was hältst du von der Lattinger?«, fragte Niebuhr, während er den Schalthebel in den Vierten gleiten ließ.

»Ehrlich gesagt habe ich mir noch kein genaues Bild gemacht. Sie war vierzig Jahre mit ihrem Mann verheiratet, die beiden sind durch dick und dünn gegangen. Am Schluss lebten sie nebeneinanderher, er hatte seine Vereine, sie führte das Hotel und steckte Blumen in die Vasen. Kriegerisch scheint die Ehe nicht gewesen zu sein. Allerdings lässt die Art und Weise, wie der Mord ausgeführt wurde, nämlich wie eine Hinrichtung, den Schluss zu, dass es sich bei dem Motiv um eine Angelegenheit von Tragweite handelt. Vergeltung für begangenes Unrecht oder so etwas. Manchmal reichen solche Geschichten weit in die Vergangenheit zurück. Wer weiß, was sich in dieser Ehe über die Jahre alles abgespielt hat. Ich habe das Gefühl, dass die Frau Romane über ihre Beziehung zu ihrem Mann schreiben könnte, aber –«

»– Gefühle gehören ins Schlafzimmer und nicht in den Kriminaldienst, hab ich recht?«

Das war doch ihr Spruch. – Immer dieser Niebuhr.

***

Das Blut schießt mir in den Kopf, der Puls sprengt fast meine Halsschlagader, wenn ich daran denke. Und ich denke pausenlos daran, es ist ja nur ein paar Stunden her. Immer wieder drängt sich mir der Zeitraum von Sekunden auf, in dem meine Vernunft ein Ende hatte und »Es« zuschlug. Das »Es« in mir, das es nicht mehr aushielt. Erst als der Aschenbecher aus meinen Händen rutschte, mit einem dumpfen Schlag auf den Boden krachte, kam ich wieder zu mir. Aber ich empfand nichts, schon gar keine Reue …

ZWEI

Am Morgen des zweiten Tages nach dem Mord im Oberharz wachte Sina Kramer im Schlafzimmer ihres kleinen Goslarer Reihenhauses auf. Sie hatte es nach der Scheidung behalten, obwohl sie alles darin an Bernie, ihren Ex, erinnerte. Aber es war so praktisch aufgeteilt, ihr Sohn Torsten und sie hatten jeder sein eigenes Reich, und vor allem wollte sie Torsten nach dem Weggang seines Vaters nicht noch eine weitere Veränderung zumuten.

Durch die gesprossten Rollläden fielen blasse Lichtstreifen auf das gelaugte Kiefernholz der Schrankwand. Sina rührte sich nicht. Noch war alles gut, aber sie wusste, dass sie da waren und auf sie lauerten, die mörderischen Stiche im Rücken und in den Knie- und Schultergelenken.

Mit ihnen konnte sie fest rechnen, wenn sie am Vorabend Volleyball gespielt hatte. Sie musste es tun, um fit zu bleiben, sie tat es sogar freiwillig, um sich nicht wie sechsundvierzig zu fühlen. Aber das Ergebnis war, dass sie sich am nächsten Tag genau doppelt so alt fühlte.

Vorsichtig drehte sie den Kopf nach links, starrte auf den Digitalwecker neben der halb vollen Wasserflasche. Zwanzig nach sieben. Ob Torsten schon im Bad war? Über ihr war nichts zu hören, kein Zischen der Rohre oder Getrampel von nackten Füßen.

Von draußen zog eisiger Wind herein. Sie ließ das Fenster immer auf Kipp, sogar im Winter, denn bei geschlossenem Fenster konnte sie nicht schlafen. Doch jetzt hatte sie plötzlich ein unwiderstehliches Verlangen nach Wärme. Aber nicht nach irgendeiner Wärme: nach körperlicher Wärme, Umarmungswärme.

Es war wieder einmal so weit für einen dieser kurzen, aber schmerzhaften Momente, wo die Verdrängung Löcher bekam. Ab und an setzten sich die Erinnerungen an die zärtlichen Szenen mit Bernie im Bett mitleidlos durch. Vor allem fehlten ihr die innigen Umarmungen mit dem alles überdeckenden Gefühl, dass sie zusammengehörten. *Das* vermisste sie, nicht den puren Sex. Einen Orgasmus konnte sie sich genauso gut selbst machen, und sie konnte ihn haben, wann *sie* wollte. Dazu brauchte sie nicht unbedingt einen Mann.

Ruckartig setzte sie sich auf, um die Schmerzphase möglichst abzukürzen. Ihre noch blutleeren Füße krochen in die weichen Puschen. Sie rieb sich über Arme und Beine und griff nach dem schweinsrosa Frotteebademantel auf dem Stuhl gegenüber dem Bett, bei dem sie sich jeden Morgen fragte, warum sie sich die Farbe angetan hatte.

»Torsten?«, rief sie auf dem Weg in die Küche die Treppe hoch.

Keine Antwort.

Sie erwartete auch keine; sie hatte sich daran gewöhnt, dass Torsten immer anders tickte, als sie sich das gerade vorstellte. Dass sie zusammenlebten, war längst keine Wunschkonstellation mehr, vielmehr reine Notwendigkeit – für Torsten. Natürlich war er ihr Sohn. Aber er war auch Bernies Sohn und genauso stur und zurückgezogen wie sein Vater. Sina hatte ihre Muttergefühle auf die fürsorglichen reduziert, sie hatte ja auch das Sorgerecht. Außerdem war es schwer, als Mutter das Ebenbild des kriegerisch geschiedenen Mannes zu lieben, wenn man den zu Liebenden so gut wie nie zu Gesicht bekam.

Sie registrierte Torstens Anwesenheit hauptsächlich durch Geräusche und Gerüche, gab sich damit zufrieden, dass sein Leben nicht bedroht war, und wusch seine dreckige Wäsche, die er ihr, wenn er gut gelaunt war, vor der Waschmaschine im Keller aufschichtete, ansonsten einfach oben ins Bad warf. Sein Zimmer betrat sie nur heimlich, wenn er nicht da war, in der Hoffnung, dass es irgendetwas von dem verriet, was er dachte oder fühlte, und kippte das Fenster, damit der Geruch von schweißigen T-Shirts abzog.

Bis jetzt hatte Sina nicht herausgefunden, wofür sich Torsten eigentlich interessierte. Keine Poster von Popgruppen oder anderen Idolen an der Wand. Keine Bücher oder Magazine. Sein Zimmer war ein kahler Raum, und in der Mitte auf dem Schreibtisch thronte der Computer wie ein Gott, der keine anderen Götter neben sich duldete. Jeden Nachmittag bis abends saß ihr Sohn wie festgeklebt vor dem Kasten, spielte Computerspiele und chattete im Internet und was es sonst noch gab. Das hatte er ihr jedenfalls einmal gesagt auf ihre Frage hin, was er die ganze Zeit mache.

Noch etwas anderes wunderte sie. Torsten war fast sechzehn. Normale Jungs hatten in dem Alter mindestens die zweite Freundin. Ihn aber schienen Mädchen kaltzulassen. Sina hatte sich schon gefragt, ob er schwul sein könnte. Aber Beweise dafür gab es nicht.

Manchmal traf sie Torsten beim Abendessen in der Küche und staunte ihn an wie einen Außerirdischen, so ungewohnt war ihr seine Gegenwart. Und wenn sie dann ihre mütterlichen Gefühle überwältigten und sie mit ihm reden wollte, hatte er sich schon wieder nach oben verabschiedet, kaum dass sie den Mund aufgemacht hatte.

Ein Trost war, dass er die Schule schaffte. In *der* Hinsicht hatte er noch nie Probleme gehabt.

Sina stieg die Stufen der Wendeltreppe hoch. »Es ist schon nach halb!«

Immer noch keine Antwort. Jetzt gab es nur noch ein Mittel: Sie klopfte hart mit dem Knöchel gegen seine Tür. Das konnte Torsten nicht ausstehen.

»Lass mich in Ruhe! Ich hab erst zur Dritten!«

Auf ihrem Gesicht erschien ein zufriedenes Lächeln. Er lebte noch. Sie konnte sich beruhigt einen Kaffee machen.

Als sie im Vorbeischlappen den Goslarschen Boten aus dem Zeitungsschlitz der Wohnungstür zog und den Aufmacher überflog, hatte sie wieder die Leiche im Treppenhaus vor Augen.

Im Kommissariat, oben bei Niebuhr, schlürfte Sina den zweiten Kaffee an diesem Morgen. Sie befand sich mit dem Kollegen in einem der kahlen Multifunktionsräume, die als Büro, Besprechungsraum oder auch für Verhöre genutzt wurden. Von der Decke knallte das grelle Licht einer Leuchtstoffröhre und ließ das Fenster wie eine Radierung mit düsterer Landschaft erscheinen.

Es war acht Uhr siebenundfünfzig, draußen dämmerte es immer noch, und es regnete.

»Hinrichtung im Oberharz. Den Schock ihres Lebens erlitt die Hoteliersfrau Sieglinde Lattinger, dreiundsiebzig, am gestrigen Montag, als sie wie jeden Morgen die Eingangstür zu ihrem Hotel aufschließen wollte …«, las Sina aus dem Goslarschen Boten.

»Hab ich dir's nicht gesagt? Die blasen das auf. Je reißerischer, desto besser!«

Niebuhr schien der Aufmacher tatsächlich aufzuregen, dabei war es nur das übliche Geschäft mit dem Leid anderer.

»Wenn es um wirkliche Skandale geht, wie die haarsträubenden Fehlinvestitionen unserer gewählten Stadtoberen, da kneifen die Pressefritzen, weil sie sich mit niemandem anlegen wollen, und kommen erst mit den Fakten heraus, wenn ohnehin schon jeder Bescheid weiß …«

Sina zuckte nur mit den Schultern, in Gedanken war sie bereits bei den Berichten von Hasemann und der Spurensicherung.

»Die Gerichtsmedizin hat angerufen«, kam Niebuhr zur Sache. »Die Obduktion hat ergeben, dass Lattingers Tod zwischen zweiundzwanzig und vierundzwanzig Uhr eingetreten sein muss, nicht durch Erhängen – obwohl gebrochenes Genick –, sondern schon vorher durch Einwirkung eines stumpfen Gegenstandes auf den Hinterkopf.«

»… der Aschenbecher in der Mansardenwohnung …«

»Genau. Laut Spusi klebten Partikel von der Schädeldecke und Blut vom Opfer dran. Übrigens ist alles Blut, das gefunden wurde, vom Opfer. Fragt sich nur, warum der Täter Lattingers Leiche noch im Flur aufgeknüpft hat.«

»Wenn er ihn nur umbringen wollte, dann hätte er mehrmals

mit dem Aschenbecher zugeschlagen, um sicherzugehen, dass er auch wirklich tot ist«, bestätigte Sina.

»Vermutlich.«

»Also hat es was zu bedeuten, dass er die Leiche auf diese Weise zur Schau gestellt hat.« Sina fixierte Niebuhrs braune Augen.

»Glaube ich auch«, antwortete der wie hypnotisiert, während er mit der rechten Hand über seinen Dreitagebart schrabbte, was er immer tat, wenn seine Kollegin kombinierte.

»Und wen hängt man auf? Einen Verbrecher, einen Mörder, einen Dieb, was auch immer. Lattinger muss also irgendetwas auf dem Kerbholz gehabt haben …«

»Am Anfang haben sie anscheinend friedlich beim Whiskey gesessen, geklönt und geraucht, bis irgendetwas den Streit ausgelöst hat.«

»Dann wäre der Mord im Affekt passiert. Der Mörder kann aber auch nur den richtigen Augenblick abgewartet haben, um zuzuschlagen.«

»So wie es da oben ausgesehen hat, muss er dabei eine unglaubliche Wut im Bauch gehabt haben …«

Der Tatort bestätigt tatsächlich nicht gerade die Vermutung, dass dort ein geplanter Mord abgelaufen sein könnte, dachte Sina. Dagegen stand wieder die Hinrichtung im Treppenhaus. Da passte was nicht zusammen. Sie mussten die Sache anders angehen.

»Wen würde Lattinger wohl mit in seine Mansarde nehmen, in diese stinkende Bude? Doch niemanden, vor dem er gut aussehen wollte. Für den hätte er, auch wenn es schon später war, den Speisesaal aufgeschlossen. Gehen wir davon aus, dass es jemand war, dem er nichts vorzumachen brauchte.«

»Also ein guter Bekannter oder Freund«, schlug Niebuhr vor.

»Oder natürlich ein Familienmitglied«, ergänzte Sina.

Niebuhr seufzte, offenbar dämmerte ihm, was auf ihn zukam. »In welchen Vereinen war Lattinger Mitglied und so weiter?«

Sina schmunzelte schadenfroh. Jens stand ein mittlerer Telefonmarathon bevor. Was hatte Lattinger am Mordtag gemacht, wo hatte er sich aufgehalten, und mit wem hatte er sich getroffen? Alles unverzichtbare Routine.

Zwischen ihr und Niebuhr hatte es sich eingebürgert, dass er die Telefonjobs machte. Er sei unbestreitbar der Kommunikativere von ihnen beiden und deshalb die Idealbesetzung für solche Arbeiten, hatte sie ihm schon vor einiger Zeit klargemacht – und er hatte es geglaubt. Damals waren sie noch ein untrennbares Team gewesen. Aber Sina hatte es immer nach unten in die Stadt gezogen, sie war eben kein Harzer Kind. Und als sie ihr die Beförderung angeboten hatten, da hatte es für sie kein Halten mehr gegeben.

Sie zog den Reißverschluss ihrer Jacke zu und kehrte dem Elend den Rücken. Sie hatte vor, das zu tun, was *sie* besser konnte.

Draußen herrschte dichter Nebel. Die Luft war angereichert mit winzigen Wassertropfen, die alles durchfeuchteten, und es war kalt wie im Spätherbst. Schon nach ein paar Schritten bereute Sina ihren Entschluss, nicht den Honda genommen zu haben, und überlegte, ob sie nicht besser umdrehen sollte. Doch dann zog sie die Schultern hoch und schritt zügig durch die Siedlungen aus den Sechzigern und Siebzigern, Haus für Haus die gleiche Anzahl von Stockwerken und die gleiche nichtssagende Fassade. Hier wohnten die Familien mit Kindern, die sich nichts Besseres leisten konnten.

Den geflickten Gehweg vom Kronenplatz zum Krankenhaus herauf wackelte Sina eine erschöpfte alte Frau mit übervoller Einkaufstasche entgegen. Weiter unten kämpften sich die Strahlen der Autoscheinwerfer durch die Nebelschwaden.

Der Tag atmete diese tiefe Melancholie, die Sina so genervt hatte, als sie noch hier oben gearbeitet hatte. Vielleicht war die auch ein Grund gewesen, weshalb sie gegangen war. Hier im Oberharz musste man immer gegen irgendetwas angehen, und wenn es das Wetter war. Sie zog ihr Tempo an, um den Muskelkater vom Volleyball zu vertreiben.

In der Adolph-Roemer-Straße hatte sich einiges geändert, seitdem Sina nach Goslar gezogen war. Die Schaufenster vieler Läden waren leer, andere neu eingeräumt worden. Die Buchhandlung gab es noch, aber eines der beiden Reisebüros hatte geschlossen, und die Drogeriemarktfiliale war verschwunden. Da, wo der Bioladen gewesen war, stand jetzt »Teespezialitäten aus aller Welt« über der Tür. Verwegene Idee, dachte Sina. Wer hier oben Tee trinkt, der nimmt vermutlich eher die Aufgussbeutel aus dem Supermarkt.

Das bunte Gemisch internationaler Studenten war geblieben, dafür sorgte der gute Ruf der Technischen Universität. Ein Häuflein davon stand trotz des schlechten Wetters schwatzend vor dem alten Hauptgebäude.

An der Marktkirche bog Sina in die Schulstraße ein, die fast bis ins Feldgrabengebiet führt, wo die Fachinstitute, die Studentenwohnheime, die Mensa und die Unibibliothek liegen. Ihr Blick lief über die Fassaden. Die meisten der ehemaligen Bergmannshäuser waren in der typisch einfachen Weise mit waagerechten breiten Holzbrettern verkleidet. Einige der alten, rissigen Türen zierten geschnitzte Rosetten.

Die Adresse war nicht schwer zu finden. Noch bevor Sina die ausgetretenen Steinstufen zum Eingang hochgestiegen war, kroch ihr der modrige Geruch in die Nase, der von dem Haus ausging. Das Klingelbrett war übersät mit Knöpfen. Sina ahnte, was sie erwartete.

Nach kurzem Suchen drückte sie einen Knopf. Der Öffner summte.

Eine nackte Glühbirne beleuchtete den Hausflur nur schwach. Von den Wänden blätterte der Anstrich, unter der Decke hingen Spinnweben. Vor Sina lag eine ausgetretene Holztreppe.

»Bitte in den ersten Stock kommen«, ließ sich eine Männerstimme durchs Treppenhaus vernehmen. Die Stufen knarrten, waren steil und schmal. Oben befanden sich in einem engen

Gang im Abstand von nur wenigen Schritten zwei Türen. Aus der hinteren ragte ein schmaler Kopf auf dünnem Hals.

»Kramer, Kripo Oberharz. Sind Sie Herr Christian Lattinger?«

»Ja, kommen Sie bitte herein.«

Der Mann schien die Polizei erwartet zu haben. Er fragte nicht weiter und führte Sina durch ein Stück dunkle Diele in ein kaum helleres, nach hinten raus gelegenes Wohnzimmer. Die Einrichtung war schlicht, der Fernseher vorsintflutlich.

»Setzen Sie sich«, sagte Lattinger und wies auf einen der abgewetzten Sessel. »Darf ich Ihnen etwas anbieten? Vielleicht einen Tee?«

Der ältere der Lattinger-Söhne war etwa eins fünfundachtzig groß. Er trug eine altmodisch runde Brille und erinnerte Sina an Hermann Hesse. In den, besser gesagt in sein Foto, war sie mit sechzehn, in ihrer schwärmerischen Zeit, total verschossen gewesen, als sich in der Realität nichts Gleichwertiges auftreiben ließ. Die dicke Strickjacke wirkte viel zu groß für Lattinger und hing wie ein Sack an seinem volumenlosen, leicht nach vorne gebeugten Oberkörper.

»Etwas Besonderes aus dem neuen Teeladen«, versuchte er es noch einmal.

Sina wollte ablehnen. Die zwei Tassen Kaffee, die sie am Morgen getrunken hatte, waren für den Vormittag genug. Aber als Lattinger sein hageres Gesicht zu einem fast flehenden Lächeln verzog, konnte sie nicht Nein sagen. »Also gut, warum nicht.«

Lattinger verschwand durch die Tür. Wenig später klapperte es in der Küche. Sina sah sich um. Den Hintergrund des hohen Raumes füllte ein breites Regal aus, vollgestopft mit Büchern, an der anderen Wand stand ein Musikschrank, dessen nostalgischer Charme nicht zur Entfaltung kam, weil alles drum herum so alt und schäbig aussah; darauf lagen Schallplatten. Er schien gerade benutzt worden zu sein, denn hinter der Glasscheibe der Radioanzeige brannte noch die Birne.

Das Fenster ging offenbar in den zugebauten Hof. Noch

dunkler wurde der Raum durch die Ansammlung von Kakteen auf dem Fenstersims, von denen einer, mit langen, gefährlich wirkenden Stacheln und weißem Bart, einen beachtlichen Umfang erreicht hatte. Über den Kakteen hing ein Vogelbauer aus Holz, in dem ein Kanarienvogel hektisch von Sprosse zu Sprosse hüpfte, aber keinen Piep von sich gab. Die Wanduhr aus den Fünfzigern tickte dagegen überlaut.

Es dauerte nicht lange, da kam Lattinger mit einem Tablett zurück, darauf Geschirr und Teekanne. Beim Betreten des Zimmers knipste er das Licht an, wodurch der Anblick nicht gerade erträglicher wurde. Er stellte Unterteller und Tasse vor Sina auf den Couchtisch. Trotz seiner Liebenswürdigkeit wirkte der Mann angespannt. Jetzt, wo sie das leichte Zittern seiner Hände bemerkte, war sie sich sicher.

Der Teekanne entströmte ein überzeugender Duft.

»Nicht übel«, sagte Sina.

»Das ist ein Assam Orange Pekoe, ein indischer Tee, Frau Kommissarin. Ich gönne mir kaum etwas, wissen Sie, das lässt mein Budget auch nicht zu, aber für eine Tasse erstklassigen Tee gebe ich gerne meine letzten Groschen aus. Das ist wie eine Sinfonie von Sibelius oder ein Bild von Matisse. Da spielt es noch nicht einmal eine Rolle, dass man in so einer Wohnung begraben ist wie dieser hier.« Er blickte sich abschätzig um und tat gerade so, als wäre seine Umgebung unausweichliches Schicksal.

Tröstungen eines Gescheiterten, ging Sina durch den Kopf, wenn sie sich mit dieser Einschätzung auch ziemlich gnadenlos fand.

Lattinger nahm im Sessel ihr gegenüber Platz und goss sich selbst eine Tasse ein.

»Ich möchte auch Ihnen mein Beileid aussprechen«, begann Sina. »Ich gehe davon aus, dass Ihnen Ihre Mutter die Umstände schon näher erklärt hat.«

»Ja, natürlich, das hat sie«, antwortete Lattinger ohne sichtbare Gemütsregung und nippte an seinem Tee.

Liebe scheint nicht das Thema zwischen den Mitgliedern

der Familie Lattinger gewesen zu sein, dachte Sina. Es war ihr nicht entgangen, dass bisher noch keiner auch nur eine Träne wegen des Toten vergossen hatte.

»Ihr Vater ist ermordet worden«, fuhr Sina fort, »das haben die Untersuchungen ergeben.«

»Und Sie suchen vermutlich den Mörder …« Plötzlich wirkte Lattinger gereizt und aufgebracht. So etwas wie Empörung schien sich in ihm zusammenzubrauen. Sein Gesicht verfärbte sich, er rutschte in seinem Sessel hin und her.

»Ja, das tue ich.«

»Und da die meisten Morde innerhalb der Familie passieren, fragen Sie zuerst bei mir nach. Ausgerechnet bei mir …«

Bei »Ausgerechnet bei mir« überschlug sich seine Stimme, und er schien am Beginn eines Hysterieausbruchs zu stehen.

»Ja«, antwortete Sina sachlich, um Lattinger nicht noch weiter aufzubringen.

Gekränkt gab er zurück: »Na, dann fragen Sie schon, ob ich es gewesen bin!«

»Sind Sie es gewesen?«

Lattingers Hände begannen so stark zu zittern, dass er die Tasse auf dem Couchtisch abstellen musste. »Nein!«, platzte er heraus, während er sich entrüstet in seinem Sessel wand und sich den Schweiß von der Stirn wischte. »War's das?«, fragte er dann ängstlich und hoffnungsvoll wie ein Gefolterter, der auf das Ende der Schmerzen hofft.

»Nein, jetzt fängt es erst an«, antwortete Sina, was Lattinger zusammenzucken ließ, als hätte ihn der Blitz getroffen. »Es geht hier nicht um Ihre Gefühle, Herr Lattinger, es geht um Ihre Beziehung zu Ihrem Vater. Wie standen Sie zu ihm? Waren Sie am Tag des Mordes im Hotel? Das sind nur zwei Fragen. Ich hab einen ganzen Sack voll davon mitgebracht. So schnell werden Sie mich nicht los.«

Endlich schien Lattinger zu begreifen, dass es der Oberkommissarin zunächst um die Klärung von Routinefragen ging und nicht darum, ihn zum Mörder zu machen. Er rutschte in seinem Sessel vor, nahm die Tasse vom Couchtisch und schlürfte einen Schluck Tee. Dann sammelte er sich und nahm Anlauf.

»Die Beziehung zu meinem Vater hat sich, wie der Zustand eines Multiple-Sklerose-Kranken, von Schub zu Schub immer weiter verschlechtert, bis zum Exitus. Das heißt, dass er mich immer stärker ignoriert hat. Am Ende war ich für ihn sozusagen nicht mehr da.«

Sina seufzte. Es würde eine dieser traurigen Geschichten folgen, die sie eigentlich nicht hören wollte und doch immer wieder hören musste.

»Ich habe meinen Vater am Anfang sogar bewundert«, begann Christian Lattinger, jetzt in einem sachlich konzentrierten Tonfall. »Er stammte aus einer einfachen Bergarbeiterfamilie, war nicht besonders gebildet, aber er war stark, verstehen Sie? Er war in der Lage, Entscheidungen zu treffen. Wenn er erkannt hatte, dass Hilfe gebraucht wurde, hat er geholfen, ohne Zögern, und wenn es um Streit ging, hat er Partei ergriffen und zu denen gehalten, von denen er glaubte, dass sie im Recht waren. Dabei konnte er sich auch irren, aber er hat immer zu sich und seinen Entscheidungen gestanden. So war mein Vater.«

»Und warum hat er Sie verachtet?«

»Zuerst war er stolz auf mich. Ich war sein Ältester und gut in der Schule, eine Zeit lang war ich sogar Klassenbester. Aber als ich ihm dann klargemacht habe, dass ich das Hotel nicht übernehmen und lieber studieren wollte, da sah es plötzlich anders aus. Dem feinen Herrn Sohn wäre wohl die Arbeit im Hotel zu gewöhnlich und was ich mir einbilden würde. Dabei stimmte kein Wort davon, ich interessierte mich nur einfach nicht fürs Hotelfach, ich wollte Lehrer werden.«

»Sie haben doch noch einen Bruder?«

»Ja, Uwe.«

»Hätte nicht er das Hotel übernehmen können?«

»Von Uwe hat Papa nie viel gehalten. Uwe war weder in der Schule noch in der Ausbildung besonders gut, obwohl er sich viel Mühe gegeben hat und auf Papas Wunsch sogar in der Küche gelernt hat. Aber er konnte es unserem Vater nie recht machen.

Zwischen den beiden gab es so lange Streit, bis sie sich nichts mehr zu sagen hatten. Vor ein paar Jahren hat Uwe dann ohne Papas Hilfe eine Disco in Göttingen aufgemacht und ihm gezeigt, dass er auch ganz allein etwas auf die Beine stellen kann. Die Sturheit hat er von Papa, wissen Sie. Möchten Sie noch Tee?«

»Nicht mehr, danke. Er schmeckt aber wirklich sehr gut.«

Lattinger lächelte zufrieden. Er goss sich selbst nach und begegnete Sinas Blick, ohne dabei wieder den Eindruck eines Feldhasen auf der Flucht zu machen.

»Und Ihr Vater war nachtragend genug, Ihnen nie zu verzeihen, dass Sie das Hotel nicht übernehmen wollten?«, verfolgte Sina ihren Ansatz.

»Das war nicht alles. Später habe ich einen noch größeren Fehler gemacht und Mutter meine Neigung gebeichtet.«

Sina wusste nicht sofort, was er meinte.

»Ich bin ein Homo, schwul, verstehen Sie?« Er winkte ab, als hätte Sina etwas erwidern wollen. »Jetzt macht mir das nichts mehr aus. Ich bin damit durch. Von mir aus kann es die ganze Welt wissen. Sehen Sie sich bloß um! Was kann mir noch schaden?«

Das Schlimme war, dass er recht hatte. »Und Ihre Mutter?«

»Meiner Mutter ist nichts Besseres eingefallen, als alles brühwarm meinem Vater zu erzählen. Für Papa ist eine Welt zusammengebrochen.«

»Wie ging es weiter?«

»Das ist eine gute Frage. Raten Sie mal. Na? Geheiratet habe ich! Ich habe eine Frau geheiratet, die nichts davon wusste, und mit ihr zwei Kinder gemacht.«

Das war wirklich erstaunlich.

»Am Anfang ging alles gut, und ich hatte die Hoffnung, dass ich es schaffen würde, die Schule, die Familie, meine Frau. Ich glaubte allen Ernstes, dass ich mein Inneres überlisten könnte. Idiotisch, nicht?«

Auf diese Frage konnte man nichts antworten. Sina schwieg, ließ den Mann weiterreden.

»Ab und zu bin ich nach Hannover gefahren und hab mich

mit einem Stricher im Hotel getroffen, aber auf die Dauer hielt ich das nicht aus und fing mit dem Trinken an. Meine Frau hat gemerkt, dass etwas nicht stimmte, und auch in der Schule bekam ich Ärger, weil ich wegen der Trinkerei oft nicht auf dem Posten war. Als mich Lena, so heißt meine Frau beziehungsweise meine Ex, eines Abends ins Gebet nahm, hab ich ihr alles erzählt.«

Ein breiter Sonnenstrahl glitt in den Hinterhof. Gleichzeitig drangen kreischende Laute aus Richtung des Fensters an ihre Ohren. Sina zuckte zusammen.

»Goldmännchen fängt immer an zu singen, wenn er die Sonne sieht, nicht wahr, Goldmännchen?«, säuselte Lattinger.

Der Kanarienvogel schoss noch ein paar schrille Töne ab, die wenig nach Gesang klangen.

»Er ist ein bisschen ängstlich wegen Ihnen, aber er kann wunderschön singen, wenn er will.«

In Lattingers Leben war schiefgegangen, was schiefgehen konnte. Und wenn Sina die abgerissene Gestalt betrachtete, dann ahnte sie, dass ihm keine Konsequenz erspart geblieben war. Es tat ihm weh, darüber zu reden.

»Ich mache es kurz, wenn Sie gestatten, Frau Kommissarin. Meine Frau hat sich scheiden lassen und das Sorgerecht für die Kinder bekommen. Da fing ich erst recht an zu saufen und musste in der Schule ganz aussetzen. Ein Nervenzusammenbruch hat das Übrige getan. Alles nicht so schön ...« Sein Mund bebte.

»Ich muss Sie noch fragen, wo Sie vorgestern Abend gewesen sind, Herr Lattinger«, sagte Sina sanft, »und Ihre Fingerabdrücke brauche ich auch.«

Lattinger wischte sich mit der Hand über die Augen. »Hier war ich, wo sonst?«

»Und was haben Sie gemacht?«

»Musik gehört.« Er wies mit einer Kopfbewegung auf den Musikschrank an der Wand. »Soll ich Ihnen noch sagen, was?«

***

»Lattinger muss seinen Vater zuerst bewundert und am Schluss abgrundtief gehasst haben, und obendrein hat er kein Alibi. Angeblich war er am Mordabend allein zu Hause und hat sich Schallplatten angehört«, sagte Sina, als sie mit Niebuhr gegen zwölf das Kommissariat verließ. »Das heißt, einen Zeugen hat er doch: Goldmännchen.«

»Und wer ist Goldmännchen?«

»Sein Kanarienvogel.« Sie genoss kurz Niebuhrs verdutztes Gesicht, bevor sie weitersprach: »Und dem Bruder Uwe muss es ähnlich gegangen sein. Er ist mit seinem Vater auch nicht zurechtgekommen, laut Christian Lattinger.«

»Ich hab mit den Kollegen aus Göttingen telefoniert. Uwe Lattinger hat ein Alibi. Er ist am Sonntagabend ab achtzehn Uhr bis gegen zwei Uhr nachts in seiner Disco gewesen«, ergänzte Niebuhr.

»Wer sagt das?«

»Die Angestellten. Es wollte allerdings keiner darauf schwören, dass der Chef die ganze Zeit hinter dem Tresen gestanden hat. Alle hatten immer mal an einer anderen Ecke des Ladens zu tun gehabt, und der ist riesig. Ab neun ist er dann rappelvoll gewesen.«

»Also doch kein Alibi.«

Niebuhr zuckte mit den Schultern.

»Kommen also schon zwei in Frage, die Motive hatten, dem alten Lattinger das Licht auszublasen«, folgerte Sina.

Sie nahmen den blauen Dienstwagen, um beim Mittagessen im »Alten Steiger« Niebuhrs weitere Telefonausbeute zu besprechen.

Wenn Sina den Oberharz auch nicht vermisst hatte, nach *einem* hatte sie Sehnsucht gehabt: dem phänomenalen Sauerfleisch im »Alten Steiger«.

»Darf es was zu trinken sein?«, fragte der Kellner.

Sina winkte ab. Sie hatte noch genug von dem Kaffee und Tee am Morgen.

»Lattinger ist gegen drei Uhr nachmittags zuerst hier im

›Steiger‹ gewesen, das hat mir ein Mitglied vom Gemeinderat bestätigt. Der Gemeinderat hat hier getagt, sozusagen ein Insidertreffen«, berichtete Niebuhr, nachdem er eine Cola in Auftrag gegeben hatte.

»Gab es dabei irgendwelche Auffälligkeiten, erhitzte Diskussionen, Streit, ist jemand beleidigt abgezogen, irgend so was?«, fragte Sina, weil sie es kaum erwarten konnte.

Niebuhr wollte gerade ansetzen, als der Kellner an den Tisch zurückkam.

»Haben Sie am Sonntagnachmittag Dienst gehabt?«, fragte Sina ihn.

»Ja, warum?«

»Haben Sie auch die Herren vom Gemeinderat bedient?«

»Ja.«

»Wissen Sie noch, worüber am Tisch gesprochen wurde?«

»Ist das ein Verhör?«, fragte der Kellner unwillig und von oben herab.

»Bis jetzt noch nicht«, antwortete Niebuhr und fingerte den Dienstausweis aus der Jacke.

Der Mann in weißem Hemd und schwarzer Hose änderte sein Gehabe so plötzlich wie die Sepia ihre Farbe. »Natürlich helfe ich gerne, wo ich kann. Aber das bisschen, was man von den Gesprächen so mitbekommt, wissen Sie ... Ich habe mir angewöhnt –«

»Also, was haben Sie gehört?«, kürzte Sina ab. Die verlogene Art des Kellners konnte sie nicht ausstehen.

»Es ging um die Straßensanierung. Lattinger hat Krach gemacht, wie schlampig die Flicken im Asphalt aussehen würden. Seine Großmutter hätte das besser machen können. Da hatte er ja auch recht, sehen Sie sich nur mal an ...«

»Und weiter?«

»Daraufhin hat sich Kranz mit Lattinger angelegt. Die haben sich ganz schön angefetzt, kann ich Ihnen sagen.«

»Wer ist Kranz?«, wandte sich Sina an Niebuhr. Sie kannte sich im Rat der Samtgemeinde nicht aus.

»Kranz hat die Hand über der Kasse. Und da in der Kasse

sowieso nichts drin ist, kann man froh sein, wenn überhaupt Flicken auf die Schlaglöcher kommen.«

»Lattinger ist dann wutschnaubend abgezogen, der war immer schnell auf der Palme …«

»Lattinger ist also gegangen. Allein?«, setzte Sina nach.

»Soviel ich weiß, ja.«

»Danke Ihnen. Ich nehme einmal das Sauerfleisch mit Bratkartoffeln, und du?«

»Ich auch«, antwortete Niebuhr, genauso überrascht von dem Themenwechsel wie der Kellner, der schnell eine Verbeugung andeutete und sich an den Tresen verzog.

»Das wäre also geklärt. Und wo ist Lattinger später noch aufgetaucht?« Sina war in Fahrt. Das war die Arbeit, die sie liebte. Vorausgesetzt, es kam am Ende was dabei heraus.

»Lattinger ist dann zum Frühlingsfest im Vereinshaus der Angler gegangen. Am Abend ist er noch bei der Jahresversammlung des Fremdenverkehrsvereins gesehen worden, das hat mir der Vorsitzende selbst erzählt. Der alte Lattinger hätte im Saal ganz vorne im Publikum gesessen. Später zur Nachbesprechung im ›Braunen Hirsch‹ ließ er sich nur noch kurz blicken und verschwand so gegen halb zehn.«

»Ausgefülltes Programm. Ist Lattinger in Begleitung nach Hause gegangen?«

»Das konnte ich bis jetzt nicht rauskriegen. Krahwinkel, so heißt der Vereinsvorsitzende, wusste auch nichts Genaues. Sie hatten alle schon einiges intus, und in dem Lokal war es ziemlich laut.«

»Wir brauchen alle Namen der Leute, die Lattinger gesehen haben, als er im ›Braunen Hirsch‹ war, und für die Zeit danach natürlich.«

Niebuhr nickte müde.

***

»Stimmt was nicht bei dir?«

Man sah es ihr also an. Sina fragte sich, ob es etwas brachte, mit Niebuhr darüber zu reden. Er hatte nur Erfahrung mit gescheiterten Beziehungen und keine Kinder, erst recht keinen Sohn von sechzehn Jahren.

»Torsten redet nicht mit mir.«

Niebuhr warf ihr von der anderen Seite des Schreibtischs einen erstaunten Blick zu. Offenbar hatte er nicht mit einer Antwort gerechnet. Sina realisierte, dass sie ihm gegenüber nie mit etwas Privatem herausgekommen war. Nur er hatte freizügig aus seinem verkorksten Liebesleben erzählt, damit sie ihre unfairen Witzchen darüber machen konnte. In der heißen Phase ihrer Trennung von Bernie hatte sie seine besorgten Nachfragen sogar schroff abgewiesen. Armer Jens.

»Vielleicht ist er so wie du?«

Was sollte denn das heißen? Was hatte Niebuhr schon für eine Ahnung, wie sie war? Was hat ein Mann überhaupt für eine Ahnung, wie eine Frau ist?

»Entschuldige, ich wollte dich ...« Er begann, auf dem Schreibtisch herumzukramen. Eigentlich saßen sie ja im Kommissariat, um die Ergebnisse der Spurensicherung zu checken.

Sina ruderte innerlich zurück. Wenn sie mit Jens über Torsten redete, dann musste sie auch seine Antworten ertragen. Aber der Vorwurf, der in dem Satz lag, hatte sie getroffen. Das hatte sich plötzlich so nach Bernie angehört.

»Wie warst du mit sechzehn, kannst du dich noch erinnern?«

Niebuhr überlegte. »Ich kann mich nur daran erinnern, dass ich viel nachgedacht habe und dass ich mir zu dünn vorkam und gerne athletisch gewesen wäre.«

Sina schmunzelte. »Hattest du schon eine Freundin?«

»Ich stand nicht besonders hoch im Kurs. Die Athletischen kamen besser an, und ich hatte ziemliche Komplexe.«

Sina lachte, doch ihr Gesicht trübte sich wieder ein. »Ich kann mit Torsten einfach nicht reden. Ich habe immer noch das Gefühl, dass er mir die Schuld anlastet, dass die Ehe seiner Eltern schiefgelaufen ist, und dass ich mich rechtfertigen muss. Und als ich gestern mit dem Thema anfangen wollte, ist er wie immer in sein Zimmer abgezogen und hat mich einfach vor meiner Salatschüssel sitzen lassen. Ich weiß einfach nicht mehr, was ich machen soll.«

Niebuhr drehte sich auf dem Bürostuhl einmal um die eigene Achse. »Eines kann ich dir sagen. Mit sechzehn hatte ich jede Menge eigene Probleme und keinen Platz für die meiner Eltern. Ich glaube, das ist international bei Sechzehnjährigen so. Vielleicht will Torsten gar nichts davon wissen. Nimm es so, wie es ist, Sina. Wenn er reif dafür ist, wird er von selbst kommen.«

Niebuhr konnte manchmal ganz intelligente Sachen sagen. Vielleicht wird er eines Tages sogar zum Kriminaldirektor befördert, dachte Sina, sozusagen wegen überragender sozialer Kompetenzen.

»Hattest du schwule Gefühle mit sechzehn?«

»Ich nicht, aber frag nicht, was manchmal nach dem Sport unter der Dusche abgegangen ist. Demnach dürfte es nur noch schwule Männer geben.«

Sina strich sich eine glatte braune Haarsträhne aus dem Gesicht. Niebuhr hatte es tatsächlich geschafft, dass sie wieder einen freien Kopf hatte.

»Keilberth hat schon gefragt, wie weit wir sind«, kam er übergangslos zur Sache.

»Wie weit sind wir denn?«

Niebuhr hatte die Berichte in der Hand. Sina stand auf und ging im Raum herum, während er die Fakten vorlas.

»Die Spurensicherung hat jede Menge Fingerabdrücke gefunden, aber ausgerechnet auf der Tatwaffe, also auf dem Aschenbecher, konnten keine identifiziert werden.«

»Auf dem Whiskeyglas waren auch keine?«

»Dasselbe. Und auf der Flasche haben sie nur Lattingers gefunden.«

»Hm«, machte Sina. Immer noch kein sauberes Bild. Der Täter hatte sich also nach der Tat noch so weit unter Kontrolle, um seine Spuren zu beseitigen, was eher für Vorsatz sprach. Wenn es doch im Affekt geschehen war, dann hatte er sich jedenfalls nicht von Panik hinreißen lassen.

»Aber es gibt Faserspuren, zwei Hundehaare und Hautschuppen auf der Couch, die nicht von Lattinger stammen.« Jens machte ein Gesicht wie der Weihnachtsmann. »Und noch was: An der Seitentür, die zum Fahrradkeller und Schwimmbad führt, gibt es außen und innen wunderschöne Fingerabdrücke. Rat mal, wem die gehören …«

***

Um fünfzehn Uhr zweiunddreißig parkte Sina den Honda gegenüber dem Azaleenweg 18 in einem nicht weit von der A 7 gelegenen Neubaugebiet am Rand von Northeim. Das Haus, im nordischen Blockhausstil und mit einer Solaranlage auf dem Dach, umgab ein angelegtes Wiesengrundstück mit einem mit weißen Kieseln eingefassten Zierteich. Der Rasen, vermutlich erst letztes Jahr eingesät, war noch nicht mehr als ein lindgrüner Flaum über brauner Erde. Auf der Einfahrt zur Garage stand ein Geländewagen der gehobenen Klasse, wohl auch kaum älter als ein Jahr.

Sina drückte den Messingknopf am Eingang. Im Inneren des Hauses ertönte die Glocke von Big Ben. Kurz darauf öffnete eine hellblonde Frau Anfang dreißig mit einem auffallend zufriedenen Lächeln auf dem Gesicht.

»Guten Morgen, Kriminaloberkommissarin Kramer, bin ich richtig bei Lattinger?«

»Ja, ich bin Frau Lattinger«, antwortete die Frau mit osteuropäischem Akzent.

»Ich hätte gerne Ihren Mann gesprochen.«

»Kommen Sie bitte.«

Um der Oberkommissarin den Weg freizugeben, trat die junge Frau einen Schritt zurück, dabei drehte sie sich zur Seite. Es war nicht zu übersehen.

»Herzlichen Glückwunsch«, sagte Sina. »Was wird es denn?«

»Wir wissen es nicht.«

»Und wann?«

»In drei Monaten, wir freuen uns schon so.«

Das pure Mutterglück strahlte ihr entgegen. Sina fühlte sich wieder in die Zeit zurückversetzt, als sie Torsten erwartet hatte. Da war sie auch so eine selige Madonna gewesen, die ihren Sohn wie die Erlösung der Menschheit im Bauch vor sich hergetragen hatte.

»Kommen Sie bitte«, wiederholte die junge Frau und geleitete Sina durch den Flur in ein weitläufiges Wohnzimmer, dessen Panoramascheiben die Sicht auf den Garten und den angrenzenden Wald freigaben.

Uwe Lattinger zerrieb gerade eine Kippe im Aschenbecher. Als er die Oberkommissarin sah, stemmte er sich mit Schwung aus dem weißen Ledersessel, in dem er gesessen hatte, blies den restlichen Zigarettenqualm aus den Lungen und kam auf sie zu.

»Kramer, Kriminalpolizei Clausthal, ich würde Sie gerne sprechen, Herr Lattinger.«

Lattinger reichte Sina kurz die Hand und wies auf einen der vier Sessel, die um den Glastisch herumstanden.

»Bitte, nehmen Sie Platz.«

Der Raum war, wie das ganze Haus, erfüllt von einem Holzaroma, das selbst der Zigarettenqualm nicht verdrängen konnte. An der Einrichtung war nicht gespart worden. Offener Kamin mit Natursteinumrandung, die Designermöbel mit ihren klaren rechteckigen Formen fügten sich geschmackvoll in die rustikale Umgebung der Wände aus natürlichen Baumstämmen ein.

Nachdem sie saßen, zündete sich Lattinger erneut eine Zigarette an.

»Sie wissen, weswegen ich hier bin. Es geht um den Mord an Ihrem Vater.«

Bei dem Wort »Mord« zuckte es in Lattingers Gesicht, das sonst eher unbeteiligt wirkte. Der Mittvierziger war ein sportlicher Typ, trug Jeans und Laufschuhe aus Wildleder. Unter dem roten Poloshirt zeichnete sich ein muskulöser Oberkörper ab. Die wie lackiert glänzende schwarze Frisur ohne ein einziges graues Haar und die sonnenstudiogebräunte Haut wirkten gewollt jugendlich.

»Ich mache kein Geheimnis daraus, dass wir uns nicht besonders verstanden haben, Frau Kramer. Aber umgebracht, um das vorwegzusagen, habe ich meinen Vater nicht.« Er schnippte die Asche von seiner Zigarette.

»Einen schönen Besitz haben Sie sich hier geschaffen. Alles neu?«, fragte Sina, ohne auf das Geplänkel einzugehen. Unschuldig sind sie am Anfang alle, das wird sich nie ändern.

»Ja.«

»Dann gehen die Geschäfte also gut?«

Bei der Frage stutzte er. »Sie sind doch nicht hier, um sich mit mir über meine Geschäfte zu unterhalten?«, kam prompt die Gegenfrage.

»Auch, Herr Lattinger. Wenn ich in einer Mordsache ermittle, dann spreche ich grundsätzlich über alles, auch über die Geschäfte von Diskothekenbesitzern.«

»Also gut.«

Der Anflug von schlechter Laune verzog sich so schnell, wie er gekommen war. Der Mann hatte sich im Griff und passte sich augenblicklich der neuen Situation an, registrierte Sina.

»Eva, du sollst doch nicht so lange stehen!« Lattingers Frau stand immer noch an der Tür zum Wohnzimmer. Er sprang aus dem Sessel und nahm sie in den Arm. »Setz dich in die Küche, Liebling.«

Seine Stimme klang besorgt. Es war ein Spiel zwischen Liebenden. Die werdende Mutter ließ sich zärtlich küssen und von ihrem Mann aus dem Raum geleiten.

»Wir bekommen ein Kind, wissen Sie?«, wandte er sich an Sina, als er wieder zurück war, jetzt mit dem gleichen Glanz in den Augen wie seine Frau. »Eva ist das Beste, was mir passieren konnte. Sie stammt aus Krakau und hat in Hannover Design studiert.« Er schien ganz im Familienglück zu schweben.

»Sie betreiben eine Diskothek. Da braucht man sicher viel Kapital?«

Lattinger landete wieder auf dem Boden der Tatsachen und wurde ernst. »Das ist richtig. Ich musste hart dafür arbeiten. Jahrelang hab ich in einer Disco bei Hannover den Affen gemacht, bis ich endlich die richtigen Leute getroffen habe, die wussten, wie man Geld auftreibt. Da hab ich auch meine Frau kennengelernt.«

»Ihr Vater hat Ihnen also nicht geholfen?«

»Nein, der doch nicht. Das waren immer andere. Mein Vater hat nichts von mir gehalten. Ich hatte immer schlechte Karten bei ihm, egal was ich machte.«

Lattinger zog heftig an seiner Zigarette, bestätigte die Geschichte, die Sina von seinem Bruder schon gehört hatte.

»Haben Sie noch Kontakt zu Ihrer Familie im Oberharz?«

»Ja, ab und zu.«

»Wann haben Sie Ihren Vater zuletzt gesehen?«

Lattinger überlegte kurz. »Vor ungefähr drei Wochen, am Geburtstag meiner Mutter.«

»Gab es Streit oder Auseinandersetzungen?«

»Nein, wir haben es vermieden, wegen Mama.«

»Wie ist das Verhältnis zu Ihrer Mutter?«

»Wir reden noch miteinander.«

Das genügte Sina nicht. In dieser Familie konnte es doch nicht überall nur Hass und Gleichgültigkeit geben. »Freut sie sich auf ihr Enkelkind?«

»Glaube schon, weiß nicht.« Lattinger versank in dumpfes Nachdenken.

»Können Sie mir erklären, warum das Verhältnis zu Ihren Eltern so schwierig ist?«

Er brütete vor sich hin, offenbar überfielen ihn Erinnerungen. Dann war er bereit.

»Als wir noch Kinder waren, mein Bruder und ich, war das anders. Meine Eltern verstanden sich gut, hatten Pläne mit dem Hotel, waren ehrgeizig. Als ich zwölf war, fror ihr Verhältnis auf einmal ein. Das Schlimme war, dass meine Mutter plötzlich kein Interesse mehr an uns hatte, obwohl wir nichts dafür konnten. Bis dahin war sie immer so stolz auf ihre beiden Jungs gewesen.«

»Und warum hatte sich alles so geändert?«

»Das kann ich Ihnen nicht sagen, ich weiß es bis heute nicht.« Er fingerte die nächste Zigarette aus der Packung, klopfte sie aber, nachdem er sich offenbar anders entschieden hatte, mit dem Zeigefinger wieder zurück.

»Haben Sie Ihre Mutter nie deswegen zur Rede gestellt?«

»Als ich älter war, hab ich einmal gefragt, was in dieser Familie los wäre, aber sie hat gesagt, es ginge mich nichts an. Dann hab ich es gelassen, es hatte ja doch keinen Sinn.«

»Aber Ihre Eltern haben sich nicht scheiden lassen …«

Lattinger wurde ungeduldig. »Ich kann Ihnen nicht mehr sagen als: Das Verhältnis zwischen beiden hatte sich von einem auf den anderen Tag deutlich abgekühlt!« Er stand abrupt auf.

»Nur noch zwei Fragen, dann sind Sie mich los«, beruhigte ihn Sina, obwohl das keine Garantie dafür war, dass sie das Versprechen auch halten würde. »Sie waren also am Mordabend bis zum Geschäftsschluss in Ihrer Diskothek?«

»Hab ich Ihren Kollegen schon gesagt. Und zwischendurch bin ich im Büro abgetaucht, um die Buchhaltung zu machen. Die erledige ich nämlich selbst.«

»Wann genau haben Sie in Ihrem Büro gearbeitet?«

Lattinger zuckte mit den Schultern. »Das kann ich nicht mehr sagen.«

Die Fahrt von Northeim nach Clausthal dauert nicht länger als eine Stunde, überschlug Sina im Kopf. »Möglicherweise zwischen einundzwanzig und dreiundzwanzig Uhr?«

Lattinger hatte längst begriffen, dass es um sein Alibi ging. »In der Zeit war ich sicher mal im Büro, aber nicht durchgängig.«

Eine ähnliche Antwort hatte die Oberkommissarin erwartet. »Gibt es einen Hinterausgang?«

»Sie meinen doch nicht etwa …« Er gab den Versuch, sich künstlich aufzuregen, sofort wieder auf.

»Ich eruiere die Möglichkeiten, um es exakt zu sagen.«

Lattinger zögerte und fuhr sich mit der Hand durch die gefärbten Haare. »Ja, es gibt einen Notausgang, durch den man vom Büro aus ungesehen das Gebäude verlassen kann, falls Sie das meinen.«

»Danke für Ihre Hilfe, Herr Lattinger.«

Auf der Rückfahrt über die A 7 nach Clausthal ließ Sina ihren Gedanken freien Lauf. Uwe Lattingers Aussage war glaubhaft, es passte alles zusammen. Warum sollte der Unternehmer seinen Vater umbringen? Er war erfolgreich und bald glücklicher Familienvater. Er hatte seinem Vater bewiesen, dass er kein Versager war. Doch solange nicht wenigstens *ein* Angestellter glaubhaft bestätigte, Lattinger junior in der Tatzeit – eine Stunde davor und eine danach für die Fahrt – in seinem Geschäft gesehen zu haben, schied er als Täter nicht endgültig aus.

Weitere Aufschlüsse konnten noch der plötzliche Bruch in der Ehe der alten Lattingers geben und das unerklärliche Desinteresse, das die Mutter plötzlich ihren Söhnen entgegenbrachte. Jeder Stein musste umgedreht werden.

Sina stand vor der Ampel an der Marktkirche in Clausthal und wartete auf Grün. Es waren nur noch ein paar Meter bis in die Schulstraße.

Als sie die knirschenden Holzstufen hinaufstieg, kam ihr aus dem ersten Stock halblaute Musik entgegen. Sina hatte von Klassik keine Ahnung und war immer der Meinung gewesen, dass ihr dafür das passende Gen fehlte, aber diese eigenartige Melodie wirkte unerklärlich anziehend auf sie.

»Frau Kramer, mit Ihnen hab ich jetzt nicht gerechnet, kommen Sie rein!«, begrüßte sie Christian Lattinger.

Er führte sie wieder nach hinten in das dämmrige Wohnzimmer, das nur schwach von einer Stehlampe beleuchtet war. Goldmännchen rührte sich nicht auf seiner Stange und wirkte vor Schreck wie ausgestopft.

»Gerade eben hat Goldmännchen noch gesungen. Sie müssen etwas an sich haben, was ihn verstummen lässt«, sagte Lattinger.

Vielleicht kann ja Goldmännchen gar nicht singen, dachte Sina, aber er wünscht es sich so.

»Möchten Sie einen Tee?«

»Nein danke, ich habe nur eine Frage …«

Eben schraubte sich die Geige in die höchsten Höhen.

»Was ist das für eine Musik?«

»Kennen Sie nicht? Das ist Prokofjew, Violinkonzert Nummer zwei.«

Sie ließ sich in den muffigen Sessel gleiten, der neben ihr stand.

»Hören Sie ein bisschen hinein, und ich mache uns einen Tee«, sagte der dünne Mann, der wie ein Gespenst in der Dämmerung des Flurs verschwand.

Sinas Gefühle spielten plötzlich verrückt. Irgendwas wühlte sie innerlich auf. War das die seltsame Musik, oder ging es jetzt los mit den berüchtigten Hitzewellen? Sie war sechsundvierzig, daran gab es nichts zu deuteln.

Ein abrupter Akkord und der Duft des Tees holten sie wieder zurück.

»Sind Sie am Mordabend im Hotel gewesen?«, setzte ihre Frageautomatik ein.

»Nein, hab ich Ihnen das nicht schon gesagt?«

»Sind Sie sicher?«

»Ganz sicher.«

»Und warum ist die Seitentür zum Fahrradkeller dann übersät mit Ihren frischen Fingerabdrücken?«

***

Du hast gewusst, wie dringend ich das Geld brauchte. Und du hattest kein Recht, es für dich zu behalten. Bewundert habe ich dich all die Jahre. Du hattest Ideen und hast sie ohne Wenn und Aber umgesetzt. Du hattest deine Linie, warst großzügig gegen deine Freunde, aber hart gegen die, die dich enttäuscht haben. Jetzt sage ich dir: Du hast mich enttäuscht! Ich habe mich auf dich verlassen, und du hast mich verraten! Und Verräter müssen hängen!

DREI

»Warum war er an dem Abend überhaupt im Hotel?«, fragte Niebuhr.

Sina lehnte an der Fensterbank in Niebuhrs Büro und starrte in den grauen Himmel. Das Gespräch mit Christian Lattinger lag noch keine zwei Stunden hinter ihr.

Sie hatte Lattinger erwischt. Die Fingerabdrücke an der Seitentür des Hotels waren ein unumstößlicher Beweis dafür, dass er in letzter Zeit da gewesen sein musste. Wenn auch nicht unbedingt am Mordabend selbst, aber das hatte sie ihm natürlich nicht gesagt.

»Ich wollte an dem Abend meine Mutter besuchen …« Lattingers Stimme hatte gezittert.

»Warum lügen Sie? Sie wissen genau, dass es nicht so war!«

Am Morgen nach dem Mord hatte seine Mutter noch eindeutig erklärt, dass sie an dem Abend niemanden außer den Gästen und dem Küchenmädchen gesehen hatte. Es wäre ein Leichtes für sie gewesen, ihrem Sohn das Alibi zu geben, sie hätte dann selbst eins gehabt.

Lattinger schien außerstande, klar zu denken. Er starrte Sina verzweifelt an, als würde er seinem Erschießungskommando direkt in die Augen sehen. Dann ließ er sich schluchzend in einen Sessel fallen und bedeckte das Gesicht mit den Händen, während Goldmännchen aufgeschreckt mit den Flügeln gegen die Gitterstäbe seines Käfigs schlug.

Sina konnte den Mann nicht beruhigen. Erst als sie sich auf die Sessellehne setzte, sich über den zuckenden Rücken beugte und darüberstrich, ließ der Krampf allmählich nach.

»Also, warum war er an dem Abend im Hotel?«, drängte sich Niebuhr wieder zwischen ihre Gedanken.

»Lattinger hatte einen speziellen Grund, den Keller des Hotels aufzusuchen«, tauchte Sina kurz aus der Szene mit Lattinger auf, ohne Niebuhrs Frage damit zu beantworten.

Es musste furchtbar für Lattinger gewesen sein, den verbliebenen Hauch von Haltung auch noch zu verlieren.

»Das war meine letzte Chance … Wenn die falschen Leute davon erfahren …«, stammelte er.

Seine Hände krallten sich in die Polster.

»Im Keller sind nicht nur Schwimmbad und Heizung …«, rückte er endlich mit der Sprache heraus; dabei vermied er es, Sina ins Gesicht zu sehen.

»Sondern …?«

»… auch der Vorratsraum.«

»Na und? Es wird Ihnen doch kaum jemand einen Vorwurf daraus machen, dass Sie sich hier und da bedient haben, wo es Ihnen so schlecht geht. Oder hatte Ihr Vater etwas dagegen?«

»Nein, das ist es nicht …«

»Was dann?«

»Ich habe mir etwas zu trinken geholt, Whiskey … Alkohol, verstehen Sie?«

Sina war wieder zurück in Niebuhrs Büro, immer noch hatte sie den zerknirschten Lattinger vor Augen. Sie drehte sich vom Fenster weg zu Niebuhr.

»Könntest du dich vielleicht etwas deutlicher ausdrücken?«, sagte der entnervt.

»Er hat wieder angefangen zu trinken. Lattinger hat schon zwei Entziehungskuren hinter sich. Wenn rauskommt, dass er es wieder nicht geschafft hat, ist es endgültig aus mit ihm als Lehrer. Angeblich hatten sie ihm noch einmal eine Chance gegeben, wenn er durchhalten würde.«

»Er war also am Mordabend im Haus«, war Niebuhrs ungerührter Kommentar.

Er hatte natürlich recht. Es ging allein um die Fakten zur Aufklärung des Mordes.

»Und wann genau?«, löcherte er sie weiter.

»Lattinger sagte, dass er es an dem Abend ohne Stoff nicht mehr ausgehalten und wieder mal keinen Cent in der Tasche gehabt hätte. Gegen neun Uhr abends fuhr er in der Dunkelheit mit dem Fahrrad los, stellte es am Busparkplatz ab und schlich dann hinten durch den Hotelgarten. Mit dem Schlüssel, den er einmal hatte mitgehen lassen, verschaffte er sich Zugang zur Seitentür. Die Vorratskammer war nicht abgeschlossen, jedenfalls der vordere Bereich. Schlüssel zum Depot, wo die wertvollen Weine und der Champagner liegen, hatte nur der alte Lattinger, aber da wollte Christian ja nicht hin.«

»Das bedeutet, dass er zur *Tatzeit* im Hotel gewesen sein kann. Vielleicht ist er seinem Vater direkt vor die Füße gelaufen. Sie haben versucht, ein friedliches Gespräch zu führen, und haben später in der Mansarde zusammen Whiskey getrunken, bis es am Ende doch auf einen Streit hinauslief. ...«

»Warum nicht«, bestätigte Sina, »aber das sind reine Vermutungen.«

Möglich, dass ihr Christian Lattinger leidtat und sie nicht ganz unbefangen war, aber Sina konnte sich einfach nicht vorstellen, dass dieser Mann zu einem Mord fähig war, schon gar nicht zu einer Hinrichtung.

***

Es war der dritte Tag nach dem Mord. Die Kriminaltechnik hatte herausgefunden, dass das Seil, an dem die Leiche hing, mit größter Wahrscheinlichkeit aus dem »Heimatstübchen« des Hotels stammte. Alter und Material entsprachen dem der anderen Seile, die dort in der Ecke lagen. Aber die Fasern und Hundehaare von der Couch konnten noch nicht zugeordnet werden. Sina Kramer und Jens Niebuhr waren alles andere als untätig gewesen, aber es war nichts Handfestes dabei herausgekommen. Sie mussten eben Geduld haben. Nur einer hatte natürlich keine Geduld: Kriminalrat Keilberth. Mehrfach hatte er Sina schon angesprochen: »Was ist denn los mit euch? Wir brauchen was für die Presse. Die haben uns doch ständig auf dem Kieker. Ich habe keine Lust, wieder als Depp dazustehen, der seine Leute nicht richtig im Griff hat.«

Als ob Panikmache irgendjemandem helfen würde. Am Mittag hatte Keilberth sie beide einbestellt und erwartete »belastbare Ergebnisse«.

Vorher wollte Sina noch Tilmann Krahwinkel aufsuchen, den Vorsitzenden des Fremdenverkehrsvereins. Er kannte Lattinger fast zwanzig Jahre lang, und die beiden galten als befreundet.

Krahwinkel besaß ein nettes Häuschen mit Klinkerfassade auf der Anhöhe zwischen Zellerfeld und Clausthal. Er trat der Kommissarin mit gewinnendem Lächeln und angenehmer Stimme gegenüber, führte sie in ein helles Wohnzimmer und bot ihr dort Platz und etwas zu trinken an.

»Um ganz offen zu sein«, sagte der hoch aufgeschossene grau melierte Endvierziger, »ich kann mir einfach nicht vorstellen, wer das getan haben soll.«

»Mir ist bekannt, dass Ewald Lattinger Feinde hatte ...«

»Na ja, was heißt Feinde. Er war auch kein ganz einfacher Mensch. De facto hat er sich fast mit jedem angelegt. Besonders in letzter Zeit. Manchmal konnte man meinen, er versuche absichtlich, in alle verfügbaren Fettnäpfe zu treten. Aber hier im Oberharz herrscht oft ein rauer Ton, wissen Sie. Wenn es *darum* ginge, müsste es jeden Monat einen Mord geben, vielleicht sogar zwei.« Er lachte.

»Woran konnte es liegen, dass er so geworden ist?«, fragte Sina.

Krahwinkel wurde nachdenklich. »Ich weiß es nicht. Ewald ließ nie tief in sein Seelenleben blicken, aber ich hatte das Gefühl, dass ihn irgendetwas innerlich aufwühlte. Er schien sein Gleichgewicht verloren zu haben.«

»Waren Sie nicht mit ihm befreundet? Einem Freund erzählt man doch, wie einem ums Herz ist.«

»Zwischen uns gab es nichts großartig Herzliches. Eher eine Art Respekt. Mit Ewald ging nichts anderes. Aber er fehlt mir, das kann ich aufrichtig sagen. Ich hab ihn bis zuletzt bewundert. Diese unendliche Energie, die er hatte. Für sein Hotel, für die tausend Kleinigkeiten hier im Verein und in der Gemeinde.«

Krahwinkel wurde noch ernster. Er stützte die Ellenbogen auf seine Knie und beugte sich vor, als ginge es um eine intime Angelegenheit.

»Es wird ja immer schwieriger mit dem Tourismus hier oben. Auch wenn einige die Statistiken drehen und wenden, es kommen immer weniger Gäste in den Oberharz. Und es fehlt an zukunftsfähigen Projekten. Wir stehen immer hintenan, wenn das Säckel der Landeskasse aufgemacht wird. Ich bin froh, dass ich mein Geld nicht im Tourismus verdienen muss.«

Krahwinkel war Filialleiter einer Sparkasse in Vienenburg, das wusste Sina von Niebuhr.

»Inwieweit betraf das Lattinger?«

»Natürlich hat auch sein Geschäft darunter gelitten. Die Umsätze brachen ein. Ich glaube, er war am Schluss ziemlich verbittert, weil er genauso wenig daran ändern konnte wie all die anderen, die ihre Häuser schon schließen mussten.«

»Was können Sie mir über Lattingers Ehe sagen?«

»Er hatte eine tolle Frau. So eine wie Sieglinde finden Sie heute gar nicht mehr. Die hat ihm immer den Rücken freigehalten. Und wenn er wieder einmal zu weit gegangen war, hat sie zu vermitteln versucht.«

»Es war also eine gute Ehe …«

»Soviel ich weiß, ja.«

»Ihnen sind keine Krisen bekannt?«, hakte sie nach.

»Wird es wohl auch gegeben haben, aber Ewald hat sich nie über seine Ehe geäußert, zumindest mir gegenüber nicht.«

Wie ein Aal entzog sich Krahwinkel jeder brauchbaren Antwort. Immerhin wusste Sina jetzt, dass Lattinger kurz vor seinem Tod etwas umgetrieben hatte, was ihn noch unausstehlicher gemacht hatte, als er ohnehin schon gewesen war. Das musste natürlich nicht zwangsläufig mit dem Mord zu tun gehabt haben. Vielleicht war Lattinger wirklich nur frustriert gewesen, wie Krahwinkel angedeutet hatte, weil seine jahrelangen Bemühungen, dem Tourismus auf die Beine zu helfen, nicht fruchteten.

Sina fuhr den steilen Zellbach hoch, vorbei an der Marktkirche von Clausthal. Der Glockenturm stand endlich wieder gerade. Vor der Sanierung hatte er sich gefährlich dem alten Bergamt auf der gegenüberliegenden Straßenseite zugeneigt.

Hinter dem Ortsausgang von Clausthal bog sie in die Auffahrt zum »Oberharzer Hof« ein. Der Wagen platschte durch die Schlaglöcher und blieb auf dem Busparkplatz stehen. Sie stieg aus. Nicht weit von ihr führte ein schmaler Plattenweg aus Naturstein durch die Wiese, an deren oberen Ende das Hotel stand. Wieder die feuchte Kälte, die bis auf die Knochen ging. Sie steckte die Hände in die Taschen und zog die Schultern hoch. Über allem lag ein Dunst, der nur Umrisse des Gebäudes erkennen ließ. Kein Straßenverkehr, keine Stimmen, noch nicht einmal das Gezänk von Krähen in der Luft waren zu hören.

Vor der breiten Treppe zum Restaurant, die mit einer weißroten Plastikkette versperrt war, blieb Sina stehen. Im Haus brannte kein Licht, und die großen Scheiben der Panoramafenster verhinderten den Einblick, spiegelten nur die graue Wiese und die Gerippe der Bäume im Park wider.

Wegen Trauerfall geschlossen? Verständlich wäre es gewesen. Aber das würde nicht zu dem Eindruck passen, den Sieglinde Lattinger auf sie gemacht hatte. Sina trat zurück, und ihr Blick wanderte die Fassade entlang.

Offenbar wurde sie beobachtet. Hinter einem der Erkerfenster machte sie eine Gestalt aus, leblos wie eine Wachsfigur. Sina lächelte und hob die Hand. Ohne den Gruß zu erwidern, zog sich die Gestalt zurück und verschmolz mit dem Hintergrund.

Das war keine Sache von ein paar Stunden, das konnte Wochen, Monate, sogar Jahre dauern, bis sie sich einen Zugang zu dieser Frau ertrotzt hatte. Aber vielleicht war es der einzige Weg. Sina musste alles über diese Familie wissen. Wenn die Gründe für den Mord in der Familie lagen, dann ging kein Weg an der alten Frau vorbei.

Allmählich begann der immer dichter werdende Nebel die Umgegend zu verhüllen.

»Wollen Sie zu mir, Frau Kramer?«, schnarrte plötzlich eine Stimme hinter ihr.

»Das kommt vom Schwimmbad«, erklärte Sieglinde Lattinger die Chlorfahne, die in der Luft hing, »aber ohne den Chemiecocktail geht es nicht, sonst macht das Gesundheitsamt Ärger.«

Sie waren durch die Seitentür an der Ostseite des Hauses, die gleichzeitig als Notausgang diente, in das Untergeschoss des Hotels gelangt, hatten den lang gezogenen Fahrrad- und Skikeller durchquert und den Hauptgang erreicht. Die Glastür, vor der sie standen, führte in den Wellnessbereich: Schwimmbad, Sauna und Solarium.

Sina ließ sich alles zeigen, die Waschküche, die Privatzimmer der Hotelchefin, Vorrats- und Lagerräume und am Ende die riesige, blitzende Küche aus Edelstahl. Die innere Sicherheitstreppe, die vom Keller bis unter das Dach und in die Gästeetagen führte, begrenzte die Westseite des Hauses; in der Mitte des Ganges neben dem Fahrstuhlschacht stellte eine stählerne Wendeltreppe die Verbindung zum Hinterzimmer der Rezeption her.

Bei der Führung erweckte die Hotelchefin nicht den Eindruck, als wollte sie die Oberkommissarin loswerden. Je mehr sie von ihrem Haus präsentieren konnte, desto besser wurde ihre Laune. Vorhin hatte das noch ganz anders ausgesehen, als sie wie ein Gespenst am Erkerfenster aufgetaucht war und Sina das Gefühl beschlichen hatte, den falschen Zeitpunkt für eine zielbringende Befragung erwischt zu haben.

»Haben Sie alles gesehen? Dann mache ich uns jetzt Kaffee«, sagte Sieglinde Lattinger.

Sie stiegen die Wendeltreppe ins Hinterzimmer der Rezeption hoch, ein kleiner Raum mit Kaffeeküche und einem aufgeräumten Schreibtisch. Vom Fenster aus konnte man Parkplatz und Eingangsbereich des Hotels überblicken.

»Es ist immer gut, zu wissen, was auf einen zukommt«, sagte die Hotelchefin, drehte sich um und hantierte in der Kaffeeküche.

»Aber jetzt ist nichts los«, hielt Sina das Gespräch in Gang.

»Zu Walpurgis wird es besser.«

Sieglinde Lattinger stellte zwei gefüllte Tassen auf den Schreibtisch. »Ich weiß nicht mehr, Sie müssen entschuldigen, Zucker oder Milch?«

»Weder noch, danke.«

Die beiden Frauen saßen sich am Schreibtisch gegenüber.

Die Witwe, diesmal ungeschminkt, hatte offenbar wirklich niemanden erwartet.

»Sie sind also an dem Abend ins Bett gegangen und haben nichts gehört.«

Nicken.

»Und außer Ihnen und Ihrem Mann hatte niemand einen Schlüssel zum Haus.«

Wieder Nicken.

»In dem Punkt haben Sie mir nicht die Wahrheit gesagt.«

Sieglinde Lattinger sah sie verwundert an. »So?«

»Es hat noch jemand Zugang zum Haus ...«

Die Hotelchefin ging nicht über die Brücke, die Sina ihr baute, tat weiterhin ahnungslos.

»Sind Sie sicher, dass kein Hausschlüssel fehlt?«

»Ja!«, kam es fest überzeugt.

»Ihr Sohn Christian hat einen Schlüssel zur Seitentür, wussten Sie das nicht?«

Verlegen nestelte Sieglinde Lattinger mit der rechten Hand an ihrer Zuckerwattefrisur.

»Also doch.«

»Ja, aber ...«

»Warum hat Christian den Schlüssel?«

Sieglinde Lattinger zuckte mit den Schultern. »Vielleicht wollte er sich den Zugang zum Haus nicht so einfach verbieten lassen. Ewald hat ihn nämlich einmal rausgeschmissen.«

»Warum?«

Die alte Frau zögerte, schien zu überlegen, wie sie der Frage ausweichen konnte. Aber es war schon zu spät.

»Ewald hat Christian dabei erwischt, wie er sich aus dem

Vorrat bedient hat. Es hat einen mordsmäßigen Krach gegeben, und Ewald hat ihn rausgeworfen.«

»Aber Ihr Mann wusste doch, wie miserabel es ihm ging. Hatte er denn keinen Funken Mitleid mit ihm?«

»Es ging nicht darum, *dass* Christian sich aus dem Vorrat bedient hatte, sondern dass es *Alkohol* war.«

Bis dahin deckten sich die Aussagen von Mutter und Sohn. Neu war, dass Christian mit seinem Vater vor noch nicht allzu langer Zeit hart aneinandergeraten war. Niebuhrs Theorie, Christian könnte in die Tat verwickelt sein, war jetzt plötzlich gar nicht mehr so theoretisch.

»Die Vorratsräume liegen neben Ihrem Schlafzimmer. Hören Sie, wenn jemand im Vorratsraum mit Flaschen klirrt?«

Sieglinde Lattinger überlegte.

»Wir können das nachprüfen …«

»Ich habe jedenfalls nichts gehört!«

»Wie war das genau am Mordabend? Sie haben also ab neun Ihr Zimmer nicht mehr verlassen und sind früh ins Bett gegangen.«

»Ja.«

»Und Sie haben nichts gehört außer dem Brummen aus dem Schwimmbad?«

»Ja.«

Sina entschloss sich, einen Versuch zu starten. Sie musste es einfach tun. Natürlich konnte es auch sein, dass sich Christian und seine Mutter an dem Abend wirklich nicht über den Weg gelaufen waren.

»Sie haben auch keinen Streit oder etwas Ähnliches gehört?«

»Was für einen Streit?«

»Zwischen Ihrem Mann und Christian im Vorratskeller?«

»Nein.«

»Sie haben also niemanden im Vorratskeller gehört?«

»Ich habe Ihnen doch …«

Das Gesicht der alten Frau verriet einen kurzen inneren Kampf. Dann sammelte sie sich.

»Also gut. Christian war da. Ich habe das Schloss der Seitentür schnappen hören. Ich bin ihm entgegengegangen. Er hatte wieder diesen glasigen Blick. Ich wusste, was los war. ›Lass dich bloß nicht erwischen‹, hab ich noch zu ihm gesagt. Ich hatte aber keine Ahnung, ob Ewald schon im Haus war. Dann bin ich ins Bett, wie Sie bereits wissen.« Ihre Hände zitterten ein wenig, als sie die Tasse zum Mund führte.

»Aber es ist nicht ausgeschlossen, dass Ihr Mann und Christian sich an dem Abend noch begegnet sind?«

»Nein, das ist es nicht, aber ich weiß nichts davon.«

Durchaus möglich war, dass Ewald Lattinger sich selbst Whiskey aus dem Vorratskeller holen wollte und dabei auf seinen Sohn traf. Warum sollte der alte Lattinger – diesmal in besserer Laune, vielleicht schon angetrunken – nicht alte Vatergefühle verspürt und Christian auf ein Glas mit sich nach oben in die Mansarde genommen haben, wo es erst später zum Streit kam?

Sieglinde Lattinger gestand nur ein, was nicht mehr zu leugnen war. Andererseits schien sie mit Christian nichts abgesprochen zu haben, sonst wäre die Befragung anders verlaufen. Das sprach für ihre Ehrlichkeit. Die Mutter hatte nur versucht, ihren Sohn zu schützen, ohne zu wissen, dass er längst zusammengebrochen war. Aber dass sie an dem Mordabend nichts weiter gehört hatte, konnte trotzdem gelogen sein.

Als Sina endlich dazu kam, einen Schluck Kaffee zu trinken, war er schon kalt.

Die Besprechung mit Kriminalrat Keilberth war in letzter Minute geplatzt. Er hatte unerwartet und unaufschiebbar in Braunschweig zu tun. Auf diese Weise blieb Sina und Niebuhr ein Tag länger Zeit, sich zu überlegen, was sie als bisheriges Ermittlungsergebnis ausgeben wollten. Nicht ganz leicht, denn Motive gab es zwar wie Sand am Meer, doch kaum Indizien, von tragenden Beweisen ganz zu schweigen. Bis morgen würde sich daran wahrscheinlich nicht viel ändern, aber ganz ausgeschlossen war es nicht.

Also beschloss die Oberkommissarin, fleißig zu sein, nach Northeim zu fahren und eine der Mitarbeiterinnen aus Uwe Lattingers Disco zu befragen, die Niebuhr bis jetzt nicht erwischt hatte. Das »Auge in Auge« mit dem scheinbar unwichtigsten Zeugen hatte schon oft entscheidende Hinweise gebracht.

Vor einem krummen Fachwerkhaus direkt an der Hauptstraße stellte sie den gelben Honda ab. An einem der kleinen Fenster im Erdgeschoss bewegte sich die Gardine, und noch bevor Sina klingelte, öffnete sich das breite Holztor zum Hof auf einen halben Meter.

Eine kleine pummelige Frau an die achtzig versperrte den Weg und sah, ohne ein Wort, misstrauisch an der Oberkommissarin hinauf. Aus der Haustür hinkte ein ebenso übergewichtiger Schäferhund mit grauer Schnauze, blieb in ein paar Schritten Entfernung vor dem Eindringling stehen und ließ ein rostiges Bellen hören.

»Mach dich nicht so wichtig, Schröder!«

Schröder schien beleidigt, grummelte noch etwas vor sich hin, ließ sich schließlich ächzend neben der alten Frau fallen.

»Kriminaloberkommissarin Kramer. Wohnt hier ...«, Sina las den Namen von ihrem Adresszettel ab, »... eine Silke Vollbrecht?«

»Hat sie was ausgefressen?«, fragte das Runzelgesicht. »Das wäre das erste Mal.«

»Keine Sorge, ich habe nur ein paar Fragen.«

Die alte Frau entspannte sich sichtlich und öffnete das Tor ganz. »Na, dann kommen Sie mal rein.«

Schröder hatte auch nicht die Absicht, draußen zu bleiben. Stöhnend rappelte er sich auf und schaukelte zwischen der rundlichen Alten und Sina ins Haus.

Drinnen hing die Decke so tief, dass Sina reflexartig den Kopf einzog. Ein kurzer Flur führte sie in eine große Wohnküche mit Eckbank, wo es nach Möhren, Sellerie und fetter Brühe roch.

»Setzen Sie sich«, sagte die alte Frau und rief nach oben: »Silke, komm doch mal!«

»Was ist denn, Oma?«

Eine junge Frau polterte die Treppe herunter, stellte sich selbstbewusst vor die Oberkommissarin hin und beäugte sie skeptisch.

»Ich habe ein paar Fragen an Sie.«

»Wegen dem Toten im Hotel?«

»Genau.«

»Soll ich uns Kaffee machen?«, fragte die alte Frau, während Schröder neben dem alten Herd röchelnd in die Knie ging. Aber sie bekam keine Antwort.

Silke Vollbrecht war Anfang zwanzig, kaum größer als ihre Oma, hatte allerdings noch ein paar Pfunde mehr drauf. Die spacke Jeans und das Top, das ihre Oberweite wie eine Pelle zusammenhielt, betonten die gewaltigen Proportionen obendrein.

»Ich habe nicht viel Zeit«, sagte sie.

Mehr als der grellgelbe Irokesenschnitt faszinierte Sina das Piercing, das der jungen Frau in der linken Augenbraue steckte.

»Tut das weh, wenn man es sich machen lässt?«

»Ist das eine der Fragen, die Sie mir stellen wollen?«, kam es spitz zurück.

Für Omas Liebling ist die Kleine ziemlich kratzbürstig, dachte Sina. »Nein, natürlich nicht. Seit wann arbeiten Sie für Uwe Lattinger?«

»Seit zwei Jahren. Ich komme gut mit ihm zurecht. Ich hatte kein Verhältnis mit ihm, und ich werde auch keins haben, wenn Sie das wissen wollen.«

»Dafür hat sie ja den Sonny, stimmt's?«

»Oma, halt dich da raus!«

»Frau Vollbrecht, Ihre Aussage ist sehr wichtig, bitte nehmen Sie die Sache ernst. Es geht um Mord.«

Der Satz verfehlte seine Wirkung nicht. Jedenfalls blieb eine freche Antwort aus. Silke zwängte sich zwischen Tisch und Eckbank und nahm Sina erwartungsvoll ins Visier.

»Die Silke ist ein gutes Kind, Frau Kommissar«, mischte sich die alte Frau ein, »die hat mit so was nichts zu tun. Möchten Sie einen Teller Suppe?«

»Ist gut, Oma!«

»Vielleicht später?«

Sina nickte.

Zufrieden wackelte die alte Frau aus der Küche, worauf Schröder kurz die Ohren aufstellte und ihr mit Blicken bis zur Tür folgte.

»Es geht um vergangenen Sonntagabend. War Ihr Chef in der Zeit zwischen einundzwanzig und dreiundzwanzig Uhr in der Disco?«

Silke überlegte.

»Am Anfang war noch nicht viel los«, begann sie, »aber dann fing der Betrieb plötzlich an, und wir waren alle beschäftigt. Der Chef wollte noch im Büro arbeiten, ich glaube, für die Buchhaltung oder so, hat er mir jedenfalls gesagt. Es stimmt, so gegen neun sollte ich für ihn den Tresen übernehmen. Uwe hat zu mir das meiste Vertrauen, wissen Sie, weil ich am längsten da bin. Da darf ich schon mal die Kasse machen.«

»Und der Chef ist nach hinten in sein Büro gegangen. Wann war er denn mit der Buchhaltung fertig?«

Silke zögerte. An ihrem Hals erschienen hektische Flecken. »Das kann ich nicht so genau sagen. Ich sehe ja nicht dauernd auf die Uhr.«

»So gegen elf?«

»Kann sein, kann aber auch nicht sein.«

»Wie lange vertraut der Chef Ihnen denn gewöhnlich die Kasse an, den ganzen Abend oder nur für kurze Zeit?«

»Wenn er mal wegmusste, vielleicht ein Stündchen oder so.«

»Und am Sonntagabend?«

»Das war länger …«

Silke Vollbrecht kratzte sich mit ihren kurzen dicken Fingern am Kopf. Sie will ihren Chef nicht in die Pfanne hauen, dachte Sina.

»… aber ob es bis elf Uhr war, weiß ich nicht mehr. Muss ich das wissen?«

»Nein, das müssen Sie nicht, aber Sie müssen die Wahrheit sagen, sonst gibt es einigen Ärger, das kann ich Ihnen versprechen.«

Auf Silkes rundem Gesicht zeichnete sich wachsende Unsicherheit ab, aber mehr konnte sie offenbar nicht sagen.

»Wenn Ihnen noch etwas einfällt, dann melden Sie sich bitte.« Sina kramte eine Karte aus der Innentasche ihrer Jacke und schob sie über den Tisch.

In dem Augenblick klingelte es an der Haustür. Jemand bekam glänzende Augen und wäre mit Sicherheit aufgesprungen, wenn er nicht zwischen Eckbank und Tisch festgesteckt hätte. Stattdessen öffnete die Oma die Haustür.

Herein kam mit großen Schritten ein langer, in schwarze Lederklamotten gehüllter junger Mann mit rasiertem Kopf, der einen Motorradhelm unter dem Arm und ein ähnliches Leuchten in den Augen hatte wie Silke. Das konnte nur Sonny sein. Schröder schlug zur Begrüßung zweimal mit dem Schwanz auf den Boden. Sonny stiefelte seiner Flamme entgegen, gab ihr einen ausführlichen Kuss und streichelte dabei ihren fleischigen Rücken. Dann schien er wieder in der Wirklichkeit anzukommen.

»Was ist denn hier los?«, fragte er und drehte sich um.

»Melden Sie sich bitte, wenn Sie sich doch noch erinnern«, wiederholte Sina. Aber Silke hörte nicht mehr zu. Ihre Antennen empfingen nur noch einen Sender: Sonny.

»Und was ist mit der Suppe?«, fragte Oma Vollbrecht enttäuscht.

»Beim nächsten Mal gerne.«

Spätnachmittag kurz nach fünf. Sina war zu Hause in Goslar angekommen und verspürte das dringende Bedürfnis, sich von ihren Klamotten zu befreien. Danach würde sie in ihren alten, molligen Jogginganzug kriechen und es sich mit dem, was der Kühlschrank hergab, vor dem Fernseher gemütlich machen.

Halb ausgezogen stand sie im Schlafzimmer, als ihr Blick den Spiegel in der Schranktür traf. Die Frau da drin hatte sie sich schon länger nicht mehr richtig angesehen. Einen Moment zögerte sie, dann streifte sie langsam Jeans und Slip ab und näherte sich ihr.

Die Szene, wie Sonny sich über die dicke Silke beugte, hatte Sina bis nach Hause verfolgt. Wie er sie küsste: so lang, so feucht, so verliebt.

Es hatte ihr einen Stich versetzt. Jetzt fragte sie sich, warum. Vor Neid? Hatte sie das nötig?

Das Gesicht im Spiegel lief rot an. Sina hörte auf einmal ihr Herz schlagen, und ihr Atem ging schwerer. Das waren wohl wieder diese Hitzewellen, oder war es die Angst, den Anschluss zu verlieren?

Es war endlich Zeit, sich einzugestehen, dass das Leben an ihr vorbeilief. Und daran war sie selbst schuld. Drei Jahre war sie jetzt geschieden. Da hatten andere längst einen Neuen, ohne sich so dämlich anzustellen wie sie.

Sie hing immer noch alten Erinnerungen nach, konnte emotional einfach nicht abschließen, war sentimental und unversöhnlich. Anstatt sich neu zu öffnen, hatte sie die Enttäuschung mit Bernie zu ihrem Lebensinhalt und sich selbst zur Trockenpflaume gemacht. *Das* war die Wahrheit.

Ihre Augen schwammen. Sie fragte sich, warum es so viel leichter war, aus anderen die Wahrheit herauszuholen als aus sich selbst. Sie war jetzt sechsundvierzig. Konnte sie es sich überhaupt noch leisten, auch die nächsten Jahre zu vergeuden, indem sie sich von allem abschottete?

Die Frau, die da im Spiegel vor ihr stand, war doch gar nicht so übel. Ihr Hinterteil war zugegebenermaßen nicht mehr so knackig wie früher, aber dank Volleyball immer noch einigermaßen stramm, und sie hatte keinesfalls mehr Hüftspeck als Silke, im Gegensatz zu ihr sogar Taille.

Sanft glitten Sinas Fingerspitzen über ihre Haut in Richtung Brüste.

Was die Oberweite betraf, hatte sie von Haus aus nicht viel

mitbekommen, daran war nichts zu ändern. Auf der anderen Seite wollte sie auch nicht mit zwei bis zum Anschlag aufgepumpten Bällen unter der Bluse herumlaufen. Und für Bernie hatte es gereicht. »Meine beiden Knöspchen« hatte er sie genannt und war ganz wild darauf gewesen, bis …

Ach, Bernie!

Vielleicht machte der simple Ponyschnitt sie nicht gerade interessanter. Auch hatte sie nicht unbedingt ein Puppengesicht. Das Gesicht sei Spiegelbild des Charakters, damit würde man geboren, und man solle es in Würde tragen. Der Spruch stammte von Paps, weil sie seine Nase geerbt hatte. Ein netter Tröstungsversuch, aber diesbezüglich hätte sie gerne auf etwas Charakter verzichtet. Dafür hatte sie »die braunsten Augen der Welt«, »unendlich weiche Lippen« (Bernie) und angeblich »appetitliche Knabberlauscherchen« (auch Bernie). Als Kind waren ihr die »Lauscherchen« allerdings in der Klinik angelegt worden, damit die Hänselei in der Schule wegen ihrer Ähnlichkeit mit denen der Fledermaus oder noch größerer Tieren aufhörte.

Eines machte Sina besonders zu schaffen, seit sich das junge Pärchen im Duft von Sellerie und Möhren in der windschiefen Wohnküche geküsst hatte: Würde sie sich noch einmal so richtig verlieben können?

***

Keilberth thronte hinter seinem Schreibtisch. Die Brille mit dem breiten schwarzen Rand war ihm auf die Nasenspitze gerutscht, seine stark behaarten Hände lagen verschränkt auf der Tischplatte, als müsste er sie im Zaum halten.

»Also, ich höre: Was wissen wir bis jetzt?«

Sina linste zu Niebuhr. Der hatte die Berichte von der Gerichtsmedizin und der Spurensicherung gründlicher gelesen als sie. Er holte tief Luft.

»So weit die Ermittlungen bis jetzt verlaufen sind, handelt es sich nicht um Raubmord. Es fehlen weder Geld noch wertvolle Gegenstände oder Schmuck im Haus. Das konnte die Witwe bestätigen. Die Todesursache ist klar. Lattinger wurde mit einem Aschenbecher erschlagen und ...«

»Ja, ja, das weiß ich längst ...«, winkte Keilberth ab.

Niebuhr versuchte die Ruhe zu bewahren. Sina und er kannten den Kriminalrat ja.

»Leider hat die Spurensicherung bis jetzt am unmittelbaren Tatort keine verwertbaren Spuren gefunden, nur von Lattinger selbst. Bleiben die Faserspuren, Hundehaare und Hautschuppen auf der Couch, auf der der Täter wahrscheinlich gesessen hat, und auf der Kleidung des Toten, die wir noch nicht zuordnen können. Neu sind die Fingerabdrücke an der Seitentür des Hotels, die von Christian Lattinger stammen.«

»Der Täter scheint etwas gesucht zu haben. Was ist mit dem Schreibtisch in Lattingers Mansarde und dem Aktenschrank? Jede Menge Möglichkeiten, Fingerabdrücke zu hinterlassen. Überall negativ? Kaum zu glauben!«

Da war er wieder, dieser vorwurfsvolle Unterton, den Sina nicht ausstehen konnte. Als wären sie allein nicht in der Lage, von hier bis zur Tür zu denken.

»Wir sind für die Spurensuche nicht verantwortlich, Heinz, das weißt du doch. Wir arbeiten mit den Ergebnissen, und die sind eben so, wie Jens sagt.«

Keilberth rollte mit den Augen, stieß sich in seinem ledernen Drehsessel von der Tischplatte ab und fuhr ein Stück in Richtung Wand und wieder zurück.

Die ersten achtundvierzig Stunden waren längst vorbei, die Zeit, in der ein Fall oft schon gelöst oder wenigstens der Weg klar war. Das wusste Sina auch.

»Wir haben drei mögliche Verdächtige im Familienkreis: Sieglinde Lattinger, die Witwe, und ihre beiden Söhne Christian und Uwe ...«

»... und den großen Unbekannten nicht zu vergessen«, unterbrach Keilberth ironisch.

Sina schoss einen verärgerten Blick auf ihn ab. Mit Niebuhr konnte er das machen, aber nicht mit ihr. Sie ließ sich nicht wie ein Schulmädchen behandeln.

Keilberth merkte offenbar, dass er zu weit gegangen war, hob schweigend die Hand als Friedenszeichen, aber sein Gesicht trug unmissverständlich die Aufschrift: »Das gefällt mir alles nicht.«

»Die Witwe war zur Tatzeit angeblich allein in ihren Räumen im Kellergeschoss des Hotels. Nur einer der Gäste hat gegen zehn ein Poltern über seinem Zimmer gehört, sich aber nichts weiter dabei gedacht.«

»Hat die Spusi die Räume der Witwe wegen der Faserspuren untersucht?«, fragte Keilberth.

»Ja«, antwortete Niebuhr, »aber sie haben nichts gefunden.«

Keilberth lehnte sich wieder in seinem Sessel zurück, doch immer noch auf der Lauer. Er hatte unzweifelhaft ein waches Auge und die unbestechliche Gründlichkeit in der Analyse, die vorbildlich war. Nur von Teamwork hatte er keine Ahnung.

»Und sonst war keiner im Haus zur Tatzeit?«

»Das ist die Frage. Die Witwe Lattinger hat zugegeben, dass ihr Sohn Christian …«

»Der Trinker – ich hab den Bericht gelesen!«

Wie Keilberth das so eiskalt sagte: der Trinker. Die Schublade war zu, und der Mensch war gefangen. Zartbesaitet durfte man in dem Beruf nicht sein, sonst ging man vor die Hunde, doch in dem Fall ließ es Sina nicht unberührt. Christian Lattinger hatte sich mit seinem Leben Mühe gegeben und war nicht nur aus eigenem Versagen gescheitert.

»Ja, der Trinker«, wiederholte sie halblaut. »Er war kurz vor der Tat im Haus und wollte sich aus dem Vorratskeller Alkohol beschaffen, und es ist fraglich, ob er vor der Tat das Haus wieder verlassen hat, jedenfalls kann seine Mutter das nicht bezeugen.«

»Es ist also durchaus möglich, dass Sohn Lattinger seinen Vater umgebracht hat«, stellte Keilberth fest, sichtlich auf der Suche nach greifbaren Ergebnissen. »Hat die Technik bei ihm schon nach den verflixten Fasern gesucht?«

»Sie sind dabei, aber Christian Lattinger ist nicht der Einzige, der die Möglichkeit zu dem Mord hatte.«

Keilberth merkte auf.

»Bis jetzt ist nicht ganz klar, ob Uwe Lattinger, der jüngere Sohn, den ganzen Abend in seiner Disco bei Northeim gearbeitet hat. Eine Mitarbeiterin hat ihn jedenfalls für längere Zeit an der Kasse ersetzt.«

»Und was sagt *er*?«

»Er hätte den ganzen Abend in seinem Büro an der Buchhaltung gearbeitet.«

»Wo ist das Büro?«

»In einem Hinterzimmer der Disco in der Nähe des Notausgangs.«

»Aber dafür hat er natürlich keinen Zeugen?«

»Richtig.«

»Aber er hat auch kein Motiv«, warf Niebuhr ein.

Keilberth rieb sich über die grauschwarzen Bartstoppeln seines kantigen Kinns.

»Also, ich fasse zusammen: Die Mutter war zur Tatzeit in ihrem Zimmer, ein Sohn rund um die Tatzeit nachweislich im Hotel, aber nicht direkt am Tatort. Der zweite Sohn war nicht an seinem Arbeitsplatz, aber auch nicht nachweislich am Tatort. Scheidet die Witwe ganz als Täterin aus?«

»Ja, mangels Motiv und rein physisch. Wie hätte die alte Frau die Leiche ihres Mannes, die über siebzig Kilo wog, am Kronleuchter aufhängen können?«

»Aber es ist nicht ausgeschlossen, dass sie an der Tat beteiligt war. Die Techniker sollen weitermachen. Überhaupt sollen sie die Bude auf den Kopf stellen. Ich will von jeder Kellerassel wissen, wohin sie an dem Abend gekrochen ist!«

Es blitzte auf in Keilberths Augen. Sein Ton war hart geworden. Sina hielt dem fordernden Blick stand. Sie fühlte sich geradezu herausgefordert, Männern mit diesem Blick standzuhalten. Sie und Niebuhr konnten nur tun, was möglich war.

»Vielleicht willst du noch etwas über das Umfeld wissen?«,

fragte sie ohne ein Zittern in der Stimme, als hätte die kleine Explosion gar nicht stattgefunden.

Keilberth schien irritiert, gab sich die größte Mühe, wieder souverän zu wirken. »Natürlich, natürlich ...«

Niebuhr straffte den Oberkörper, als müsste er eine Rede vor dem Kongress halten. »Laut Aussage von Sieglinde Lattinger, der Witwe, verließ das spätere Opfer gegen fünfzehn Uhr das Haus und fuhr mit dem Wagen, den es vorher aus der Garage geholt hatte, vom Grundstück. Gegen fünfzehn Uhr dreißig war eine Besprechung des Gemeinderates im ›Alten Steiger‹. Daran hat Lattinger teilgenommen. Nachdem es Meinungsverschiedenheiten gegeben hatte, ist er wütend abgezogen. Später wurde er auf dem Frühlingsfest der Angler gesichtet. Ab neunzehn Uhr dreißig nahm er an der Jahresversammlung des Fremdenverkehrsvereins teil, saß dort auf seinem Platz in der ersten Reihe. Anschließend hat man ihn noch beim Umtrunk im ›Braunen Hirsch‹ gesehen, wo er aber nur kurz blieb und das Lokal gegen einundzwanzig Uhr fünfzehn verließ.«

»Und dann? Jetzt wird es doch erst interessant?«

Niebuhr lief rot an.

»Es hat sich bisher keiner gefunden, der ihn danach noch gesehen hat, Heinz. Jens hat alle Gäste, die im Lokal waren, befragt. Nur zwei Zeugen haben Lattinger überhaupt gesehen, als er den ›Braunen Hirsch‹ verlassen hat. Und beide haben bestätigt, dass er allein war. Außerdem war es draußen dunkel, und der Parkplatz hinter dem Haus ist so gut wie nicht beleuchtet«, kam ihm Sina zu Hilfe.

»Dann blieb nicht mehr viel Zeit bis zum Mord ...«, sagte der Kriminalrat nachdenklich.

Auf der Ebene verstanden sich Sina und Keilberth. Er kombinierte genauso gerne wie sie.

»Der Täter kann am Parkplatz der Gaststätte auf Lattinger gewartet haben und ist dann zugestiegen oder mit dem eigenen Wagen hinterhergefahren. Möglich ist auch, dass er am Hotel auf ihn gewartet hat. Aber woher sollte er wissen, wann Lattinger nach Hause kommen würde?«

»Wahrscheinlich hat der Täter angenommen, dass Lattinger zur Versammlung des Fremdenverkehrsvereins gehen und er ihn dort antreffen würde. Er muss sein Opfer gut gekannt haben. Möglicherweise ist er auch Mitglied in dem Verein …«, folgerte Sina.

Keilberths Blick ging zu Niebuhr. Der fuhr sich verzweifelt durch die dünnen Haare und stöhnte.

»Mit über hundertdreißig Mitgliedern …«

Auf dem Gesicht des Kriminalrats machte sich ein schadenfrohes Grinsen breit. »Und wenn es ganz Clausthal wäre, müssten wir dem nachgehen, Kommissar Niebuhr!«

Die Beweislage war nicht zufriedenstellend. Das war Sina auch ohne die Hilfe von Kriminalrat Keilberth klar. Und das, was sie bisher gefunden hatten, konnte nicht zugeordnet werden. Bliebe noch der Henkersknoten. Wer konnte einen so »bildschönen Knoten«, wie der Notarzt gesagt hatte, machen? Segler, Kletterer, Bergsteiger? Aber der Henkersknoten war nicht alltäglich, hatte sie recherchiert. Eigentlich gab es für ihn keine Verwendung mehr. Fällt sozusagen unter Liebhaberknoten, dachte Sina. Vielleicht hatte der Täter den Knoten allein für den Mordabend geübt? Das würde eindeutig dafür sprechen, dass er die Tat geplant hatte.

Die Technik hatte an den Scherben des Whiskeyglases keine Speichelspuren gefunden. Das war auf den ersten Blick verwunderlich, erklärte sich aber vermutlich daraus, dass der Täter einfach noch nicht getrunken hatte. Unerklärlich war allerdings das Fehlen jeglicher Fingerabdrücke außer denen des Opfers. Angenommen, der Täter hatte keine Erfahrung mit der Beseitigung von Spuren – und davon war auszugehen –, dann gab es auch mit an Sicherheit grenzender Wahrscheinlichkeit wenigstens einen Fingerabdruck an den zerrissenen Akten oder am Geländer im Flur oder sonst wo, den er vergessen hatte zu beseitigen.

Er konnte natürlich auch Handschuhe getragen haben. Das wiederum würde die Theorie von einem eiskalt geplanten Mord stützen. Aber das Schlachtfeld in der Mansarde sprach eine andere Sprache. In der aufgewühlten Verfassung, in der sich der Mörder offensichtlich befunden hatte, musste er einfach Fehler gemacht haben …

Dass sie die Spuren noch nicht zuordnen konnten, war nicht besonders beunruhigend. Es verlängerte höchstens die Fahndung. Aber Sina fehlte immer noch ein konkretes Bild vom Mörder, Motiv und Profil lagen völlig im Dunkeln. Das wog weit schwerer.

Am Nachmittag fuhr die Oberkommissarin nach Northeim. Als sie in der Neubausiedlung ankam, stellte sie fest, dass kein Wagen in der Garagenauffahrt von Uwe Lattingers Blockhaus stand. Offenbar war niemand zu Hause. Sie hätte vorher durchrufen und ihren Besuch ankündigen können. Aber sie kam lieber unangemeldet. Wenn Uwe Lattinger etwas mit dem Mord zu tun hatte, sollte er ruhig spüren, dass er nirgendwo vor ihr sicher war, auch wenn sie dabei Gefahr lief, vor verschlossener Tür zu stehen.

Sina stieg aus, ging den Natursteinweg zur Haustür hoch und ließ die Glocken von Big Ben durch die Räume hallen. Es bewegte sich nichts. Sie legte die Hände ans Küchenfenster. Die Küche war sauber aufgeräumt, niemand zu sehen. Sie warf noch einen kurzen Blick in den Garten, bevor sie sich entschied, den Rückzug anzutreten.

»Was gibt es, Frau Kommissar?«, fragte die freundliche Stimme mit dem polnischen Akzent hinter ihr.

Sina drehte sich um. »Ich dachte schon, es wäre niemand da.«

»Uwe … mein Mann ist weggefahren …«

»… aber Sie sind da.« Die Gelegenheit wollte sich die Oberkommissarin keinesfalls entgehen lassen. »Darf ich reinkommen?«

Eva Lattinger führte sie in das Wohnzimmer, das diesen gemütlichen Duft nach Holz ausdünstete. Die Blicke der beiden Frauen trafen sich. Es schien, als hätte die angeblich so glückliche Schwangere geweint.

Sie setzten sich in die hellen Ledersessel.

»Ich habe einen Sohn. Er heißt Torsten. Wünschen Sie sich einen Jungen oder ein Mädchen?«, versuchte Sina an das erste Gespräch mit der jungen Frau anzuknüpfen.

»Uns ist alles recht, aber ich glaube, ganz im Geheimen will Uwe lieber einen Sohn ... und ich glaube, dass es ein Sohn wird. Ich spüre das irgendwie, wissen Sie.«

»Warum unbedingt einen Sohn?«

»Ich weiß nicht ... Vielleicht weil er ihm das geben will, was er selbst nicht erfahren hat ...«

Sina sah Torsten vor sich, mit seinem halb abgewandten mürrischen Gesicht und den vorgeschobenen Schultern, womit er sich gegen jedes Wort panzerte, das sie an ihn richtete. Lag es daran, dass sie ihm zu wenig Liebe gegeben hatte? Plötzlich traten ihr alle Vorwürfe, die sie sich jemals wegen Torstens Erziehung gemacht hatte, gleichzeitig in den Magen. Aber dafür war jetzt nicht die Zeit.

»Das wird ihm nicht schwerfallen. Es geht Ihnen gut, Sie haben viel Platz im Haus und einen Garten. Was will man mehr zum Glücklichsein?«

Aber auf Eva Lattingers Gesicht fand sich in diesem Moment kaum eine Spur von Glück. Schweigend fixierte Sina die junge Frau mit einem forschenden Blick, bis sie schließlich errötete.

»Es stimmt, Uwe hat viel erreicht, aber ...« Sie unterbrach sich selbst. »Ich sollte nicht darüber reden, das ist seine Sache ...«

»Wir können jede Art von Auskünften über Sie und Ihren Mann einholen, Frau Lattinger. Es ist immer besser, wenn Sie selbst offen sind und uns unterstützen.«

Sina konnte warten, unbarmherzig konnte sie warten, und Eva Lattinger hatte keine guten Nerven.

»Uwe erzählt mir nicht alles. Er will mich schonen, wissen Sie. Aber ich spüre, dass etwas nicht stimmt. Wenn er morgens aus dem Geschäft kommt und eine Zigarette nach der anderen raucht. Es läuft nicht mehr so gut wie früher, wegen der Krise, und ich glaube, er weiß nicht mehr, wie wir das alles bezahlen sollen.« Ihre Augen füllten sich wieder mit Tränen.

Als Sina den Blick von der jungen Frau abwandte, stand Uwe Lattinger in der Zimmertür.

»Überfallen Sie immer wehrlose Menschen in ihren Häusern?«, sagte er mit Wut in der Stimme.

»Bevor Sie sich weiter aufregen: Ich bin hereingebeten worden.«

Natürlich hatte Sina etwas nachgeholfen, aber sie machte hier ihre Arbeit und nichts weiter. Eva Lattinger sah ihren Mann schuldbewusst an.

»Ich wollte zu Ihnen, Herr Lattinger, oder brauchen Sie eine Einladung ins Präsidium?«

Lattinger ignorierte Sina, streichelte seiner Frau liebevoll über den Kopf, half ihr aus dem Sessel und führte sie vorsichtig aus dem Wohnzimmer.

»Auf Wiedersehen, Frau Lattinger«, rief Sina hinterher, ohne dass ihr der giftige Blick des treusorgenden Ehemanns etwas ausmachte.

Als Lattinger ohne seine Eva nach ein paar Minuten wieder zurückkam, war er immer noch sauer.

»Wir können das Gespräch gerne ein anderes Mal fortsetzen, wenn Sie jetzt nicht dazu in der Lage sind«, bot Sina kühl an.

Während er überlegte, zückte Lattinger betont lässig seine Zigaretten, warf die Packung auf den Tisch und setzte sich in den Sessel, in dem vorher seine Frau gesessen hatte.

»Ich weiß nicht, was ich Ihnen noch erzählen soll.«

»Wir haben Ihre Mitarbeiter befragt. Es hat sich herausgestellt, dass Sie in dem fraglichen Zeitraum nicht in der Disco waren.«

»Ich hab Ihnen doch gesagt, dass ich an der Buchhaltung gesessen habe.«

»Silke Vollbrecht hat ausgesagt, dass Sie ihr noch nie so lange die Kasse überlassen haben wie an diesem Abend. Warum gerade jetzt, wo es doch auf jeden Cent ankommt?«

Er schien sich nicht über die Frage zu wundern, hatte wahrscheinlich die letzten Worte seiner Frau mitbekommen, als er ins Wohnzimmer kam. »Ich kann mich auf Silke verlassen.«

Plötzlich schien ihn so etwas wie Mutlosigkeit zu befallen. Er zog eine Zigarette aus der Packung, steckte sie mit einem metallisch klickenden Sturmfeuerzeug in Brand und inhalierte tief.

»Ich frage mich, in welcher Beziehung der Mord an Ihrem Vater zu Ihrer wirtschaftlichen Lage steht«, sagte Sina.

Unverständnis in Lattingers Blick. »Ich habe nichts mit dem Mord an meinem Vater zu tun ...«

»Aber?«

Es entstand eine Pause, in der sich Sina fragte, ob sie mit ihrer Vermutung richtiglag, während Lattinger abwesend an seiner Zigarette sog. Dann wachte er auf.

»Also gut, ich bin losgefahren an dem Abend. Ich wollte meinen Vater bitten, mir Geld zu leihen. Nur für eine Rate bis Ende Mai. Die Banken erhöhen meinen Kredit nicht weiter. Denen reichen plötzlich die Sicherheiten nicht mehr. Und meinem Vater ging es noch gut. Jedenfalls haben meine Eltern nicht gestöhnt. Ich bin dann aber auf halber Strecke umgekehrt, weil ich es einfach nicht konnte ... Darauf hatte er ja nur gewartet ...«

»Und nachdem Sie in der Disco angekommen waren ...«

»... habe ich mich wieder ins Büro gesetzt und bis nach elf an der Buchhaltung gearbeitet ...«

»... und dafür gibt es natürlich *auch* keine Zeugen«, seufzte Sina.

***

Niebuhr kaute an einem Puddingteilchen und drehte sich dabei entspannt in seinem Bürostuhl. Zwischendurch leckte er sich genüsslich die klebrigen Finger ab.

»Ekelhaft, wenn man dir so zusehen muss«, sagte Sina und zog eine angewiderte Grimasse.

»Arme Sina«, kam ungerührt zurück.

Jetzt machte sich Niebuhr über die glibbrige Füllung her. Sina hatte auf den Spritzkuchen verzichtet, den er ihr mitgebracht hatte. Ihr fehlten eindeutig seine Nehmerqualitäten, zumindest in der Art, wie er die Kalorien wegsteckte. Egal wie viel Jens in sich reinstopfte: Er war schlank wie ein Marathonläufer, und ihre Hüftringe wuchsen allein vom Zusehen.

»Uwe Lattinger steht das Wasser bis zum Hals. Seine Disco läuft nicht mehr. Wir sollten das schwarz auf weiß von der Bank haben. Kümmerst du dich drum?«

Niebuhr nickte. »Glaubst du, dass er's war?«

»Nein.«

Natürlich konnte alles anders gewesen sein: Uwe Lattinger war nicht auf halber Strecke umgekehrt, sondern im Hotel angekommen. Dort war er seinem Vater über den Weg gelaufen, der sich längst nicht so herablassend gebärdete, wie Uwe es erwartet hatte, seinen Sohn sogar zu einem Drink in die Mansarde bat, wo dann alles eskalierte. Doch das war Spekulation, und sie brauchten Beweise.

»Was ist mit den Alibis der Mitglieder des Fremdenverkehrsvereins?«

»In Arbeit«, mampfte Jens und griff zur Tasse, die mitten in dem Chaos von Akten auf dem Schreibtisch stand, um das fettige und süße Mahl mit Kaffee runterzuspülen. »Viele sind erst gar nicht zur Hauptversammlung erschienen. Sie schimpfen, dass es Zeitverschwendung wäre, sich die Sonntagsreden anzuhören, weil sich doch nichts ändern würde. Die meisten saßen zu Hause bei ihren Familien.«

Alles schien auf einen Stillstand hinauszulaufen. Ohnmacht, das große Warten. Aber das konnte es doch nicht gewesen sein. Waren sie wirklich schon jetzt auf Kommissar Zufall angewiesen?

Es war kurz vor fünf, Dienstschluss. Sina raffte sich auf und schnappte sich ihre Jacke. »Mach's gut, Jens.« Damit war sie weg.

Draußen auf dem Parkplatz überlegte sie es sich anders und

stieg nicht sofort in den gelben Honda. Sie wollte noch ein paar Schritte in Richtung Clausthals Mitte gehen, sich so lange die beißende Aprilluft ins Gesicht wehen lassen, bis sie auf irgendetwas stoßen würde, das sie übersehen hatte.

Die Techniker hatten Ewald Lattingers Mansarde schon auf den Kopf gestellt. Sina glaubte nicht, dass ihnen wertvolle Spuren entgangen waren. Die Jungs waren gut, und man konnte sich auf sie verlassen. Blieb die Frage, ob sie selbst alle Details am Tatort so weit wie möglich ausgewertet hatte.

Der frühe Abend war friedlich. Aus dem rissigen Himmel schimmerten Sonnenstrahlen, die den ansonsten durchschnittlichen Tag aufwerteten. Sina trödelte an einer Reihe von Schaufenstern entlang, blieb vor der Auslage vom Reisebüro kurz stehen. Dann schlenderte sie weiter. Schräg gegenüber der Marktkirche lag das Kaufhaus. Ihr fehlten noch ein paar Kleinigkeiten fürs Abendessen.

»Teespezialitäten aus aller Welt«.

War das nicht der Laden, von dem Christian Lattinger seinen Tee bezog? Der war wirklich gut gewesen. Sina hatte das nicht nur so gesagt.

Ganz vorne im Schaufenster türmte sich eine Sammlung von bunten Teedosen zu einer Pyramide auf, links und rechts standen geflochtene Körbe gefüllt mit Teepäckchen. Den Hintergrund bildeten Panoramafotos von smaragdgrünen Plantagen mit asiatischen Pflückern, die ihren typischen tellerrunden Sonnenschutz auf dem Kopf trugen. Sina hing der ewige Kaffee schon zum Hals heraus, und sie beschloss, reinzuschauen.

Außer ihr war kein Kunde im Laden. Die Düfte der verschiedenen Teesorten mischten sich zu einem unbestimmbaren Gesamtduft. Die Wände waren zugestellt mit Regalen voll beschrifteter goldglänzender Tüten. Erst jetzt nahm sie die leise exotische Melodie wahr, die einschmeichelnd in ihren Gehörgang sickerte.

»Herzlich willkommen.«

Hinter dem Tresen stand ein großer Mann mit mandelförmigen Augen und blauschwarzem Haar, der sie neugierig betrachtete.

Er war ziemlich groß für einen Asiaten, mindestens eins achtzig. Er hatte auch kein rundes Gesicht wie die meisten. Es war vielmehr oval, mit steil abfallenden Wangen, und sein Blick wirkte offen und interessiert. Aber aus irgendeinem Grund machte es sie verlegen, wie seine Augen so an ihr klebten.

»Ich habe gar keine Ahnung von Tee«, sagte Sina.

Sie versuchte sich an den Namen des Tees zu erinnern, den sie bei Christian Lattinger getrunken hatte, aber sie wusste nur noch, dass er aus Indien stammte.

»Ich berate Sie gern. Für welche Gelegenheit soll es denn sein?«

Sina fuhr sich mit der rechten Hand durch die Haare. Dabei fiel ihr ein, dass sie an ihrem Pony etwas ändern wollte. Lächelte sie? Ja, sie lächelte.

»Ich suche einen besonderen Tee. Ich habe ihn bei einem Bekannten getrunken, und er hat ihn hier gekauft.« Dass sie einen Mordverdächtigen zu ihrem Bekannten machte, kam auch nicht alle Tage vor.

»Freut mich, dass es sich herumgesprochen hat. Ich kann Werbung gut gebrauchen.«

Etwas irritierte Sina an diesem Chinesen, wenn er denn einer war. Wahrscheinlich die Art, wie er Deutsch sprach, so klinisch rein. Die asiatischen Studenten, die ihr bisher begegnet waren, brachten nur mit Mühe ein paar Brocken Deutsch heraus, und der Teeverkäufer schien nicht viel älter zu sein als sie. Vielleicht Ende zwanzig oder Anfang dreißig, jedenfalls war er jünger als Niebuhr.

»Erstaunlich«, sagte sie.

Der Mann verstand nicht, was sie meinte.

»Ihr Deutsch …«

Plötzlich verzog er sein Gesicht zu einer grinsenden Maske und legte mit hoher Stimme los: »Wollen, dass Chao chinesische Deutsch schplechen? Geht ganz leicht, abel ist nicht so schön wie lichtige Deutsch, he, he.«

Er warf den Kopf in den Nacken, dass seine halblangen schwarz glänzenden Haare durch die Luft flogen, und lachte schallend. Ein paar Sekunden später lachte auch Sina. Der Mann hatte Humor. Sie bekam Lust auf seinen Tee.

Als sie um kurz vor sieben zu Hause in Goslar angekommen war, räumte Sina zuerst die Überreste von Torstens Abendbrot weg und wischte den Küchentisch ab, der mit Butter beschmiert war. Wenigstens sah es so aus, als hätte er sich Schnitten gemacht und den Aufschnitt nicht wieder ohne alles in sich hineingestopft. Die Kühlschranktür war auch zu, meistens ließ er sie offen stehen.

Plötzlich waren von oben merkwürdige Geräusche zu hören. Sina ging ein paar Schritte in Richtung Treppe und wollte etwas hochrufen, blieb aber verwundert stehen. Seit wann hörte Torsten Musik? Und was für welche: metallisch schweres Dröhnen in Kombination mit grottentiefen Stimmen. Das Ganze quoll an ihr Ohr, als hätte der Deckel zur Hölle Risse bekommen, und stand in krassem Widerspruch zu dem lieblichen Singsang chinesischer Weisen, die sie aus dem Teeladen mitgebracht hatte. Sie flüchtete zurück in die Küche, gab der Tür einen Schubs.

Jetzt war Ruhe. Leise summte sie zu den Melodien in ihrem Kopf. Der feuchte Lappen, den sie immer noch in der Hand hatte, landete in der Spüle. Sie wusch sich die Hände und trocknete sie ab, dann setzte sie sich auf die Eckbank, um auszupacken, was in der Plastiktüte vor ihr stand.

Bis nach Geschäftsschluss war sie im Teeladen geblieben, der junge Inhaber hatte ihr alles rund um den Tee erklärt. Dass die Teekultur aus China komme und dass Teetrinken dort immer noch zu den wichtigen gesellschaftlichen Ritualen zähle. Wie entscheidend die Muße dabei sei, die Ruhe, der Genuss. Faszinierend.

Er hatte sie in einen kleinen Raum unmittelbar neben dem Verkaufsraum geführt. Sie hatte noch längst keine Ahnung gehabt, dass eine richtige Zeremonie folgen würde. Im Schneidersitz hatten sie es sich an einem niedrigen Tisch bequem gemacht, dann gab er Teeblätter in eine kleine bauchige Kanne, verziert mit chinesischen Schriftzeichen, und goss sie mit heißem Wasser auf. Den Sud verteilte er in verschiedene Gefäße, bevor er ihr endlich davon zu trinken gab. Jeden Handgriff des Mannes hatte sie beobachtet, wie er ihn mit Andacht, fast zärtlich, ausführte. Dabei entspannte sie selbst vollkommen.

Sina griff in die Plastiktüte und beförderte die kleine Kanne heraus, streifte sanft das Zeitungspapier ab, in das sie der Chinese sorgfältig eingewickelt hatte, und stellte sie auf den Tisch. Daneben platzierte sie die beiden Trinkschalen. Er hatte ihr noch eine Packung Chinatee mit einem unaussprechlichen Namen zugesteckt und ihr empfohlen, die Zeremonie immer dann durchzuführen, wenn sie abschalten wollte.

Aber in ihrer Küche waren es tote Dinge. Es fehlte der Zauber, den sie in dem Teeladen empfunden hatte, und außerdem war sie allein.

***

Im Namen aller, die ehrlich waren, musstest du büßen. Ich bin es ihnen schuldig gewesen. Den guten alten Henkersknoten habe ich noch hingekriegt, auch wenn meine Hände gezittert haben. Früher habe ich ihn oft geknüpft, einfach um mir zu beweisen, dass ich geschickt genug dazu bin. Das Knotenknüpfen war sozusagen mein Hobby, wie du ja weißt. Ich konnte sie alle und in rasender Geschwindigkeit. Aber diesmal hatte der Knoten eine wirkliche Aufgabe zu erfüllen, als Henkersknoten für Ewald Lattinger, den großen Gastronomen, der seinem geliebten Hotel alles geopfert hat, auch die Menschen, die ihm nahestanden …

VIER

Der nächste Tag begann blendend hell. Aus allen Büschen und Bäumen lärmten die Vögel. Offenbar hatte der Frühling ihre Akkus aufgeladen.

Sina fuhr auf der B 241, vorbei an den dunkelgrünen, hohen Fichten, und schmunzelte vor sich hin. In der Nacht hatte sie geträumt, dass sie auf einem chinesischen Drachen über den Harz ritt. Weniger witzig war ihr zumute, wenn sie an den Fall dachte, der oben auf sie wartete und zu versanden drohte.

Sie hatte sich vorgenommen, das Leben Ewald Lattingers von Anfang bis Ende zu durchleuchten. Es war der einzige Weg, Ansatzpunkte zu finden.

Niebuhr war bisher nicht weitergekommen. Für die Mitglieder des Fremdenverkehrsvereins war es verdammt leicht, zu behaupten, sie seien am Mordabend zu Hause gewesen. Denn es war schwer, das Gegenteil zu beweisen. Die Spurensicherung konnte beim derzeitigen Stand der Ermittlungen nur noch helfen, wenn sie gezielt eingesetzt wurde, als Stütze einer Theorie oder eines begründeten Verdachts.

Die Schneehaufen auf der Wiese vor dem »Oberharzer Hof« waren verschwunden. Sina fuhr den asphaltierten Weg hoch und parkte hinter dem Haus. Die Luft war noch schneidend frisch, schmeckte aber nicht mehr nach Winter. Auch in den Beeten rund um das Hotel standen die Blüten der Osterglocken kurz vor dem Aufplatzen.

Als sie in die Lobby trat, begrüßte sie ein alter Bekannter: Rudi Schuricke mit »Wenn bei Capri …«. Sina peilte die Rezeption an, um mit einem Pling der Klingel auf sich aufmerksam zu machen. Aber Sieglinde Lattinger war schon da, in besorgniserregendem Zustand. Die Augen der alten Frau lagen tief in ihren Höhlen, als hätte sie kaum geschlafen, und unter ihrer pergamentenen Gesichtshaut schien das Blut versickert zu sein wie in einem ausgetrockneten Flussbett. Offensichtlich litt sie.

»Ich sehe mir die Mansarde noch mal genauer an«, sagte Sina, ohne die Hotelchefin nach ihrem Befinden zu fragen. Die würde es wahrscheinlich nur als vorgetäuschtes Interesse oder billiges Mitleid auslegen.

»Wie Sie meinen«, kam die Antwort mit kraftloser Stimme. »Ich hab genug Zeit.«

Im Haus schien alles ruhig zu sein. Draußen auf dem Parkplatz hatte Sina keine Autos gesehen, die Gäste vermuten ließen.

»Soll ich Ihnen einen Kaffee machen?«

»Gibt's auch Tee?«

Die Hotelchefin sah sie verwundert an.

Die Dachräume Ewald Lattingers waren versiegelt worden. Sina erbrach das Siegel.

Die Kriminaltechnik und die Spurensicherung hatten fotografiert und Beweismaterial sichergestellt, ansonsten aber alles in seinem ursprünglichen Zustand belassen. Das Wohnzimmer der kleinen Wohnung, in dem sich die Tat ereignet hatte, war immer noch unaufgeräumt. Als Sina den Kopf durch die Tür steckte, roch es modrig, und Staubpartikel tanzten auf dem Sonnenstrahl, der durch das schräge Dachfenster drang.

Zögernd betrat Sina den Raum. Sie versuchte, Kontakt zu den »Dämonen« aufzunehmen, die sich an allen Orten des Verbrechens aufhielten. Natürlich war das pure Einbildung. Aber auch wenn die Ermittler schon lange mit wissenschaftlichen Methoden auf Mörderjagd gingen und sich in ihrer Arbeit keinesfalls von den Dämonen eines Falles beeinflussen lassen durften, Sina hörte auf sie, vor allem wenn sie nicht weiterwusste.

Aber die schäbigen Wände, in denen sich der Mord abgespielt hatte, schwiegen. Sina stellte sich den alten Mann vor, wie er sich aus seinem Sessel erhob, dem Mörder nur kurz den Rücken zukehrte. Genau da sauste der schwere Aschenbecher auf seinen Hinterkopf und zerschlug ihm die Schädeldecke. Er hatte vielleicht noch gestöhnt und war dann zusammengebrochen. Der Täter hatte sich über den tödlich Verletzten gebeugt, ihn gerüttelt und angerufen, um festzustellen, ob er noch lebte. Anschließend hatte er sich über den Aktenschrank und den Schreibtisch hergemacht. Dabei ging es ihm um Bank- und Steuerunterlagen, unter anderem die Auszüge des Geschäftskontos. Aber was genau hatte er gesucht? Bei der Überprüfung der Einnahmen- und Ausgabenrechnungen hatte es keine Auffälligkeiten gegeben, keine ungewöhnlich großen Summen, die bewegt worden waren. Es fehlten auch keine Unterlagen, das hatte Niebuhr schon überprüft. Und die Witwe hatte mit Bestimmtheit ausgeschlossen, dass ihr Mann Bargeld oder andere Sachen von Wert in der Mansarde aufbewahrte. Auch hier liefen die Ermittlungen in eine Sackgasse.

Es blieb nur noch der Inhalt der Kommode, die an der angrenzenden Wand zu Lattingers Schlafkoje im hinteren Bereich des Wohnzimmers stand. Besonders interessierte Sina die oberste Schublade, in der sich Erinnerungsstücke, alte Grußkarten, Fotos, Einladungen und so weiter befanden. Sie würde alles gründlich sichten. Dass der alte Lattinger sich offenbar von nichts trennen wollte, konnte jetzt hilfreich sein.

Sina zog die Schublade heraus und nahm sie unter den Arm. Eigentlich hatte sie vorgehabt, in der Mansarde zu bleiben, sich an den Tisch zu setzen und in Lattingers Vergangenheit zu stöbern. Aber hier fiel ihr die Decke auf den Kopf.

Mühsam zwängte sie sich durch die Türen, die schmale Holztreppe hinunter. So musste es dem Täter auch mit der Leiche gegangen sein. Kriminalrat Keilberth hatte recht: Es war unverständlich, warum es kaum Spuren gab. Sie entschied, dass die Kriminaltechnik noch mal ranmusste, um den Weg von der Mansarde zum Treppenhaus aufs Kleinste zu untersuchen.

»Haben Sie ein ruhiges Eckchen für mich?«, fragte Sina die Hotelchefin, die zusammengesunken in einem der breiten Ledersessel in der Lobby auf sie gewartet hatte.

»Sie können sich in mein Büro setzen«, sagte Sieglinde Lattinger, während sie sich mühsam erhob. »Soll es immer noch Tee sein?«

»Wenn es Ihnen nichts ausmacht, gerne. Es gibt ein neues Teegeschäft in Clausthal, wussten Sie das schon?«

»Nein«, sagte die alte Frau trocken, »außerdem ist mir Kaffee lieber. Und den meisten Gästen auch.«

Darauf öffnete sie der Oberkommissarin die Tür zum Hinterzimmer der Rezeption, ohne die Schublade unter ihrem Arm auch nur eine Sekunde aus den Augen zu lassen.

***

Sina saß an ihrem Arbeitsplatz in Niebuhrs Büro und blätterte in einem der Fotoalben, die sie aus der Kommode in Lattingers Mansardenwohnung mitgenommen hatte. Die Flut von Postkarten aus aller Welt, Einladungen und Prospekten hatte sie schon im Hinterzimmer der Rezeption aussortiert. Wozu sie den alten Kram überhaupt brauche, hatte die Witwe gefragt, das seien doch nur persönliche Erinnerungen. Wenn es eine gescheite Antwort darauf gab, dann die: Auch der kleinste Funke kann ein Feuer entzünden.

»Irgendetwas Spannendes?«

Niebuhr kiebitzte ihr über die Schulter. Vergilbte alte Fotografien, teilweise noch aus dem 19. Jahrhundert. Posierende Bergleute in ihren Trachten mit dem Bergmannszeichen auf den Kappen. Harte, ernste Gesichter.

Dann eine stabile Frau mit selbstbewusstem Blick und einem Bündel weißer Wäsche im Arm. Darin vergraben ein Kinderköpfchen. »Mama mit Ewald, Oktober 1940« stand in eckiger Schrift, der Handschrift Ewald Lattingers, darunter. Noch ein Bild der kleinen Familie vor einem Haus mit Holzfassade und Schiefergiebel, Aufschrift: »Pension zur schönen Aussicht«.

»Wohl der Vorgänger des Hotels?«, murmelte Niebuhr.

Es folgte eine Reihe von Bildern vor der Pension mit Gästen. Klein Ewald im Garten. Ewald wird größer. Wieder ein

Foto der Mutter mit weißem Bündel im Arm. »Mama mit Christine, März 1946«.

»Wer hat eigentlich seine Schwester informiert?«, fragte Sina. Das hatte sie glatt vergessen.

»Wer wohl? Ich hab sie mitten im Urlaub an der Ostsee erwischt.«

»Ist sie schon zurück?«

»Ja, sie hat hier angerufen und gefragt, wann die Beerdigung ist.«

»Warum *hier*?«

»Weiß nicht, vielleicht spricht sie nicht mit ihrer Schwägerin.«

»Würde mich nicht wundern. In dieser Familie ist es offenbar nicht üblich, miteinander zu sprechen.« Sina seufzte, sie musste an Torsten denken.

Die nächsten Bilder zeigten Lattinger als jungen, dynamischen Mann, seine Eltern alt und müde. Ewald mit Sieglinde. Die Hochzeit der Lattingers in Weiß mit Kutsche. Dann der Hotelbau in allen Einzelheiten. Grundsteinlegung, Hochziehen der Mauern, Richtfest. Gruppenfoto der freiwilligen Feuerwehr vor dem Rohbau. Die ersten Gäste. Die von gut gelaunten Zechern übervölkerte Kaffeeterrasse. Sieglinde Lattinger mit vollem Tablett und Glanz in den Augen. Die Söhne Christian und Uwe.

Sina schlug das nächste Album auf. Wieder die Söhne, diesmal in kurzen Lederhosen. Dahinter eine Frau, auf den ersten Blick fremd.

Sina sah Niebuhr erstaunt an.

»Zugegeben, kaum wiederzuerkennen«, bestätigte der.

Das Foto war nur ein Jahr älter als die in dem ersten Album. Aber Sieglinde Lattinger, bis auf die Knochen abgemagert und mit dem Blick eines getretenen Hundes, war ein anderer Mensch geworden.

»Vielleicht ist sie krank gewesen«, dachte Niebuhr laut.

Sina erinnerte sich an die Aussage von Uwe Lattinger. Wie sich die Mutter so plötzlich verändert hatte, als sie Kinder gewesen waren, und ihr die eigenen Söhne ohne erkennbaren Grund nichts mehr bedeuteten.

»Möglich«, antwortete sie, »vielleicht sogar sterbenskrank, und niemand sollte etwas davon wissen. Aber ich verstehe nicht, warum sie die Söhne zurückgestoßen hat, die sie doch liebte.«

Auf der nächsten Albumseite breitete ein stolzer Ewald Lattinger die Arme aus und verwies auf den vollgestopften Busparkplatz mit buntem Durcheinander ankommender Gäste. Es folgten endlos Fotos von Festen, Silvester-, Tanz- und Jubiläumsveranstaltungen.

»Goldene Zeiten«, sagte Niebuhr.

»Lang ist's her.«

Das Album war nur bis zur Hälfte bestückt. Nach ein paar leeren Seiten fand sich noch ein einzelnes Foto ohne Unterschrift. Auf der Rückseite stand: »Ewald und Christine«, wieder in Lattingers eckiger Schrift.

»Geschwisterbild«, sagte Niebuhr.

»Und wer ist der Junge an Christines Hand?«

»Wahrscheinlich Johann, der Sohn von Lattingers Schwester.«

»Da hätten wir also alle beisammen«, sagte Sina und klappte die nur lose gebundenen Seiten aus Pappkarton wieder zu.

Blieb die Frage, was diese Aktion gebracht hatte. Vielleicht nur, dass die Oberkommissarin jetzt sicher war: Sieglinde Lattinger hatte definitiv ein Geheimnis.

»Hast du Lust auf ein Bier?«

Meistens war Niebuhr für einen Feierabendschluck zu haben. Doch diesmal schüttelte er den Kopf.

»Keine Zeit.«

»Und warum?«, blieb Sina hartnäckig.

»Hab ein Date.«

»Ich dachte, du lebst abstinent.«

»Hab ich nie gesagt. Ich lasse mir nur beim Aussuchen mehr Zeit.«

Die Aussicht, allein im Lokal zu sitzen und dankbar sein zu müssen, wenn der Kellner ein paar Worte mit ihr redete, war nicht besonders verlockend. In solchen Augenblicken ärgerte sie sich über sich selbst, dass sie sich nach der Scheidung von den meisten Bekannten zurückgezogen hatte. Manchmal ging sie mit Ingo und Irm nach dem Volleyball noch einen trinken, aber das letzte Mal war schon lange her. Sina zog die letzte Karte.

»Findest du es anständig, eine alte Frau so einsam und allein ihr Bier trinken zu lassen?«

Niebuhr lachte. »Ich hab wirklich keine Zeit heut Abend, Sina.«

In seiner Stimme schwang zärtliches Bedauern mit, und seine rechte Hand hob sich ein wenig, blieb dann aber in der Luft stehen, als wollte er ihre Wange streicheln. Das tat gut. Manchmal war ihr Jens sehr nahe, auf eine besondere Weise – vielleicht wie ein Bruder, den sie gerne gehabt hätte.

»Na, dann eben nicht«, spielte sie die Schmollende, um ihre Enttäuschung ins Lächerliche zu ziehen. Niebuhr setzte sich in seinen Wagen und winkte ihr noch kurz zu, bevor er aufs Gas trat und abzog.

Sina ging in den Ort. Was sollte sie jetzt zu Hause? Torsten bewundern, wenn er so gnädig war, sich zu zeigen, auf die fünf Worte warten, die er für sie übrig hatte? Und als Höhepunkt des Tages Joghurt vor dem Fernseher?

Es war kurz vor sechs. Einen Augenblick überlegte sie, dann drückte sie den polierten Messinggriff an der schweren Holztür zum »Alten Steiger«.

Wenn die lebhaften Gespräche, das Lachen und Gläserklingen fehlten, machte der Gastraum einen düsteren, kahlen Eindruck. Nur an einem Tisch am Fenster zur Straße hin saß ein älteres Pärchen vor gefüllten Tellern. Der Duft zog bis zu ihr herüber, aber Sina hatte keinen Appetit, noch nicht mal auf Sauerfleisch.

Sie stellte sich vorne an den Tresen. »Ein Bier, bitte!«

»Gerne, Frau Kommissar«, sagte der Kellner, der sie offenbar wiedererkannt hatte.

Sie rutschte auf den langbeinigen Barhocker, der neben ihr stand.

»Guten Abend«, ließ sich eine andere Männerstimme aus der dunklen Tresenecke vernehmen, die sie nicht sofort erkannte. Sie drehte sich um. Eine echte Überraschung.

»Ich dachte, Sie trinken nur Tee«, sagte Sina und lächelte.

»Heute ist Biertag«, sagte der Chinese. »Alles zu seiner Zeit.«

Er nahm sein Glas, kam unaufgefordert nach vorne und stellte es neben das ihre auf den glänzenden Tresen, der das gelbe Licht der Messingleuchten spiegelte.

»Ich freue mich, dass Sie hier sind«, sagte er. »Es ist wie beim Teetrinken. Zu zweit trinkt es sich besser.«

Er hob sein Glas und stieß mit ihr an. Er stand jetzt neben ihr, und wie beim ersten Mal im Teeladen beunruhigte sie seine Nähe, gleichzeitig ärgerte sie sich über sich selbst. Ihr, der Oberkommissarin, die jeden Tag mit Männern vom Kaliber eines Keilberth zu tun hatte, verschlug es den Atem, wenn sich ein junger Chinese neben sie stellte? Tickte sie noch richtig? Sie würde sich hier und jetzt beweisen, dass es eine Kleinigkeit für sie war, mit diesem Mann über irgendein Thema eine nette Unterhaltung anzufangen. Stellte sich nur die Frage: Worüber redet man mit einem Chinesen, außer über Tee?

»Wie geht's im Geschäft?«

Volltreffer. Schlagartig verflog das schwerelose Lächeln aus seinem Gesicht. So macht man mit einfachen Fragen die Stimmung kaputt, dachte Sina. Sie hätte sich in den Hintern treten können.

»Zu wenig los im Augenblick«, sagte er ernst. »Aber das hat auch etwas Gutes: Ich kann hier zusammen mit Ihnen Bier trinken. Ich heiße übrigens Chao.« Das Lächeln war wieder da, und er prostete ihr zu.

Noch mal gut gegangen.

»Sina Kramer, freut mich.«

Beide nahmen einen Schluck aus ihren Gläsern.

»Und wie ist Ihr Nachname?«

Chao sah sie fast verlegen an. Hatte sie wieder etwas Falsches gesagt?

»Köglsperger.«

»Sie meinen, Sie heißen …«

»Chao Köglsperger.«

Das Lachen platzte fast gleichzeitig aus ihnen heraus.

»Ich bin halb und halb. Mein Vater ist waschechter Bayer, in München geboren, und hat meine chinesische Mutter in Düsseldorf kennengelernt. Ihre Eltern hatten dort ein Speiselokal. Dann haben sie geheiratet, und ich bin ihr Sohn: Chao Köglsperger.«

Er machte eine kleine Verbeugung vor Sina, wie es wohl die Chinesen machen, wenn sie sich vorstellen. Sina dachte an ihre Eltern, die auch in Düsseldorf lebten. Sie hatte sich schon länger nicht gemeldet, weil ihre Mutter nicht aufhörte, ihr Tipps für Torstens Erziehung zu geben.

»Ich bin die Sina«, sagte sie und hielt ihm die Hand hin.

Ups, was war denn das? Sie konnte es kaum glauben. Keine fünf Minuten hier und schon per Du mit einem Mann, den sie kaum kannte? Er musste ja denken, dass sie sich an ihn ranschmeißen wollte. Sie, die alte Glucke, an einen Halb-und-halb-Chinesen, der noch nicht ganz trocken war. Warum schoss sie nur so viele Böcke an diesem Abend?

»Ich freue mich«, sagte Chao und schlug ein.

***

Sina schreckte auf. In ihrem Kopf war etwas mit einem lauten Knall zerplatzt, und die Schwärze um sie herum ließ sie für kurze Zeit in einem bodenlosen Raum schweben.

Aber sie war nicht allein. Sie nahm den Geruch eines Körpers wahr, der ihr zuerst fremd vorkam, doch ihr wurde bewusst, dass sie dieses Aroma noch vor kurzer Zeit anziehend gefunden hatte. Aufmerksam verfolgte sie den ruhigen, entspannten Atem des Mannes, der neben ihr lag. Er war ihr sehr nahe gewesen. Sie hatte dieses Glücksgefühl genossen. Jetzt überkam sie allerdings ein anderes Gefühl, das bittersüße, sich ergeben zu haben.

Er lag mit dem Rücken zu ihr. Ein athletischer Rücken. Sie hatte diesen Rücken umfasst, als sie Brust an Brust gelegen hatten. Dann hatten ihre Hände nach seinem Hintern gegriffen, dem muskelbepackten, runden Arsch, der sie wild gemacht und alles, was gleichzeitig in ihrem Hirn ablief, schlagartig gelöscht hatte.

Durch die beiden kleinen Fenster fiel das Licht einer Straßenlaterne. Sina versuchte sich an die Einrichtung des Zimmers zu erinnern, das sie nur für einen kurzen Moment gesehen hatte, genau so lange, wie es brauchte, um die Entfernung von der Tür bis zum Bett abzuschätzen. Dann hatte er der Tür mit dem Fuß einen Stoß versetzt, und sie waren im Dunkeln auf der Matratze gelandet, in Chaos Schlafzimmer in seiner Zweizimmerwohnung über dem Teegeschäft.

Es war kein besonders reifer Sex gewesen. Die Leidenschaft hatte ihnen für Zärtlichkeiten nicht viel Zeit gelassen. Sie hatten sich von ihr überfallen lassen und sich ihr hingegeben.

Vor Sinas Augen bewegten sich Bilder aus dem »Alten Steiger«. Nach dem ersten Bier war die Unterhaltung schon besser gelaufen.

»Ich liebe beides«, erzählte Chao. »Ich liebe den Oberharz, wo ich studiert habe, und ich liebe China, wo ich nur zu Besuch war, aber es ist auch ein Teil von mir.«

Er konnte gut erzählen, vom Bergbau und seiner Geschichte.

Sina musste zugeben, dass sie davon keine Ahnung hatte. Er hatte es sogar geschafft, sie mit seiner Begeisterung für den Oberharz, der fast die Hälfte des Jahres in Nebel, Regen oder Schnee eingepackt war, anzustecken.

Chao hatte in Clausthal Bergbauwesen studiert und wusste viel über das Oberharzer Wasserregal, was es für eine unglaubliche Leistung gewesen war, diese endlosen Wassergräben anzulegen, und welche Aufgabe sie hatten. Imponierend, was er alles wusste. Sie hatte es erotisch gefunden, wie er so erzählte.

Der männliche Körper neben ihr gab ein Knurren von sich. Sina hielt den Atem an. Er sollte wieder einschlafen, er störte ihre Gedanken. Doch er drehte sich um, zwei Arme streckten sich ihr entgegen, umschlangen ihren Oberkörper, befühlten zärtlich ihre nackte Brust, ihre Lippen, ihre Nase, ihre Lider, identifizierten sie und zogen sie an sich. Auf ihrem Mund landete ein nach Bier schmeckender feuchter Kuss.

Er drückte sie so fest, dass sie kaum noch Luft bekam, aber sie wehrte sich nicht. Sie musste nur warten. Er würde sie wieder loslassen, so schnell, wie er sie an sich gerissen hatte.

Aber es war schön gewesen, dass sie sich begegnet waren.

Den ganzen Abend hatte sie in seine bohrenden Augen gesehen, die nichts anderes zu sagen schienen als: Ich will dich!

Er schlief wieder ein, sein Atem ging gleichmäßig. Sanft entzog sie sich seiner Umarmung. Sie hatte das Verlangen, ihn noch einmal zu streicheln, seine Beine an ihren Schenkeln zu spüren, aber sie wagte es nicht mehr. Wie ein gefangenes Tier war sie aus dem Zoo ausgebrochen, hatte sich von den Gittern befreit, sich ins wilde, unkalkulierbare Leben gestürzt. Aber jetzt wollte sie wieder zurück.

Vorsichtig schob sie seine Arme auf seine Seite und kroch aus dem Bett. Es war gerade so hell, dass sie die Umrisse des Schranks und der beiden Stühle wahrnahm. Irgendwo mussten ihre Klamotten hingeflogen sein. Unhörbar glitt sie über den Boden und sammelte jedes einzelne Stück an einer anderen Stelle des Zimmers auf. Vor Chaos ruhig vor sich hin pustendem Gesicht lag ihr Schlüpfer auf dem Boden. Sachte zog sie ihn weg. Chaos schmale Augen blieben geschlossen.

Mit einem leisen Klick schnappte die Wohnungstür hinter Sina zu. Entlang der Wand tastete sie sich die Stufen im Treppenhaus hinunter.

Unten im Straßenlicht schaute sie auf die Uhr. Halb sechs. Vor den Geschäften standen schon die Lieferwagen. Ohne Rücksicht auf die Frühe knallten die Fahrer mit den Wagentüren und riefen sich laute Kommandos zu.

Sina schlich sich wie eine Katze an ihnen vorbei. Sie schämte sich, war von sich enttäuscht. Ein Abenteuer hatte es nicht werden sollen. Wenn, dann eine solide Beziehung.

Noch dazu hatte sie Torsten einfach allein gelassen. Sie hatte ihre Verantwortung in den Wind geschossen für eine Nacht mit einem jungen Bock.

Über den schwarzen Fichten bildete sich ein heller Streifen, als der gelbe Honda die Serpentinen nach unten jagte. Nebel lag über den dunkelgrünen Bergkuppen. Obwohl es im Wagen warm war, ließ sich die eisige Morgenfrische erahnen, draußen im dunklen Wald.

Sie verstand nicht, dass sie sich so einfach hingegeben hatte, nach dem ganzen Ärger mit Bernie. Sie, eine Frau, die sich nichts mehr von den Männern gefallen ließ. Einfach so.

Das Handy klingelte.

»Ja, Kramer.«

Ihre Stimme zitterte.

»Ich möchte gerne dein Freund sein«, sagte Chao.

***

Niebuhr lief die Gänge zwischen den Gräbern ab, um den besten Winkel zu erwischen und so unauffällig wie möglich seine Fotos zu machen. Dann kam er zurück und stellte sich neben Sina.

»So weit alles im Kasten«, flüsterte er, obwohl ihn keiner gehört hätte, denn sie standen in einiger Entfernung zur Trauergesellschaft. Nur gelegentlich wehten vom Grab unverständliche Wortfetzen aus der Rede des Pastors zu ihnen herüber.

»Gerade mal eine Handvoll Leute«, sagte Sina. »Angeblich hat der alte Lattinger doch so viel Gutes für die Gemeinde getan. Wo sind denn die, die ihm dafür den Dank schulden?«

Die Oberkommissarin erkannte den langen Krahwinkel vom Fremdenverkehrsverein inmitten eines Häufleins Getreuer und natürlich die Mitglieder der Familie Lattinger. Nahe dem Pastor stand eine ältere Frau, die Sina das erste Mal sah. Sie hatte sich bei einem Mann untergehakt, der im Alter der Lattinger-Söhne war. Vermutlich die Schwester des Toten mit ihrem Sohn. Sina würde die beiden auch noch befragen müssen.

Wie ein Schäferhund überwachte Niebuhr die Umgebung, ob sich etwas Verdächtiges der Herde näherte. Aber niemand verbarg sich hinter den Grabsteinen oder stand verstohlen hinter einem Baum.

»Glaubst du, dass er hier ist?«, fragte Sina.

»Warum nicht? Wenn der Mörder aus der Familie kommt, dann muss er sogar hier sein.«

Ein paar der schwarzen Gestalten am Grab formierten sich zu einem Chor. Sie stimmten ein Lied an mit getragener Melodie, passend zum Anlass. Währenddessen tauchte die Sonne zwischen den dunkelgrauen Wolken auf und bestrahlte das frische Grün auf den Gräbern.

Nachdem die letzte Strophe verklungen war, löste sich die Trauergemeinde auf. Die Leute kamen über den Kiesweg auf Sina und Niebuhr zu. Krahwinkel sprach noch mit der Witwe, andere hatten es eilig. Christian Lattinger näherte sich. Das Gesicht aufgedunsen, die Augen rot unterlaufen, setzte er unsicher einen Fuß vor den anderen.

Er wird es nicht schaffen, dachte Sina. Offenbar hatte er sie gar nicht bemerkt, stolperte grußlos an ihnen vorbei.

Dann die schwangere Eva Lattinger Arm in Arm mit ihrem Mann Uwe, der sich immer noch Tränen aus dem Gesicht wischte. Ausgerechnet er, der am meisten getreten wurde, dachte Sina. Als Uwe Lattinger sie entdeckte, lächelte er ihr zerstreut zu.

Es folgte die Schwester des Ermordeten, dahinter ihr Sohn. Zwei blasse, unbewegte Gesichter. In deutlichem Abstand dann die Witwe, »Mein herzliches Beileid.«

Sieglinde Lattinger blieb stehen, warf Sina einen erschöpften Blick zu. Ihre Lippen öffneten sich, aber sie brachte keine Silbe heraus.

»Ich kann Ihnen nur versprechen, dass wir alles daransetzen werden, den Mörder zu fassen.«

Sina verabscheute abgedroschene Phrasen, aber an diesem Tag gab es nichts anderes zu sagen. Die Witwe nickte kaum sichtbar und entfernte sich mit kleinen Schritten. Sina blickte ihr versonnen nach. Sie trägt ihr Kreuz, aber wie weit ist sie selbst daran schuld?

»Mittagessen?«, fragte Niebuhr, als das Ende der Prozession in Sicht war.

»Warum nicht.«

Sie waren sich einig, wohin es gehen sollte.

»Wusstest du eigentlich, dass das Oberharzer Wasserregal über fünfhundert Kilometer Gräben hat?«, fragte Sina, während sie im »Alten Steiger« genießerisch ihre Nase über dem Teller mit Bratkartoffeln und Sauerfleisch kreisen ließ.

»Wie kommst du ausgerechnet jetzt darauf?«

»Nur so, ist doch erstaunlich, oder?«

»Du hast dich doch sonst nie für so was interessiert.« Niebuhr schob sich ein Stück Bratfisch zwischen die Zähne.

»Wenn ich mich früher nicht dafür interessiert habe, dann heißt das noch lange nicht, dass ich es für alle Zeiten nicht tue!«, sagte Sina gut gelaunt.

»Ist ja schon gut. Übrigens: Nein, ich wusste es nicht.«

»Ist doch eine enorme Leistung, so was anzulegen, oder?«

Wieder staunte Niebuhr. »Du bist heute schon den ganzen Morgen so anders, hat dich was gebissen? Oder … oder hat dich ein Engel geküsst?«

Sie versuchte, cool zu bleiben, hielt aber seinem neugierigen Blick nicht ganz stand.

»Vielleicht hat mich ein Engel geküsst. Wäre längst überfällig, findest du nicht?«

»Und ob«, sagte Niebuhr und lächelte.

***

Sina betrat das Geschäft. Wieder stieg ihr der besondere Duft in die Nase. Doch diesmal war Chao nicht allein. Er stand an seinem Platz zwischen dem Verkaufstresen und dem mit Teepäckchen gefüllten Regal und redete auf eine ältere Dame ein, die sich anscheinend nur allzu gerne von seinem Charme einwickeln ließ. Ist also alles nur Masche, dachte Sina unwillkürlich, obwohl ihr die Vernunft sagte, dass dem armen Kerl gar nichts anderes übrig blieb, als mit allen Mitteln zu verkaufen.

»Ich bin gleich für Sie da«, rief Chao ihr zu, als wäre sie eine Kundin.

Kurz darauf verließ die Dame mit einem Beutel in der Hand und einem zufriedenen Lächeln auf dem Gesicht das Geschäft.

Chao kam hinter dem Ladentisch hervor und ging auf Sina zu. Er wirkte seltsam ernst. Er gab ihr einen schüchternen Kuss auf die Wange, dann zog er sie an der Hand in den Nebenraum, wo sie das erste Mal Tee getrunken hatten.

»Bitte setz dich«, sagte er wie jemand, der eine schlechte Nachricht zu verkünden hat.

Sina sah ihn verwundert an. Sie ließen sich am Teetisch nieder. Ohne ein weiteres Wort begann Chao mit der Teezeremonie.

»Was ist los?«, fragte sie.

»Es ist mir peinlich …«

Der erste Teeaufguss landete in einer größeren Schale, die nicht zum Trinken bestimmt war.

Es war nicht schwer zu erraten, es konnte sich nur um eins handeln. Aber warum machte er so einen Akt daraus? Dass er es sich wieder anders überlegt hatte, hätte er ihr doch auch am Handy sagen können. Das wäre zwar feige, aber weniger schmerzhaft gewesen und hätte in die Zeit gepasst. So war das eben heute.

»Ich möchte mich bei dir entschuldigen …«

»Wofür?« Ihre Stimme klang schneidend. Doch dann riss sie sich zusammen. Wenigstens jetzt wollte sie Überlegenheit zeigen. Es war ein kleines Abenteuer gewesen, kurz und leidenschaftlich. Sie hatte einen schönen Körper bekommen, was wollte sie mehr? Charakter konnte sie nicht auch noch erwarten. Ein erster Versuch, besser jedenfalls, als zu Hause herumzusitzen und Trübsal zu blasen.

»Ich möchte dir sagen, dass es mir leidtut, dass ich dich an dem Abend so überfallen habe …«

Sie sah ihn an wie ein ungläubiges Kind.

»Ich habe mich an unserem ersten Abend nicht bremsen können, ich konnte einfach nicht anders. Ich hoffe, dass du es mir nicht übel nimmst.«

Was sollte man dazu sagen? Seine Blicke flehten um Verzeihung.

»Ich hätte es dir schon gezeigt, wenn es mich gestört hätte«, antwortete sie, konnte aber die Erleichterung, die ihre Stimme ein wenig erzittern ließ, nicht ganz verbergen, »ich bin nämlich erwachsen.«

Obwohl daran begründete Zweifel bestanden, seit sie Chao kannte.

Feierlich setzte Chao das Teegeschirr ab und nahm ihre Hände. »Ich möchte wirklich dein Freund werden. Nicht nur im Bett und für einmal.«

Seine Stimme klang männlich und reif. Sina hätte auf der Stelle wieder mit ihm schlafen können. Doch was sollte sie jetzt sagen? Ich will?

»Ich habe einen Sohn. Er ist sechzehn.«

»Und einen Mann?«

Sie antwortete erst nach kurzer Überlegung. »Nein.«

Am liebsten hätte sie noch gesagt: »Ich brauche keinen Mann«, aber das wäre nicht die Wahrheit gewesen.

Jetzt schien *er* erleichtert zu sein. Mit bedächtiger Grazie überreichte er ihr die Tasse Tee wie ein kostbares Freundschaftsgeschenk. War es nicht so, dass Männer öfter an Sex dachten als Frauen? Vermutlich reiner Aberglaube. Jedenfalls fiel Sina auf, dass sie, seit sie den Laden betreten hatte, an nichts anderes dachte als an Sex mit Chao.

Nicht lange danach lagen sie oben in Chaos Schlafzimmer, Sina auf dem Bauch und neben ihr, ganz eng an sie gepresst, Chao, als wäre sein Körper aus ihrer Seite gewachsen. Mit den

Fingern malte er chinesische Schriftzeichen auf ihren Rücken, von einem Ende bis zum anderen. Und immer wenn er dabei etwas fester über ihre Haut fuhr und dadurch die darunterliegenden Muskeln massierte, stöhnte sie wohlig auf. Zuerst malte er seinen Namen auf ihren Rücken, dann schlug sie andere Begriffe vor, alles, was ihr einfiel, und er malte es auf ihren Rücken.

»Warum hast du dir keinen Job gesucht. Du hast doch ein Diplom?«

»Ich wollte nicht einfach arbeiten, arbeiten. Ich wollte mich mit Dingen befassen und ihre Seele verstehen.«

»… und dazu Tee trinken … mein kleiner Konfuzius.« Sie lachte auf, aber es steckte auch Bewunderung darin.

»Warum nicht? Außerdem wollte ich nicht so schnell von hier fort. Es ist faszinierend hier. Nicht nur die Natur. Auch das, was durch die Jahrhunderte alles passiert ist. Der Bergbau, schrecklich und faszinierend. Ein Wunder – wie die Chinesische Mauer.«

»Übertreibst du da nicht?«

Er knetete eine der verspannten Stellen in ihrer Nackengegend. »Als es noch keinen Sprengstoff gab, mussten die Bergleute alles mit der Hand schaffen. Nur mit einfachen Werkzeugen trieben sie die Stollen in den unerbittlichen Granit. Selten mehr als einen Zentimeter täglich. Unvorstellbar, aber wer spricht heute noch darüber? Und sie verdienten kaum genug, um ihre Familien damit satt zu bekommen.«

Wie er das so sagte, »unerbittlichen Granit«. Sina kam ins Nachdenken. Der Harz war nie das Paradies gewesen. Heute nicht und früher schon gar nicht. Der alte Hasemann hatte recht: Nichts als Blut, Schweiß und Tränen.

»Und alle gingen frühmorgens in die Schicht mit der Angst, abends nicht gesund zu ihren Familien zurückzukehren.«

»Ja, Professor Chao.«

Sie drehte sich um und umfasste zärtlich seine Schultern. Seine Haut war makellos.

»Ich fasse dich gerne an«, hauchte sie.

Er ließ sich streicheln wie eine Katze, bog seinen Körper genießerisch unter ihren Händen und küsste sie spielerisch auf den Mund.

»Ich fasse dich auch gerne an«, sagte er, »besonders deine …« Chao lachte, während er ihre Speckröllchen massierte.

»Lass das!«, sagte sie und schmollte. Es war noch zu früh, um sich über sie lustig zu machen.

»Entschuldige«, sagte Chao. »Was stimmt nicht? Ich mag rundliche und reife Frauen. Ich will gar nichts anderes.«

Jetzt schmollten beide. Aber nur für einen Moment, dann berührten sich ihre Lippen zu einem erneuten Kuss, und Sina ließ sich zurück in die Kissen fallen.

»Heute kann ich nicht die ganze Nacht bleiben.«

»Dein Sohn?«

Sina nickte. Am Morgen hatte sie extra für Torsten Frühstück gemacht und auf ihn gewartet. Sie hatte vorgehabt, eine ehrliche Erklärung abzugeben, weswegen sie am Abend vorher nicht nach Hause gekommen war, und sich dafür ein paar Worte zurechtgelegt. Aber offenbar hatte er ihre Abwesenheit nicht mal bemerkt, und sie konnte sich die Geschichte sparen.

Heute wollte sie es gar nicht so weit kommen lassen. Noch brauchte Torsten nichts von Chao zu wissen.

Auf dem Weg nach Hause fuhr Sina viel zu schnell. Sie fühlte sich leicht und frei. Wie nach einer nicht enden wollenden Reihe von trüben Tagen, wenn plötzlich ein Sonnenstrahl alles ändert. Mit halsbrecherischem Tempo flog sie die Serpentinen ins Tal hinunter und summte vor sich hin. Sie hatte etwas wiedergefunden, von dem sie kaum gehofft hatte, dass es das noch für sie gab: Liebe. Sie war verliebt in einen zwanzig Jahre jüngeren Deutsch-Chinesen, der im Oberharz Tee anbot, den keiner haben wollte. Aber was spielte das für eine Rolle?

Wenn Bernie sie so sehen könnte … Nein, nicht schon wieder! Sina beschloss, dass es mit Bernie endlich aus sein sollte in ihrem Leben. Ab heute sollte er keine Macht mehr über sie haben und auch die geschmacklose Geschichte nicht, die ihre Ehe zerstört hatte. Sie würde sie aus ihrem Hirn schneiden wie faules Fruchtfleisch aus einem Apfel.

Sie war durch Zufall dahintergekommen, weil sie noch in die Apotheke musste. Und hatte mit ansehen müssen, wie dieses rotblonde Gift mit der Figur einer Heuschrecke Bernie mitten auf dem Marktplatz von Goslar auf den Mund geküsst hatte. Zuerst hatte Bernie die Geschichte eiskalt abgestritten, war noch nicht mal rot geworden, als Sina ihn gefragt hatte, ob er das in Ordnung fände, diese Show vor aller Augen abzuziehen. Demütigend. Als würde hier nicht jeder jeden kennen, in diesem Nest ...

Aber das war vorbei. Sie hatte jetzt Chao, den zärtlichsten Liebhaber der Welt, der sie nahm, wie sie war, sechsundvierzig und mit Speck auf den Hüften.

Sie stoppte den Wagen vor dem kleinen Vorgarten ihres Hauses, sprang aufgekratzt auf den Gehweg. Sie hatte das Gefühl, überzukochen. Für einen Moment überlegte sie, ob sie Torsten nicht doch von Chao erzählen sollte. Aber Torsten einzuweihen machte erst Sinn, wenn sie und Chao einige Zeit zusammen und sich absolut sicher waren, dass sie zusammenbleiben wollten.

Oder sollte sie mit ihrer Mutter telefonieren? Doch die würde sie vermutlich nicht verstehen, geschweige denn in Begeisterung ausbrechen. Wahrscheinlich käme so etwas wie: »Einen Chinesen und dann noch so jung, bist du dir da sicher?«

In dieser Frage würde alles mitschwingen, was Sina an ihren Eltern auf den Tod nicht ausstehen konnte: dieses krasse Gegenteil von Weltoffenheit. Sie würde sich nur aufregen, und es würde zu neuem Streit kommen. Lieber nicht.

Sina gab dem schief in den Angeln hängenden Türchen des Jägerzauns einen Stups mit dem Fuß, dass es quietschend nach innen schwenkte, als Torsten gerade aus dem Haus kam.

»Hi, Mum. Ich muss noch was mit Hasso bequatschen.«

»Aber um zehn bist du wieder zu Hause, oder?«

»Denke mal, ja.«

Er zog an ihr vorbei, die Hände in den Hosentaschen, und

kehrte ihr sein schon männliches Kreuz zu, über dem die Jeansjacke spannte. Den Hinterkopf überzog ein Gestrüpp von dunkelblonden Haaren mit eingefärbten hellen Spitzen. Sina konnte die Frisur nicht leiden, aber er fand sie »angesagt«.

Allein zu Haus. Der Abend würde wieder vor dem Fernsehen enden, dachte sie und kramte den Schlüssel aus der Jackentasche. Aber jetzt war es ein anderes Gefühl. Sie musste alles erst mal begreifen, die Sache mit ihrer neuen Liebe, dafür war eine Sitzung auf der Couch genau das Richtige. Sie konnte sich ja eine der schmalzigen Serien reinziehen oder irgendetwas, was zu ihrer Gemütslage passte. Vielleicht griff sie später noch zum Telefon, um bei Chao nachzufragen, woran er gerade dachte.

Während sie den Postkasten öffnete und einen Blick auf die monatliche Energierechnung und einen Reklamezettel vom Supermarkt warf, stellte sie sich ihn vor, wie er in einem der schlauen Bücher las, die sich an allen vier Wänden des kleinen Wohnzimmers bis unter die Decke stapelten.

Sina drückte die Haustür hinter sich ins Schloss. Als Erstes hängte sie ihre Jacke an die Garderobe, zog die Schuhe aus, steckte ihre Füße in die gemütlichen Puschen und ging in die Küche, um seufzend den Kühlschrank zuzumachen. Torsten hat sich wieder Toast mit Nougatcreme gemacht, dachte sie, was sie diesmal aber nicht im Geringsten störte. Sie setzte sich auf eine Ecke der Küchenbank und grinste zufrieden vor sich hin.

Für einen Moment gab sie sich diesem ungewohnten Gefühl hin, bis ihr klar wurde, dass ihr Verliebtsein kein Grund war, den Haushalt zu vernachlässigen.

Zuerst brachte sie den Tisch in Ordnung, dann ging sie ins Schlafzimmer, um ihre Schmutzwäsche zu sortieren. Torsten hatte sich wieder mal um nichts gekümmert. Sie stieg die paar Stufen zu seinem Zimmer hoch. Als sie die Tür öffnete, blieb ihr fast die Luft weg, aber nicht weil er wieder nicht gelüftet hatte. Hier hatte sich einiges verändert. Und das Ergebnis schlug einen vor den Kopf. Die Wände waren zugehängt mit schwarz glänzenden Plakaten, darauf Monsterfratzen und Dämonenmasken, wie aus Metall gegossen. Passend zu der Grunzmusik, die er in letzter Zeit spielt, dachte Sina. Lächerlich das Ganze, aber auch furchteinflößend.

Sie zwang sich, die Fratzen an den Wänden zu ignorieren, und suchte Torstens Socken und Unterwäsche zusammen. Sie warf alles aufs Bett, das sie bei der Gelegenheit auch noch frisch beziehen wollte. Beinahe wäre sie gegen den Computer gerannt.

Was war in diesem Scheißkasten bloß drin, das zwischen ihr und Torsten stand?

Es war längst Zeit, einmal reinzuschauen und nachzusehen. Sie warf den Rechner an. Mit Neugier hatte das nichts zu tun, sagte sie sich. Sie wäre keine gute Mutter, wenn sie sich nicht dafür interessierte, was in ihrem eigenen Sohn vorging.

Tagebuch, Liedertexte, »Projekt Hasso«.

Das ging zu weit, einfach in seinen Sachen herumzuschnüffeln, auch wenn sie es zehnmal für nötig hielt, Torstens Innenleben auszukundschaften, um ihn nicht aus den Augen zu verlieren. Das Tagebuch fasste sie nicht an. Sie klickte auf die Liedtexte, las flüchtig darüber. Sie sagten ihr nichts, machten nur teilweise einen finsteren Eindruck.

Aber vielleicht machte Torsten gerade eine Phase durch, in der er sich von diesen Texten verstanden fühlte. Sie wollte sich nicht einmischen, sie wollte nur versuchen zu verstehen.

»Projekt Hasso« bestand aus gesammelten Berichten und verschiedenen Links. Die Amokläufe an den Schulen in Amerika und in Erfurt und Winnenden. Artikel und Beschreibungen der Täter und ihrer Motive. Sina verstand nicht, was Torsten damit zu tun hatte. Jetzt klickte sie doch auf das Tagebuch.

Sie wollte nur kurz überfliegen, was da stand. Natürlich war sie neugierig, was er über sie geschrieben hatte oder über die Scheidung. Sie würde es ihm auch nicht übel nehmen, wenn er sich schlecht über sie geäußert hätte, oder doch?

Sie riss sich vom Bildschirm los und überlegte. Sie brauchte sich nichts vorzumachen: Das, was sie vorhatte, war etwas zutiefst Unanständiges. Was hätte sie gesagt, wenn ihre Mutter in ihren Sachen rumgeschnüffelt und ihr Tagebuch gelesen hätte? Gehasst hätte sie sie dafür, ihr ganzes Leben lang!

Und doch drückte der Finger die Maustaste.

»Jeden Tag zerstört mich dieses Leben mehr. Die Menschen, die ich kenne, interessieren sich nicht für mich. Sie sind gegen mich, und ich muss mich gegen sie wehren. Wir leben gegeneinander, werden erzogen, gegeneinander zu leben. Alles zerstören wir, ohne Sinn und Verstand, und es gilt nur ein Recht: das Recht des Stärkeren. Die einzige Lösung ist: Ich werde sie und mich auslöschen, um dieses Elend für alle Zeiten zu beenden.«

Sinas Knie gaben nach. Sie ließ sich in den Drehstuhl fallen. Hier lief etwas total falsch. Sie drückte den runden Button am Rechner, um die Hölle zum Schweigen zu bringen. In ihrem Kopf herrschte nichts als Verwirrung.

Zerstreut griff sie nach Torstens Bettdecke und knöpfte den Bezug auf. Noch nicht lange war es her, dass er in Teddybettwäsche geschlafen und sie ihm nach der Gutenachtgeschichte einen Schmatz auf die Wange gedrückt hatte. Dann hatte sie ihm über den Kopf gestreichelt, wie alle liebenden Mütter ihren Söhnen vor dem Schlafengehen über den Kopf streicheln.

Den Berg Schmutzwäsche brachte sie in die Waschküche im Keller, knipste mit dem Ellenbogen das Licht an und verrichtete die Handgriffe, die sie immer verrichtete, wenn sie wusch. Sie wartete noch, bis das Wasser in die Trommel der Waschmaschine einschoss, dann ging sie hoch, setzte sich an den Küchentisch. Ihr war plötzlich kalt, obwohl der Thermostat an der Heizung auf drei gestellt war.

Es konnte einfach nicht sein. Er war doch ihr Sohn. Der Sohn einer Polizistin …

***

Ich hätte stutzig werden sollen, als du mir den Whiskey vorgesetzt hast. Du wusstest, dass ich krank bin, dass ich keinen Alkohol trinken darf.

»Heute trinken wir auf unsere Schmerzen«, hast du gesagt und dir innerhalb von fünf Minuten drei Whiskeys durch die Kehle laufen lassen, dass deine Augen einen irren Glanz bekamen. Dann wurdest du laut, hast gespottet: »Wozu brauchst du das Geld? Das wird dich nicht mehr retten. Dein Leben ist zu Ende. Und meins auch. Wir haben beide ausgeschissen.«

Da konnte ich mir noch nicht vorstellen, dass es wirklich so war …

FÜNF

Am nächsten Morgen überzog ein Glanz die Häuser der Bornhardtstraße, die gegenüber der alten Bergapotheke in Zellerfeld verläuft und von besseren Tagen des Bergbaus zeugt. Die Strahlen der Sonne flimmerten durch die mit zartgrünen Trieben übersäten Zweige der alten Linden und reflektierten von der noch taufeuchten Straße und den Dächern der Bauten.

Obwohl Sina der Schädel brummte, weil sie die Nacht kaum geschlafen hatte und sie absolut keine Antenne für Romantik hatte, ließ die Idylle sie nicht kalt. Sie wirkte wie Balsam auf ihre Ängste. Unaufhörlich geisterte die Geschichte mit Torsten durch ihre Gedanken. Dazu kam dieses ekelhafte Selbstmitleid, das sie versuchte herunterzuschlucken und das doch wie Sodbrennen immer wieder hochkam. Sie hatte mit Torsten nicht mehr gesprochen, gestern Abend. Er war erst gegen elf von seinem Freund Hasso zurückgekehrt. Sie hatte im Bett gelegen, hatte über sich seine Schritte gehört und überlegt, wie sie es am besten anstellen sollte, ihn auf das anzusprechen, was er in seinem Computer versteckte. Aber dann war Torsten nicht mehr zu hören gewesen, war offenbar ins Bett gegangen, und sie hatte es für den Abend aufgegeben. Sie wollte ihn am Morgen ansprechen, doch auch dazu war es nicht gekommen; er war wieder mal im Bett geblieben, bis sie das Haus verlassen hatte.

Nicht weit entfernt von der Glasbläserei und dem niedlichen kleinen Café, das auf demselben kopfsteingepflasterten Hof lag, stellte Sina den Wagen am Straßenrand ab. Die Hausnummer, die sie von Niebuhr hatte, gehörte zu einem imposanten dreistöckigen Bau mit Holzfassade und einer breiten Kassettentür aus weiß gestrichenem Holz als Eingang. Die Klingel surrte. Eine junge Frau steckte den Kopf aus der Tür.

»Ja bitte?«, fragte sie spitz.

Als die Antwort nicht gleich kam, wurde sie ungeduldig: »Haben Sie einen Termin?«

»Nein.«

»Ohne Termin empfängt Dr. Erdmann keine Klienten.«

»Vielleicht doch«, sagte Sina und hielt ihr den Dienstausweis unter die Nase.

»Oh, kommen Sie doch bitte herein!«

Das junge Ding war wie verwandelt, zauberte sogar ein Lächeln auf sein Gesicht. Wie oft hatte Sina diesen plötzlichen Wandel schon erlebt. Doch sie beobachtete ihn immer wieder mit diebischer Freude.

Es ging einen Gang mit knarrenden Dielen entlang in ein düsteres Zimmer, in dem kein Licht brannte. Der Raum wurde nur von einer Handvoll Sonnenstrahlen beleuchtet, die sich durch die kleinen Fenster wagten.

»Nehmen Sie bitte Platz. Ich sage Herrn Dr. Erdmann Bescheid«, sagte die Assistentin wichtig.

Sina setzte sich auf einen der Holzstühle, deren Sitzfläche aus braunem, rissigem Leder bestand, und warf einen Blick rundum. Die Wände waren schulterhoch mit dunklem Holz verkleidet. An der Wand ihr gegenüber saß, wie eine alte Kröte, ein klobiger antiker Kleiderschrank. Zierrat gab es keinen, abgesehen von dem handgetriebenen Kupferkessel auf der einen Fensterbank, der, von der Sonne angestrahlt, dem Raum etwas rotgelbe Farbe verlieh, und zwei Stichen, die über der Holzvertäfelung hingen und Landschaften zeigten, die es so vermutlich schon lange nicht mehr gab.

Die Tür sprang auf. »Herr Dr. Erdmann lässt bitten.«

Dr. Erdmann war ein kleiner rundlicher Mann mit großem Kopf, wenig Hals und einem sinnlichen, breiten Mund. Er reichte Sina seine weiße Hand, die sich feucht anfühlte, und wies ihr den Platz ihm gegenüber an einem riesigen Schreibtisch zu. Aus dem Hintergrund ragte bedrohlich ein nicht weniger großer Aktenschrank mit geschnitzten Eulenköpfen in dunkler Eiche. Der Raum lag wie im Nebel und versank in einem unerträglichen Gestank nach kaltem Zigarrenrauch. Sina befand sich in einer Grotte, und ihr gegenüber saß der Krötenkönig.

»Ich kann mir vorstellen, weswegen Sie gekommen sind«, begann der Krötenkönig im Schein von zwei Schirmleuchten aus Messing mit gleichmütiger Stimme und einem Blick, der schon alles gesehen hatte.

»Immerhin waren Sie Ewald Lattingers Notar und Rechtsanwalt. Kannten Sie ihn schon lange?«

»Wir sind zusammen zur Schule gegangen.«

»Also schon sehr lange.«

»Wenn Sie so wollen.«

»Waren Sie Freunde?«

»Ich weiß es nicht, aber wir haben uns verstanden.«

»Was heißt das?«

»Das heißt, dass ich *ihn* verstand und er *mich*.« Erdmann zog die linke Augenbraue hoch. Sina war sich nicht sicher, ob er es darauf anlegte, sie zu reizen, oder ob er sich über sie lustig machte.

»Herr Dr. Erdmann, ich will Ihnen Ihre Zeit nicht stehlen. Wie Sie wissen, handelt es sich um Mord, und Sie sind wie jeder Bürger zur Aussage verpflichtet, so sie uns bei der Aufklärung weiterhelfen kann.«

Erdmann lächelte müde. »Sind Sie hier geboren?«, fragte er und setzte sich die goldumrandete, für sein Gesicht viel zu zierliche Brille auf, die er die ganze Zeit in der linken Hand gehalten hatte.

»Zugegeben nein. Spielt das eine Rolle?«

»Vielleicht.« Erdmann lehnte sich schwerfällig in seinem ächzenden Stuhl zurück und schien in Nachdenken zu verfallen. Aber sein Blick fixierte die Oberkommissarin wie ein Röntgengerät. Ein harter Brocken, dachte Sina. Sie konnte nur hoffen, dass er sich freiwillig bewegte.

»Sehen Sie«, begann er in einem Ton zu dozieren, der keinen Widerspruch duldete, »man kann einen Menschen aus vielerlei Gründen verstehen, soll heißen, seine Motive zu handeln nachvollziehen. Instinktiv, weil man mit ihm verwandt ist oder ihn liebt, oder rational, weil man in gewisser Hinsicht einen gemeinsamen Horizont hat. Ewald und ich stammen aus Familien, die seit Generationen im Oberharz verwurzelt sind, verstehen Sie?«

Trotz der Frage schien er nicht anzunehmen, dass sie verstand, erwartete deshalb auch keine Antwort.

»Ewald und ich sind in eine Gegend hineingeboren worden, in der es schwer ist, etwas zu werden, wenn man nicht schon vorher etwas hat. Und das, was man erreicht hat, muss man mit beiden Händen festhalten, sonst verliert man es schneller, als man denkt. Und trotzdem sind wir hiergeblieben, obwohl wir es vielleicht anderswo leichter gehabt hätten …«

Den kleinen Mann schüttelte plötzlich ein Husten, der von ganz unten kam und offenbar das Ergebnis seines jahrelangen Zigarrenkonsums an die Oberfläche beförderte. Im letzten Moment zog er ein großes Stofftuch aus der Hose und spuckte hinein.

»Wir beide haben unsere Aufgabe in diesem Clausthal-Zellerfeld gefunden, haben versucht, hier etwas aufzubauen, und dafür gekämpft, es nicht zu verlieren.«

»Drohte denn Ewald Lattinger ein Verlust?«

Sina dachte daran, was ihr der lange Krahwinkel vom Fremdenverkehrsverein erzählt hatte. Lattinger habe sich in letzter Zeit verändert, sei von einer inneren Unruhe getrieben worden. Vielleicht gab es da einen Zusammenhang.

»Das kann ich nicht sagen.«

Der Mann blockte; Sina war sich sicher, dass er mehr wusste. Aber sie konnte ihn nicht zwingen, und für Drohungen hätte er vermutlich nur Mitleid übrig gehabt.

»Wie lange haben Sie und Ewald Lattinger zusammengearbeitet?«

»Etwa dreißig Jahre.«

»In allen Belangen?«

»Ja, als Rechtsanwalt und Notar.«

»Wann hat er Ihre Dienste das letzte Mal benötigt?«

»Das ist noch gar nicht so lange her. Er hatte mich angerufen, um mit mir einen Termin zu machen.«

»Als Anwalt oder als Notar?«

»Als Notar.«

»Und weswegen?«

Sina ging davon aus, dass der untersetzte kleine Mann wieder versuchen würde, ihr auszuweichen, und machte sich auf eine brauchbare Antwort keine Hoffnungen.

»Das kann ich Ihnen nicht sagen. Der Termin fand nie statt. Zwei Tage vorher ist er gestorben.«

***

Nach dem Gespräch mit Erdmann in der Bornhardtstraße schaute Sina noch in Niebuhrs Büro vorbei. Der saß an seinem Schreibtisch und blickte ihr neugierig entgegen.

»Könnte sein, dass Lattinger sein Testament ändern wollte«, sagte er, als Sina ihm alles erzählt hatte.

»Das wäre denkbar, aber er hatte keins gemacht. Das war aus der alten Kröte noch herauszukriegen.«

Sina war immer noch verärgert, dass sie sich das überhebliche Geschwätz des Anwalts hatte anhören müssen und noch dankbar sein durfte, dass er überhaupt ein paar ihrer Fragen beantwortet hatte.

»Vielleicht wollte er eins machen.«

Das war die zweite logische Konsequenz. Das konnte heißen, dass der alte Lattinger kurz vor seinem Tod vorgehabt hatte, den Kreis der Erben zu erweitern oder einzuschränken.

»Und dabei hätte mit Sicherheit jemand den Kürzeren gezogen …«, dachte Sina laut.

Möglicherweise hatte Lattinger senior schwer an dieser Entscheidung getragen, sonst wäre seinem nahen Umfeld nicht aufgefallen, dass er noch ruppiger war als sonst. Seine Söhne zu enterben wäre kaum möglich gewesen, das wusste Sina. Immerhin hatten sie ihre Pflichtteile. So gesehen erwarteten die Söhne schon lange nichts mehr von ihrem Vater, hatten wahrscheinlich auch nur mit ihrem Pflichtteil gerechnet und kein Motiv für einen Mord. Andererseits steckten beide bis zum Hals in finanziellen Schwierigkeiten, konnten es somit kaum erwarten, an das Erbe heranzukommen. Das waren klassische Motive.

Und die Witwe? Sie war diejenige, die den Laden beherrschte. Wenn es ihm um den Fortbestand des Geschäfts ging, konnte er unmöglich an seiner Frau vorbeigeplant haben, oder doch?

Am Ende blieb die Frage, ob eine weitere Person eine Rolle in der Erbfolge spielen sollte und wer diese Person war.

Sina nahm die Jacke vom Stuhl und zog sie sich über. »Frag doch mal im Grundbuchamt nach, wie die Besitzverhältnisse des Hotels sind.«

Niebuhr schien den Auftrag erwartet zu haben. »Klar, weiß ich alles in Kürze.«

Sina lächelte ihm noch schwach zu, befand sich aber in Gedanken längst in einem gewissen Teegeschäft und sehnte sich nach einem Deutsch-Chinesen, der jetzt der Einzige war, der sie trösten konnte.

»Mittagessen?«, fragte Niebuhr.

»Schon besetzt. Tut mir leid!«, antwortete sie und war weg.

Chao schloss gerade den Laden über Mittag ab, als Sina in die Adolph-Roemer-Straße kam.

»Was stimmt nicht mit dir?«, fragte er.

»Wieso?«, fragte sie verwundert, obwohl sie auf der Stelle hätte losheulen können. Er spürte es und nahm sie schon im Hauseingang in den Arm.

»Wir können oben bei mir etwas essen. Ich habe noch gekochtes Huhn und mache Reis und Gemüse dazu.«

»Wunderbar«, sagte sie und wischte sich über die Augen.

In der kleinen Küche der Zweizimmerwohnung roch es nach Gewürzen, die Sina in die Nase stachen und sie wie Riechsalz bei Bewusstsein hielten. Sie saß an dem kleinen Holztisch und sah zu, wie Chao am Herd hantierte.

»Jetzt sag mir bitte, was los ist«, forderte er sie ungeduldig auf.

Er schien ernstlich besorgt, sie konnte ihn nicht ohne Erklärung lassen.

»Es geht um Torsten.«

Mehr brachte sie nicht heraus. Ihre Lippen bebten. Sie schämte sich. Wo ihre Schuld genau anfing und wo sie endete, das konnte sie nicht sagen, aber sie spürte, dass sie mehr Fehler gemacht hatte, als ein Kind ertragen konnte. Sie hatte Torsten nicht das Gefühl gegeben, dass sie ihn liebte, dass er für sie wichtig war, wichtiger als alles andere auf der Welt. Sie hatte ihn hängen lassen in einer Zeit, in der er sie dringend gebraucht hätte, hatte sich nur um ihr Ego gedreht und einer Ehe nachgetrauert, die definitiv beendet war. Jetzt war Torsten zu einer lebenden Bombe geworden. Eine falsche Berührung, und sie ging hoch und zerstörte Leben.

Sina zitterte am ganzen Körper.

»Was hast du? Sag schon!«

Chao drückte sie an sich und strich ihr über die Haare. Dann ging er zur Arbeitsplatte, um mit einem Stück Küchenrolle zurückzukommen, womit sie sich die Tränen abwischte.

»Ich glaube, Torsten plant einen Amoklauf«, schluchzte sie.

Chao blieb zuerst wie vom Donner gerührt stehen, dann setzte er sich an ihre Seite und nahm sanft ihre Hände. »Unsinn, wie kommst du darauf?«

Sie schilderte ihm, was sie unmissverständlich in Torstens Computer gelesen hatte.

»Ich weiß nicht, was ich machen soll. Wenn ich ihn direkt darauf anspreche, reagiert er vielleicht unüberlegt, und es wird erst recht gefährlich. Und wenn ich mit der Schule spreche, wird es für Torsten die Hölle werden.«

Bernie war ihr auch in den Sinn gekommen. Sie hätte ihn um Hilfe bitten können, schließlich war er Torstens Vater. Aber wie hätte sie vor ihm dagestanden? Wie eine Versagerin. Er hätte sie für alles verantwortlich gemacht.

Chao stellte das Essen auf den Tisch. Eine Schüssel aus dünnem Edelstahl mit dampfendem Reis; Huhn und Gemüse in blau verzierten Porzellanschalen. Sie aßen mit wenig Appetit und sagten lange nichts.

»Du musst mit ihm reden«, meinte Chao schließlich.

»Und was ist, wenn er sich sperrt und sich völlig von mir abwendet, weil ich Vertrauensbruch begangen habe?«

»Das musst du riskieren.«

***

Die Mittagspause war vorbei. Sina saß in ihrem gelben Honda und versuchte sich zu konzentrieren. Sie spürte noch Chaos Hände überall auf ihrem Körper. Sie hatten nicht miteinander geschlafen, sie hatten nur eng aneinander auf dem Bett in seinem Schlafzimmer gelegen.

Die Gegenwart seines warmen Körpers und der gleichmäßige Tonfall seiner Stimme hatten eine beruhigende Wirkung auf sie gehabt, nicht das, was er sagte.

Sie brauche kein schlechtes Gewissen zu haben wegen ihres Verhaltens Torsten gegenüber, hatte Chao versucht, sie zu überzeugen. Es sei ihr Recht, ihrer Ehe nachzutrauern und damit nicht so schnell fertigzuwerden. Das könne ihr niemand zum Vorwurf machen, auch Torsten nicht. Aber sie fand, dass das zu einfach war.

Sie bog in den Weg mit den tiefen Schlaglöchern ein und ließ sich durchrütteln. Das hatte etwas Befreiendes für den Moment. Auf dem Busparkplatz des Hotels angekommen, stieg sie aus, klickte die Zentralverriegelung des Wagens an und überquerte die Wiese.

Am Himmel fanden zuckende Lichtspiele statt. Wolkenfetzen verdeckten zeitweilig die Sonne, um sie nach kurzer Zeit wieder freizugeben. Vom Wind getrieben, fügten sie sich zu Figuren und Landschaften zusammen, die sich immer wieder zerlegten und neu formierten.

Zwischen den Baumkronen erschien der »Oberharzer Hof«

wie eine Vision, die wie die Figuren am Himmel Sekunden später in nichts zerfallen würde.

Sina hatte keine Strategie. Allein die Fragen, die sich angehäuft hatten, führten sie an diesen verlassenen Ort, der nur noch von einer alten Frau bewohnt wurde, die schwieg. Sie sah das Foto der strahlenden Sieglinde Lattinger vor sich, die auf der Kaffeeterrasse in weißer Schürze, ein gefülltes Tablett in der Hand, die Gäste bediente. Da war noch alles in Ordnung gewesen. Dann hatte ein Ereignis ihr Glück zerstört. Es war wieder nur ein Versuch, aber einmal würde die alte Frau vielleicht mit dem herauskommen, was sie jahrelang in sich eingesperrt hatte.

Das Haus wirkte wie ausgestorben. Wieder brannte kein Licht. Keine Stimmen von ankommenden oder abfahrenden Gästen waren zu hören. Schon der Rücken eines Gärtners, der nach dem langen Winter die Erde auf den Beeten lockerte, hätte Leben in die Szene gebracht. Es schien, als sei das Hotel mit dem alten Lattinger gestorben und das aufschießende Grün ringsum nichts als Grabschmuck.

Als Sina die Lobby betrat, fiel ihr auf, dass keine Plüschmusik spielte. Hatte nicht die Witwe selbst darauf bestanden, dass die Musik, weil sie immer schon in der Lobby gespielt hatte, auch an dem Tag weiterspielen sollte, als ihr Mann als Leiche am Leuchter hing?

Aber die Empfangshalle war gut geheizt, und es roch leicht nach Zitrone. Sina hatte nicht gleich gesehen, dass die Tür zum Restaurant weit geöffnet war und Sieglinde Lattinger im Türrahmen stand und offenbar auf sie gewartet hatte. Sie war blass und sprach nicht, bedeutete ihr aber mit ausladender Bewegung, ihr in den Saal zu folgen.

Sie setzten sich an einen für zwei Personen gedeckten Tisch mit fichtengrünem, goldbesticktem Tischläufer und schneeweißer Damastdecke. Darauf stand eine ovale Platte aus Porzellan mit bunten Blumenmotiven, sichtbar nur an den Rändern, die übrige Fläche war mit verschiedenen Sandwiches bedeckt, Gurken und Salat, Käse und Wurst, soweit Sina erkennen konnte. Eine Schale mit Gebäck, Schokokeksen und Waffeln stand daneben. Der Tee, in einer ebenso blumigen Kanne, verströmte heimeligen Duft. Die Witwe goss der Oberkommissarin ein.

»Damit Sie nicht meinen, ich hätte etwas gegen Tee. Ich bin sogar in dem neuen Teegeschäft gewesen«, sagte Sieglinde Lattinger, »und habe Ihnen einen guten Earl Grey mitgebracht. Ich werde mir auch eine Tasse nehmen, wenn Sie gestatten.« In ihren Augen blitzte ein Funken herben Humors auf. »Übrigens ein netter junger Mann, der dort bedient, finden Sie nicht?«

Die Bemerkung traf sie so unverhofft, dass Sina sich fast verschluckt hätte. Aber die Lattinger konnte sie unmöglich mit Chao zusammen gesehen haben.

»Haben Sie mich erwartet?«, fragte Sina. Es war ihr ein Rätsel, wie die Hotelchefin alles so schnell arrangiert hatte.

»Ich ernähre mich in letzter Zeit nur noch von Sandwiches, wissen Sie, und heißes Wasser gibt es in einem Hotel immer. Aber die englischen Kekse habe ich, zugegeben, extra für Sie gekauft. – Ich war in einem der oberen Zimmer. Von dort kann man fast bis zum großen Parkplatz sehen. Außerdem kenne ich mittlerweile Ihren kleinen gelben Flitzer.«

»Stehen Sie öfter in einem der Zimmer und schauen auf den Park?«

»Ja, in letzter Zeit sehr oft. Ich denke viel nach über alles ...«

»Über die goldenen Zeiten?«

»Ja, schön waren sie, aber es gab auch viel zu tun. Von morgens halb sechs bis nachts um zwölf, manchmal sogar noch länger. Vor dem Schlafengehen musste ich mir auf die Schenkel schlagen, um zu spüren, dass ich noch Beine hatte.«

Sie sagte das alles ohne Wehmut, es klang auch keine Sentimentalität mit. Offenbar befand sie sich in einem Stadium der Bestandsaufnahme, machte sich ein Bild über ihr eigenes Leben, dazu war ihr bisher vermutlich keine Zeit geblieben.

Nach einer kurzen Pause, in der sie sich – ganz Etikette –

mit einer silbernen Zange aus der geblümten Schale mit den englischen Keksen bediente, sprach sie weiter.

»Ich verstehe das selbst nicht, aber seit Ewalds Tod denke ich sehr oft an meine Kindheit zurück, an meine Mutter, an meinen Vater ...«

»Sind Sie auch hier geboren?«

»Ja, wir waren sechs, und meine Mutter hatte es sehr schwer mit uns. Ich war die Jüngste, das einzige Mädchen. Mein Vater war Dachdecker, und seine Eltern lebten von der Landwirtschaft, hatten einen Hof in Wildemann. Ich kann mich noch erinnern, wie wir als Kinder hinterhergelaufen sind, wenn Großvater das Rotvieh auf die Weide getrieben hat. War längere Zeit fast verschwunden, das Harzer Rotvieh. Jetzt sieht man es wieder. Schöne Tiere, nicht so massig wie die Rindviecher in der Ebene, das Fell herrlich rotbraun gefärbt, und das Fleisch schmeckt wunderbar. Haben Sie schon mal Steak vom Rotvieh gegessen?«

Sina schüttelte den Kopf, aber sie wusste jetzt, wie die Rinderrasse hieß, die auf den Bergwiesen von Wildemann graste.

»Mein Vater war ein großer, schweigsamer Mann. Immer wenn wir ... Aber das wollen Sie bestimmt alles gar nicht hören?«

So freundschaftlich das Gespräch auch begonnen hatte, Sieglinde Lattinger schien plötzlich misstrauisch geworden zu sein. Sie prüfte, ob sie mehr verraten hatte, als sie beabsichtigt hatte, und vermutlich war ihr gerade eben wieder bewusst geworden, dass jedes Wort, das sie sagte, gegen sie verwendet werden konnte. Mehr noch, wie irrsinnig es war, eine Polizistin zum Tee einzuladen, von der sie wusste, dass sie nur darauf wartete, dass sie sich verplapperte. Aber es war kein anderer da, dem sie das erzählen konnte, was sie zu erzählen hatte. Und offenbar war ihr Leidensdruck so groß, dass sie es kaum mehr aushielt und sich früher oder später davon befreien würde. Doch bis dahin war es noch ein weiter Weg, und Sina war nicht sicher, ob die alte Frau ihn bis zu Ende gehen würde.

»Darf ich mir eine von den Waffeln nehmen?«, fragte sie, als hätte sie von dem kurzen inneren Kampf Sieglinde Lattingers nichts bemerkt.

Die nickte zerstreut. Fast gleichzeitig blickten beide gedankenverloren durch das große Panoramafenster. Das Lichtspiel am Himmel war beendet, die Wolken zogen geordnet wie Karawanen durch eine blassblaue Wüste, nur noch schwach aus einem fernen Winkel von der Sonne beleuchtet.

»Wie haben Sie Ihren Mann kennengelernt?«, setzte Sina im Tonfall einer Psychologin wieder ein, die versucht, die Patientin sachte auf den Weg der Selbstheilung zu bringen.

»Ich war einundzwanzig, und Ewald war achtzehn. Das passte meiner Mutter schon nicht, weil ich älter war. Sie hatte mir einen Bergbaubeamten mit sicherem Einkommen ausgesucht. – Zwölf Jahre älter als ich war er. Klein, mit Eiterpickeln im Gesicht ...« Sie schien sich immer noch vor diesem Wicht zu ekeln.

»Den haben Sie dann ja nicht genommen ...«

»Ich habe auf Ewald bestanden, auch wenn sein Vater nur ein kleiner Bergmann war und es dann mit einer Ferienpension versuchte, von der niemand wusste, ob sie Bestand haben würde. Ewald war sehr liebevoll. – Warum staunen Sie? Keiner ist so, wie er sich gibt, wie er sich geben muss, wie er zurechtgebogen wird von der sogenannten Umwelt. Ja, er war liebevoll ...«

Sie hielt kurz inne, war fast laut geworden. Ihre Rechte ging hoch in Richtung der Zuckerwattefrisur, als könnte da etwas verrutschen.

»Natürlich bemerkte ich, dass er auch andere Seiten hatte, dass er aufbrausend und rechthaberisch sein konnte. Aber seit wir das erste Mal beim Schützenfest zusammen getanzt hatten, fühlte ich mich zu ihm hingezogen.«

Ein Lächeln huschte über ihr fahles Gesicht. Sie saß kerzengerade, die Hände lagen gefaltet vor ihr auf dem Tisch, und die Erinnerung bereitete ihr Freude, das sah Sina ihr an. Vielleicht war ihr die Melodie wieder eingefallen, zu der sie getanzt hatten, oder sie erlebte den Tag ihrer Hochzeit wieder, fuhr Arm in Arm mit dem Mann, den sie liebte, in einem langen Kleid aus weißer Spitze in der offenen Kutsche durch Clausthal. Die Menschen winkten ihnen zu und riefen ihnen Glückwünsche nach. Das alles hatte Sina auf den Fotos gesehen. Aber erst hier an diesem Ort, in Gegenwart dieser Frau, bekamen die Bilder ihre Bedeutung und begannen lebendig zu werden.

»Es war ein wunderschöner sonniger Tag, als wir heirateten. Meine Eltern waren auch dabei, obwohl sie Ewald abgelehnt hatten. Besonders meine Mutter. Auch später konnten wir machen, was wir wollten, immer hatte sie etwas zu meckern. Ob es die Art war, wie ich meine Söhne erzog oder den Haushalt führte, nichts passte ihr. Und Ewald hielt sie für arrogant. Aber ich hatte den Eindruck, dass es mehr Neid und Ärger war, weil wir so viel Erfolg hatten.«

Der Stolz in ihrer Stimme war nicht zu überhören.

»Wir haben losgelegt, Ewald und ich. Wir wollten es allen zeigen, wissen Sie. Zuerst wollte mein Schwiegervater, dass wir die kleine Pension ausbauen. Aber Ewald schwebte ein Hotel vor, ein großes Hotel. Ja, er wollte Geld sehen! Warum auch nicht? Wir kamen beide aus armen Arbeiterfamilien, wir hatten dieses Milieu satt. Als Ewalds Vater kurz vor seinem Tod einverstanden war, die Pension zu verkaufen und Ewald von irgendwoher Geld auftrieb, starteten wir durch.«

Der Nachmittag ging allmählich in den Abend über. Die beiden Frauen, die sich am Fenster gegenübersaßen und in die Vergangenheit blickten, wurden zu Schattenfiguren.

»Und Sie hatten Erfolg und gründeten eine Familie …«

»Ja, das hatten wir …«

Sieglinde Lattinger zögerte. Sie näherten sich dem Zeitabschnitt, in den das Ereignis fiel, das ihr Leben ein für alle Mal verändert hatte. Sie weiß, dass es wehtun wird, dachte Sina, und hat Angst vor den Schmerzen.

»Waren Sie nicht auch stolz, Mutter von zwei gesunden Jungen zu sein?«

Das kaum sichtbare Zucken unter ihrem rechten Auge verriet Sieglinde Lattingers Anspannung.

»Ja«, erwiderte sie frostig.

Ihre Euphorie von vorhin war wie weggeblasen. Irgendetwas schien sie zu blockieren.

»Christian war doch ein guter Schüler, und Uwe versuchte, was er konnte«, stocherte Sina weiter.

»Ja«, wiederholte Sieglinde Lattinger geistesabwesend.

»Ihr Glück war also perfekt, oder gab es etwas, was dieses Glück gefährdete?«

Sieglinde Lattinger reagierte nicht, schien die Frage überhört zu haben.

Da durchschnitt Sinas Stimme die Stille des Raumes. »Was hat dieses Glück zerstört, Frau Lattinger?«

Beide erstarrten. Sina spürte die Angst der alten Frau, konnte ihr aber nicht helfen. Sie hatte ja selbst keine Vorstellung von dem, was sie ausgraben würde.

»Wer hat Ihnen die Freude an allem genommen?«, drang sie weiter in Sieglinde Lattinger ein, wohl wissend, dass sie damit zu weit gehen konnte.

Die Spannung wurde unerträglich. Dann nahm Sieglinde Lattinger einen Schluck Tee.

»Ich spürte, dass etwas nicht stimmte«, begann sie leise. »Ewald fasste mich nicht mehr an. Nach den Kindern hatte es etwas nachgelassen. Aber das machte nichts. Ich brauchte sowieso nicht so viel … Sex …«

Das Wort »Sex« mochte sie nicht. Sie sprach es aus, als hätte sie nichts als Verachtung dafür.

»Ihr Mann betrog Sie?«, fragte Sina.

»Ja, er betrog mich.«

Wieder stockte die Rede der alten Frau. Auf ihrer Stirn und über den Lippen bildeten sich kleine Schweißperlen.

»Er kam zu mir und sagte, dass er mit mir sprechen müsse. Ich dachte, es wäre eine Geschichte, wie sie in den meisten Ehen irgendwann einmal vorkommt. Er hätte sich in eine Bedienung oder sonst eine verguckt. Es wäre eben passiert, und er käme jetzt und beichtete. Erfreut war ich nicht, das können Sie sich vorstellen, aber ich hätte ihm verziehen …«

Ihre Brust hob und senkte sich plötzlich in gefährlicher Frequenz. »Doch es war anders.«

»Was war anders, Frau Lattinger?«

»Die Frau war ...«

Sie brachte es mit letzter Kraft über die Lippen.

»Die Frau ... war seine Schwester.«

Die Luft im Speisesaal schien zu vibrieren. Diese wenigen, mühsam hervorgebrachten Worte aus dem Mund der Witwe verbreiteten sich in der Atmosphäre des Raumes wie Wellen nach einem Steinwurf auf der glatten Oberfläche eines Sees. Der Schrecken, der sie damals ergriffen hatte, nahm sie wieder gefangen.

»Ich verstehe, das muss Sie schwer getroffen haben«, fügte Sina behutsam an.

»Es war nicht nur das ...«

Sieglinde Lattinger wollte weitersprechen, kam aber nicht dazu. Es flossen Tränen – endlich flossen Tränen. Sina fasste nach den Händen der alten Frau und hielt sie fest.

»Ich wusste nicht, was ich sagen sollte ...«, versuchte sich die Witwe wieder zu fassen.

Sie zog ihre Hände zurück und wischte sich über das Gesicht, dann kramte sie in ihrem Rock nach einem Taschentuch und schnäuzte sich.

»Ewald schämte sich. Natürlich schämte er sich. Ich fragte ihn, wie lange das schon gehe.

›Immer schon‹, sagt er. ›Ich habe sie immer schon geliebt, und ich habe gedacht, dass es aufhört, eines Tages. Aber es hat nicht aufgehört.‹

›Und was machen wir jetzt?‹, frage ich.

›Verlass mich nicht‹, sagt er. ›Ich werde alles tun, damit es für dich erträglich wird.‹

Er war ein Häufchen Elend und schaffte es, dass er mir leidtat. Natürlich war es für mich ein großer Schock, aber als er mich ansah, so verzweifelt, da spürte ich, dass er an mir hing, dass er ohne mich nicht leben wollte.«

»Aber er hatte Ihnen noch mehr zu sagen …«, drängte Sina sanft.

»Ja, nur zögernd kam er damit heraus, ohne mir dabei ins Gesicht zu sehen.

›Ich habe einen Sohn‹, sagt er.

›Du hast zwei Söhne!‹, erwidere ich, ohne zu überlegen.

Er sagte nichts weiter. Da wurde mir schlagartig klar: Er hatte einen Sohn … mit ihr!

In mir begann alles zu flattern. Ich war nicht mehr ich, rannte wie ein geköpftes Huhn durch die Küche. Wir waren in der Küche, verstehen Sie? In der Küche, die ich noch putzte, denn das Personal hatte ich bereits nach Hause geschickt, weil es schon so spät war.

Das war zu viel, das war einfach zu viel. Ich hab die weißen Dessertteller genommen, die teuren von Rosenthal, und einen nach dem anderen an die Wand geschmissen. – Er hatte alles kaputt gemacht. Alles, was wir uns aufgebaut hatten, die Familie, das Hotel, alles war auf einmal sinnlos geworden.«

Sina verfluchte ihre eigene Schamlosigkeit, die sie brauchte, um einer Verdächtigen in einem schwachen Moment Informationen zu entlocken, die zur Aufklärung eines Falles wichtig sein konnten. Aber sie war nun einmal Ermittlerin.

»Hat sich Ihr Mann zu dem Kind bekannt?«

»Nein. Seine Schwester gab an, dass ihr Sohn das Ergebnis eines flüchtigen Abenteuers mit einem Studenten aus Amerika sei, der sie sitzen ließ und zurück in die Staaten ging.«

»Ihr Mann hat den Inzestsohn also verleugnet. Hat er für ihn gesorgt?«

»Ja, er hat gut für ihn gesorgt.«

»Hat er ihm auch etwas hinterlassen?«

Vielleicht war es das, was den alten Lattinger vor seinem Tod noch umgetrieben hat, dachte Sina, den dritten Sohn als Erben einzusetzen.

Empörung steckte in der Bewegung, mit der sich Sieglinde Lattinger ruckartig aufrichtete. »Das wäre ja noch schöner!«

Sina ignorierte den Ausbruch. »Haben die Eröffnungen Ihres Mannes Ihre Beziehung zu Ihren Söhnen beeinflusst?«

»Wissen Sie, wie das ist, wenn eine Welt zusammenbricht?«, verteidigte sich Sieglinde Lattinger. »Dann kommt Ihnen alles, was gestern noch selbstverständlich war, fremd vor, als hätte es nichts mit Ihnen zu tun. Sie stehen da, wie ausgesetzt in einem unbekannten Land, finden sich nicht mehr zurecht, empfinden auch keine Bindungen mehr, fühlen sich nur grenzenlos allein …«

Sina fragte nicht weiter. Es brauchte keine Erklärungen mehr für das Verhalten der enttäuschten Frau, die damals völlig zusammengebrochen war.

»Mein Leben war wertlos geworden. Ich war wertlos geworden, und meine Söhne waren auch wertlos geworden. Verstehen Sie? Ich konnte sie nicht mehr lieben.«

Wut packte die alte Frau. Unvermittelt stand sie auf, der Stuhl schrammte über das Parkett. Das Gespräch war beendet.

Sina folgte Sieglinde Lattinger, die – immer noch wütend – wie ein Feldwebel ausschritt, durch die dunklen Gänge zwischen Tischen und Stühlen. In der Lobby brannte nur das schwache Licht der Tischlampe auf dem Tresen beim Empfang.

»Ich mache Ihnen die Außenbeleuchtung an, damit Sie heil zum Parkplatz kommen«, sagte die Hotelchefin.

Sina drückte ihr wortlos die Hand und schob sich durch die Drehtür in die kalte Abendluft.

***

Torsten war noch nicht zu Hause. Wahrscheinlich wieder bei seinem Freund Hasso, dachte Sina. Die Geständnisse der Lattinger hingen ihr noch nach. Auch wenn sie tausendmal gelernt hatte, sich emotional nicht zu sehr von einem Fall packen zu lassen, weil das den Horizont verstellte: Sie hatte mitgelitten.

In ihrem Schlafzimmer zog sie sich aus, warf kurz einen

Blick in den Spiegel, um festzustellen, dass man ihr das ansah. Aber der Tag war noch nicht zu Ende.

Sie war hundemüde, und doch wusste sie, dass sie das Gespräch mit Torsten nicht weiter hinausschieben durfte. Die Bombe konnte jeden Tag hochgehen, auch wenn sie ihre Dienstwaffe immer in einem der Sicherheitsfächer im Kommissariat aufbewahrte und sie in Torstens Zimmer nichts Waffenähnliches gefunden hatte. Aber was nützte das schon? Es stand doch alles im Internet. Erst recht die Antworten auf die Fragen »Wie organisiere ich mir eine Waffe« und »Wie baue ich mir eine Bombe«. Torsten war ja nicht der Erste, der das wissen wollte.

Sie griff nach dem Jogginganzug, der über der Stuhllehne hing, und schlüpfte hinein. Als die Baumwolle über ihre Haut streichelte, dachte sie an Chao und spürte auf einmal das starke Bedürfnis, seinen Geruch einzuatmen und von ihm geküsst zu werden. Doch für heute mussten ein paar samtweiche Worte genügen. Sie würde ihn anrufen, nur nicht sofort.

Sie war Torstens Mutter, *sie* hatte das Sorgerecht, und *sie* musste mit dieser Situation klarkommen. Ohne sich zu überschätzen, natürlich. Sie war schließlich keine Psychologin, auch wenn sie als Polizistin etwas auf ihren Spürsinn und ihre Menschenkenntnis hielt. Doch die konnten bei dem eigenen Sohn versagen.

Wenn sie mit Torsten heute zu keinem eindeutigen Ergebnis kommen würde, wäre sie gezwungen, mit seinen Lehrern zu sprechen und ihn als Gefahrenrisiko zu offenbaren. Mit allen Konsequenzen.

Sie setzte sich in die Küche, damit sie sich ihn sofort krallen konnte, wenn er nach Hause kam. – Aber Torsten kam nicht.

Sina lief auf und ab und schließlich ins Wohnzimmer, wo sie sich auf die Couch setzte. Sie konnte das alles nicht verstehen. Sie hatten es doch gut, Torsten fehlte nichts. Seine Mutter verdiente anständig; sie konnten in Urlaub fahren, wann sie wollten. Was, bitte schön, was gab es für einen beschissenen Grund, sich und den Rest der Welt in die Luft zu jagen?

Vielleicht sollte sie Torsten am Anfang des Gesprächs eine der vielen Geschichten erzählen, wie es war, als er noch klein gewesen war. Das hörte er gern, wurde meistens friedlich und lächelte. Er hatte ein charmantes Lächeln, ihr Sohn. Wenn er lächelte, erinnerte er sie an Bernie. Torsten liebte seinen Vater, und genau da lag *ihr* Problem.

Sina durfte ihre kritische Haltung Bernie gegenüber nicht zu deutlich zeigen. Das ließ Torsten schlagartig auf Kontra gehen. Er hielt sie dann – wie vor Gericht – für befangen und glaubte ihr kein Wort mehr.

Sina knurrte der Magen, und sie hatte vergessen einzukaufen. Müde ging sie noch einmal in die Küche an den Kühlschrank, dessen Inhalt jedoch keinen Anlass zu Begeisterungsstürmen gab. Lustlos angelte sie sich die halbe Flasche Frascati, die auf irgendeine Gelegenheit wartete, eine halbe Packung Salami und einen angebrochenen Becher mit körnigem Frischkäse. Zwei Scheiben Brot fand sie noch im Gemüsefach. Typisch Torsten. Sie ging zurück ins Wohnzimmer, um alles auf dem Kieferntisch abzustellen, ließ sich auf die Couch fallen und streckte alle viere von sich. Sie hatte genug vom heutigen Tag. Als ihr einfiel, dass sie kein Glas hatte, war sie zu schlapp, um aufzustehen. In jedem Fall wollte sie noch mit Chao telefonieren.

Sie zog das Telefon zu sich herüber, brauchte aber zwei Anläufe, bis sie die richtige Nummer eingetippt hatte. Viermal ließ sie es durchklingeln. Er ging nicht ran. Keiner da, wenn man einen braucht, das kennt man ja … Sie rutschte in eine bequemere Lage, und ihr Kopf sank auf die gepolsterte Lehne der Couch, kurz bevor sie einschlief.

Ein knirschendes Geräusch und der Geruch von Nussnougatcreme holten Sina zurück. Sie schlug die Augen auf. Torsten. Sein Gesicht hing direkt über dem ihren, und er starrte sie an wie ein Arzt einen seltenen Hautausschlag, während sein Mund stoisch krossen Toast mahlte.

»Stimmt was nicht, Mum? Seit wann schläfst du im Wohnzimmer?«

Draußen war es schon hell. Sie fuhr hoch.
»Wie spät ist es?«
»Zwanzig vor acht.« Torsten war auf dem Sprung.
»Torsten ... Ich muss mit dir reden!«
»Aber nicht jetzt, hab Englischklausur.«
»Dann heute Abend. Um sechs haben wir eine feste Verabredung, verstanden?«
»Wenn es unbedingt sein muss ...«
Die Haustür schlug zu. Vielleicht war es gut so, dass sie noch nicht richtig wach war und Torsten ganz normal behandelt hatte, ohne einen ängstlichen oder übertrieben freundlichen Ton anzuschlagen und damit zu verraten, dass wirklich etwas nicht stimmte. Sie musste ihn überraschen, dann hatte sie eine Chance, zu ihm vorzudringen. Das war nicht anders als bei ihren täglichen Kandidaten, nur mit dem Unterschied, dass sie die Tat meistens schon begangen hatten. Eigentlich widerstrebte es Sina, bei ihrem Sohn strategisch vorzugehen, denn das brachte sie emotional nur weiter auseinander, aber was blieb ihr übrig?

***

In Niebuhrs Büro roch es nach Menthol. Offensichtlich hatte es ihn erwischt. Das fehlte Sina noch: ein schniefender, jammernder Jens. Und sie hatte beste Aussichten, die Nächste zu werden. Sie ging zum Fenster.
»Nein!«, zeterte er hinter dem Taschentuch. »Willst du mich umbringen?«
»Dann hättest du's wenigstens hinter dir!«
»Ich kann doch auch nichts dafür. Keilberth hat mich angesteckt. Ist nicht weiter schlimm, nur die typische Frühjahrserkältung. Aber meine Nase und die Stirnhöhlen sind total zu.«
Sina setzte sich zu Niebuhr an den Schreibtisch. »Und was ist mit deinen Ohren? Sind die auch zu?«
»Erzähl schon«, sagte er und wischte sich noch einmal über die Nase, bevor er das Taschentuch zusammendrückte und in

den Papierkorb warf, der schon randvoll mit den vielen Vorgängern war.

»Aus der strahlenden Hotelchefin von einst ist das Gespenst vom ›Oberharzer Hof‹ geworden«, begann Sina, die Unterhaltung zwischen ihr und der alten Lattinger aufzurollen.

Niebuhr klopfte ungeduldig mit den Fingerkuppen auf die Tischplatte, also fasste sie sich kurz.

»Aber ich hätte das nie aus ihr herausgekriegt, wenn wir sie zum Verhör ins Präsidium bestellt hätten, da bin ich mir sicher. Der alte Lattinger gestand seiner Frau den Inzest zwar ein«, sagte Sina am Ende, »aber dann ließ er sie allein, ohne sich darum zu kümmern, wie sie damit fertigwurde.«

»Warum ist sie überhaupt bei ihm geblieben?«, fragte Niebuhr.

»Das hab ich mich auch gefragt. Sie hatte wohl das Gefühl, dass ihr Mann sie brauchte. Ich glaube, sie liebte ihn immer noch. Vielleicht später nicht mehr, keine Ahnung, so weit sind wir nicht mehr gekommen. Immerhin hatte die Frau noch zwei Kinder und das Hotel. Da kannst du nicht einfach alles stehen lassen und abhauen …«

»Andere machen das auch.«

»Diese Frau war aber nicht ›andere‹. Das ist mir zu einfach, Jens.«

»Na gut. Aber das Ergebnis ist auch nicht besser. Sie blieb, litt Höllenqualen und war nicht mehr imstande, ihren Söhnen eine gute Mutter zu sein. Wem hat es denn genützt, dass sie geblieben ist?«

»Sie hat Haus und Hof nicht im Stich gelassen. Dafür hatten sie und ihr Mann geschuftet, und das hat sie nicht aufgegeben. In guten wie in schlechten Zeiten. Für sie kamen sehr schlechte Zeiten, aber sie hat gekämpft, auch wenn der Kampf anderen möglicherweise sinnlos erscheint. Vielleicht hat Lattinger sie auf Knien darum gebeten, zu bleiben, wer weiß …«

»Irgendwann muss sie es doch in die Hotelhalle geschrien

haben, wie sie diesen Zustand gehasst hat«, behauptete Jens trotzig.

Sina kam ins Grübeln. »Sie hatte mehr Kraft als die meisten, auch wenn sie seelisch tot war. Und sie hat immer noch Kraft ...«

Sie versetzte sich zurück in den schummrigen Speisesaal, saß wieder der alten Frau gegenüber, die die schlimmsten Augenblicke ihres Lebens noch einmal durchmachte und sich in einer Art Selbstheilungsprozess von der Vergangenheit zu befreien suchte.

»Für mich sieht die Sache jedenfalls so aus, dass wir jetzt endlich ein hieb- und stichfestes Motiv für den Mord haben«, sagte Niebuhr. »Ich habe nämlich beim Grundbuchamt angerufen.«

»Ja und?«

»Lattinger war der alleinige Besitzer, hätte also durch ein entsprechendes Testament empfindlich in die Besitzverhältnisse eingreifen können. Vielleicht wollte er seinen Inzestsohn Johann auch als Erben einsetzen. Das hätte Sieglinde Lattinger nie und nimmer geduldet ...«

»... und dann wäre auch sie zu einem Mord fähig gewesen oder hätte jemanden dazu angestiftet. Auch Christian und Uwe konnten kein Interesse daran haben, dass ein dritter Sohn ihren Erbanteil verkleinern würde«, ergänzte Sina nachdenklich.

***

»So, du bist also eingeschlafen ...«

Chao fuhr mit der Hand über Sinas Rücken, berührte ihn dabei kaum, bis sich die kleinen Härchen aufstellten und sie eine Gänsehaut bekam. Es war Mittagspause, und sie lagen in seinem Bett. Die Heizung gluckste, durch die geschlossenen Fenster drangen die Geräusche der Autos, die im Stop-and-go durch die Adolph-Roemer-Straße krochen, was die Motoren beim Anfahren immer wieder aufbrummen ließ. Der Tag war trüb, und das Zimmer lag im Halbdunkel.

Sina drehte sich um und sah Chao gespielt vorwurfsvoll an. »Du warst ja nicht da! Vielleicht hättest du mich mit einem chinesischen Liebesgedicht wach gehalten …«

»Ich soll es also gewesen sein. Das ist unfair, Frau Oberkommissarin!«, wehrte sich Chao.

»Wo warst du eigentlich gestern Abend?«, setzte sie das Spiel fort.

»Unfair und eifersüchtig. Zwei nicht besonders edle Charaktereigenschaften, Frau Oberkommissarin!«

»Wo, bitte?«

»Ich habe mir einen Döner besorgt, weil ich Hunger hatte, Frau Oberkommissarin!«

»Stimmt das auch?«

»Und misstrauisch ist sie auch noch.« Chao schüttelte den Kopf, dass ihm die lackschwarzen Haare wie wild ins Gesicht flogen. »Ob das noch lange gut geht mit uns beiden, ich weiß nicht, ich weiß nicht …«

Sie lachten. Sina hängte sich an seine Schultern, um ihn zurück auf die Matratze zu ziehen, wo sie seinen Mund mit Küssen bedeckte. Er befreite sich sanft, vergrub sein Gesicht in ihrem Busen, umleckte zärtlich ihre festen Brustwarzen, bis sie vor Erregung brannten, ging mit der Zunge abwärts, immer tiefer und tiefer. Sie stöhnte. Es war noch genug Zeit. Erst in einer Stunde musste Chao den Laden wieder aufschließen.

***

Den Nachmittag hatte Sina damit zugebracht, die Berichte für Keilberth zu schreiben, der es wieder einmal nicht erwarten konnte. Außerdem hatte sie versucht, Christine und Johann Lattinger telefonisch zu erreichen, war aber erfolglos geblieben. Als sie sich gegen fünf im Supermarkt den Einkauf zusammensuchte, blieb sie vor den Gummibärchen stehen. Ohne Gummibärchen hatte sie Torsten früher nicht aus dem Laden gekriegt. Und wenn sie sich einmal durchgesetzt hatte, war er den Rest des Tages quengelig gewesen. Aber sonst war Torsten kein schwieriges Kind gewesen. Ein ruhiger, unkomplizierter Junge, der sich auch mit sich selbst beschäftigen konnte. Ideal für berufstätige Eltern. Und Sina hatte sich so oft wie möglich um ihn gekümmert. Wenn sie jetzt so überlegte, fragte sie sich allerdings, ob es nicht doch zu wenig gewesen war.

Den Zeitpunkt, an dem Torsten damit begonnen hatte, sich von ihr zurückzuziehen, konnte sie nicht mehr genau ausmachen. Wahrscheinlich war es gleichzeitig mit Bernie gewesen, der ja längst in einem anderen Bett geschlafen hatte, wovon Sina damals noch nichts ahnte, es aber spürte. Vielleicht hatte sich die Spannung zwischen ihr und Bernie auf Torsten übertragen.

Doch hatte sie sich Torsten gegenüber richtig verhalten, nachdem Bernies Verhältnis mit dem rothaarigen Klappergestell aufgeflogen war und der Krieg offen ausbrach? Hatte sie ihn da vielleicht auch mit ihrem Ex in einen Topf geworfen und ihn, ohne es zu merken, nicht mehr lieben können, wie das Sieglinde Lattinger mit ihren Söhnen passiert war?

Sina musste sich eingestehen, dass sie außerstande war, diese Fragen selbst zu beantworten. Fest stand, dass sie so enttäuscht von Bernie gewesen war, so maßlos enttäuscht, dass sie sich an keine ausgeglichene Minute in der Zeit zwischen dem Kuss auf dem Goslarer Marktplatz und der Scheidung erinnern konnte.

Sina stand immer noch vor den Gummibärchen. Sie musste sich jetzt konzentrieren. Die Nudeln hatte sie schon, Hackfleisch, Tomatenmark in der Tube, Reibekäse …

Natürlich liebte sie Torsten. Es war nicht so, dass sie ihn nicht mehr lieben konnte, nur weil Bernie fremdgegangen war. Torsten war ihr kleiner Knuffelmann, wie sie ihn früher beim Kuscheln kurz vor dem Schlafengehen immer genannt hatte. – Und der kleine Knuffelmann hatte jetzt eine Bombe gebaut, weil seine Mutter versagt hatte, *nicht* weil sie ihn nicht liebte.

»Achtzehn zweiundsiebzig«, sagte die Kassiererin. »Möchten Sie den Bon?«

Sina bezahlte, ließ sich den Kassenzettel willenlos in die Hand drücken und schob den Wagen in eine ruhige Ecke, um einzupacken.

Eine halbe Stunde später dröhnte die Musik mit den finsteren Stimmen aus dem ersten Stock. Torsten war da und schien die Verabredung einhalten zu wollen. Sina hatte sich die kleine Schürze – mit dem grinsenden Kürbis vorne drauf – umgebunden, stand vor dem Herd in der Küche und versenkte die Spaghetti im kochenden Wasser. Der heiße Wasserdampf benetzte ihr Gesicht. Es roch nach gewürzter Tomatensoße, aufgepeppt mit einem Schuss Chili.

Sie deckte den Tisch, machte noch eine Schüssel Eisbergsalat mit Dressing aus der Tüte an. Die einfachste Art, zu einem grünen Salat zu kommen, der nicht völlig geschmacksneutral war. Sina war nie eine besondere Köchin gewesen. Ihr fehlte einfach das Händchen dafür.

»Torsten, kommst du?«, rief sie nach oben.

Die Musik hörte schlagartig auf, die Tür sprang auf. Torsten galoppierte herunter, warf sich auf die Küchenbank und starrte sie an. Sina wandte ihm den Rücken zu und goss die Nudeln ab. Hätte er ihre Hände sehen können, dann hätte er festgestellt, dass sie zitterten.

»Viel oder wenig Soße?«, fragte sie, obwohl sie wusste, dass er nicht genug davon kriegen konnte.

»Weißt du doch, Mum«, sagte er ganz ruhig.

Sie stellte ihm einen Berg Nudeln und Soße vor die Nase. Für sich nahm sie nur wenig. Sie hatte keinen Hunger, im Gegenteil, sie hätte allein von dem Anblick kotzen können, so aufgeregt war sie.

Als sie sich hinsetzte, forschte Torsten in ihren Augen. »Stimmt was nicht mit dir, Mum? Du bist so anders …«

Sina nahm die ersten Worte, die ihr in den Sinn kamen. »Ich wollte dich immer schon etwas fragen …«

Jetzt brauchte sie wenigstens nicht mehr zu überlegen, wie sie das Gespräch anfangen sollte, sie war schon mittendrin.

»... findest du, dass ich eine schlechte Mutter bin?«

Sinas verzweifelt offene Frage am Anfang der Unterredung löste bei Torsten keinerlei Reaktion aus. Als hätte er sie nicht gehört, beugte er sich über den Teller und schaufelte die blutroten Spaghetti in sich hinein. Aber was sollte er schon antworten? Ja, ich halte dich für eine schlechte Mutter? – Dann müsste er argumentieren. Und Sina wusste aus der Vergangenheit: Torsten hatte keine Lust auf Argumentieren. Er wiegelte ab und machte die Dinge mit sich aus.

Unvermittelt hob er den Kopf. »Warum lässt du mich nicht endlich in Ruhe?«

»Was meinst du?«

»Die Geschichte mit Papa!«

Am liebsten hätte sie angefangen zu schreien. Sie konnte die Anläufe nicht mehr zählen, die sie unternommen hatte, um an Torsten heranzukommen und sich ihm zu erklären. Aber natürlich hatte sie mit dieser Reaktion gerechnet. Reg dich nicht auf, Sina!

»Ich hab genug davon, immer wieder zu hören, wie gemein Papa zu dir war. Ja, ich glaube dir, dass dir das wehgetan hat, aber ...«

Sein Blick traf auf den ihren. Wie zwei gleiche Magnetpole stießen sie sich ab. Sina stocherte im Salat herum.

»... aber für Papa war es auch nicht leicht. Das hat er mir gesagt. Wenn ich bei ihm bin, labert er mir auch die Ohren voll davon. Immer dieses Scheißthema!«

»Ich wollte nur, dass wir, das heißt du und ich, weitermachen können, ohne dass die Trennung von deinem Vater unser Leben völlig verändert, verstehst du? Deshalb habe ich für dich und gleichzeitig gegen Bernie gekämpft. Wenn für deinen Vater jemand anderes wichtiger ist als ich, dann geht das in Ordnung, ich kann damit leben.«

Sina war selbst überrascht, wie überzeugend ihr der letzte

Satz über die Lippen gekommen war, aber *jetzt* stimmte es: Das ging in Ordnung!

Torsten nahm es ungerührt zur Kenntnis, sog die Spaghetti in seinen Schlund wie ein Ameisenbär die Termiten und schüttete ein halbes Glas Cola hinterher.

»Ich finde Elke ganz okay«, sagte er, ohne aufzublicken. »Sie lässt mich ganz einfach in Ruhe. Nur einmal hat sie mich gefragt, was ich werden will. Manchmal machen wir auch Ausflüge oder gehen ins Hallenbad.«

Als ob er das nicht auch mit *ihr* haben könnte. Aber Sina musste zuhören und den Mund halten, wenn sie nicht alles kaputt machen wollte.

Übersetzt hieß das: Eine gute Mutter fragt ihr Kind nicht aus und lädt ihm nicht ihre Probleme auf. Sie hatte zu wenig in die Zukunft und zu viel nach hinten geschaut. Einer der Gründe, weswegen sie keinen Draht mehr zu Torsten hatte.

»Ja, natürlich ...«, sagte sie nachdenklich.

Torsten schaute sie ungläubig an, bevor er sich wieder auf die Nudeln stürzte. Diesmal hielt Sina dem Blick stand. Er sollte sehen, dass sie endgültig darüber hinweg war.

»Und was hast du geantwortet, als sie dich gefragt hat, was du werden willst?«

»Ich habe ihr gesagt, dass ich keinen Plan habe, weil sowieso alles egal ist.«

»Warum?«

»Wo lebst du, Mum? Siehst du nicht, was hier los ist?« Er baute sich auf wie einer, der etwas Wichtiges zu sagen hat. »Siehst du nicht, wie ein paar wenige die Welt kaputt machen?«

Torsten machte sich Gedanken über den Zustand der Welt ... Das war neu, total neu! Sie verkniff sich das nachsichtige Lächeln, offenbar wühlte ihn das Thema ehrlich auf. Noch nie hatte sie Torsten so engagiert gesehen. Das hatte sie ihm schlichtweg nicht zugetraut.

»Aber dann musst du doch erst recht einen Plan haben!«, hörte sie sich sagen.

Er fixierte sie interessiert. Wieder konnte Sina es kaum

glauben. Sie hatte mit allem gerechnet, nur nicht mit Interesse.

»Du kannst daran doch nur etwas ändern, wenn du mit eigenen Fähigkeiten und guter Ausbildung dagegen angehst.«

Er wurde neugierig.

So hatte sie noch nie mit Torsten geredet. Er hörte also doch auf Argumente. Möglich, dass sie ihn so packen konnte.

»Kannst du mir sagen, was ich allein gegen Umweltzerstörung, ausbeuterische Konzerne und verbrecherische Regime ausrichten kann?«

Nein, das konnte sie nicht. Torsten gegen den Rest der Welt. Unfassbar! Es amüsierte sie und machte sie gleichzeitig stolz, aber beides durfte sie sich nicht anmerken lassen, wenn sie ihr Ziel erreichen wollte. Der Junge nahm Worte in den Mund, von denen er keine Ahnung hatte, und kam zu tödlichen Konsequenzen, das durfte sie nicht aus den Augen verlieren.

Jedenfalls erwartete er eine ernsthafte Antwort, und zwar von ihr, seiner Mutter, der er in diesem Augenblick Vertrauen entgegenbrachte.

»Findest du, dass *kein* Plan eine Lösung ist?« Ihre Stimme klang jetzt wie die einer guten Freundin. Sie wollte ihn beruhigen, auch wenn ihr selbst das Herz bis zum Hals schlug und sie nicht die geringste Idee hatte, wie sie mit diesem Weltbild umgehen sollte, das ihn so bedrohlich in die falsche Richtung trieb.

»Warum werden Menschen ausgebildet?«, fragte er sie.

Sina zuckte mit den Schultern. Er würde ihr eine Antwort geben, die in seine Ideologie passte.

»Damit sie ausgebeutet werden können, ganz einfach! Und ihre Fähigkeiten sind die menschlichen Ressourcen, die dafür geplündert und missbraucht werden.«

Er musste es irgendwo gelesen haben. Sie kam sich reichlich dumm vor, wie er sie so mühelos an die Wand redete, aber wenigstens redete er mit ihr. Und natürlich wollte er sich nicht ausbeuten lassen. Wer will das schon?

Ihr fielen nur Sprüche ein, die auch ein mittelmäßiger Dorfpfarrer hätte predigen können: »Du musst an das Gute im Menschen glauben« oder so ähnlich.

»Aber um deine Position besser zu erkennen, musst du lernen und annehmen, was dir geboten wird, um später zu versuchen, im System Fuß zu fassen. Das ist der einzige Weg, es zu verändern, sozusagen von innen heraus!« Sie hoffte, dass ihre Antwort intellektuell genug war, um nicht aus dem Spiel zu sein.

Die Antwort schien ihm zu imponieren. Doch dann blitzte in seinem Gesicht etwas kalt Entschlossenes auf, das Sina das erste Mal an ihm bemerkte. Er sah ihr fest in die Augen und sagte mit bedrohlichem Ton: »Es gibt auch andere Möglichkeiten ...«

»Und welche sind das?«

Er fischte nach Worten. Sina spürte, dass alles auf der Kippe stand. Würde er sich wieder verschließen, oder kam er endlich mit der Sprache heraus?

Mit einem Schlag fiel die innere Spannung von ihm ab. »Ich will dich nicht erschrecken«, schloss er das Thema, nicht gerade überzeugend, ab.

Von wegen erschrecken, als hätte sie nicht schon die Hölle durchgemacht seinetwegen. Aber er ließ sich nicht weiter auf sie ein.

»War's das?«, stellte er vielmehr mit der abweisenden Art, die Sina zur Genüge kannte, das Gespräch ab und ließ sie gegenüber seinem mit Tomatensoße vollgekleckerten Platz sitzen. Kurze Zeit später schallten wieder die mörderischen Gitarrenriffs aus seinem Zimmer.

Wieder hatte sie versagt und es nicht geschafft, die Bombe zu entschärfen. Aber sie war noch nicht bereit, unumkehrbare Maßnahmen zu ergreifen. Das Gespräch mit Torsten war noch nicht zu Ende. Sie musste den langen Atem aufbringen, es bis zum Schluss zu führen, auch wenn die Zeit drängte.

***

Du wurdest anmaßend und überheblich, wie alle Verlierer. Hast mich als armen Wicht bezeichnet, der keine Ahnung von Größe und Weite habe, im Gegensatz zu dir, der du ein großes Projekt auf den Weg gebracht hattest: dein Hotel. Ich hörte immer nur: dein Hotel. Du hast mir vorgeworfen, dass ich meine Zeit nicht genutzt hätte, sie auch mit Geld nicht genutzt haben würde, weil mir die Perspektive fehle. Geld wäre wie Sand in Händen solcher Leute wie mir. Das war kurz bevor ich dir den Schädel einschlug. Wenn ich jetzt allerdings so überlege … vielleicht wolltest du es so, vielleicht sollte ich dir das Leben nehmen …

SECHS

Um neun Uhr achtundzwanzig am nächsten Morgen stand Sina vor einer dreistöckigen weiß gestrichenen Jugendstilvilla mit Holzgiebel und bauchigen Balkonbrüstungen aus Schmiedeeisen, nicht weit vom Bad Harzburger Golfplatz entfernt. Eine der Ecken der Stadt, die so märchenhaft altmodisch wirkten. Hier wohnte Christine Lattinger, Ewald Lattingers Schwester und die Katastrophe im Leben von Sieglinde Lattinger. Sina konnte sich nur noch vage an die Frau in Schwarz erinnern, die am Tag der Beerdigung des Ermordeten mit den anderen an ihr vorbeigezogen war. Doch als sie – immer noch in Trauerkleidung – die schwere Wohnungstür öffnete, erkannte die Oberkommissarin sie wieder.

Christine Lattinger war so groß wie Sina, hatte ein breites Becken im Verhältnis zu dem zierlichen Oberkörper und ein verhärmt knochiges Gesicht. An den Schläfen drückten sich blaue Adern durch die bleiche Haut. Ewald Lattingers Tod schien sie sehr mitgenommen zu haben.

»Ja bitte?«

»Sina Kramer, Kripo Goslar. Frau Christine Lattinger?«

Die Frau nickte, trat ganz selbstverständlich einen Schritt zurück, um der Oberkommissarin Einlass zu gewähren. Anscheinend hatte sie mit dem Besuch der Polizei gerechnet. Sie führte Sina in einen großen Wohnraum von mindestens drei Metern Höhe mit verstaubten Stuckaturen unter der Decke, ausgelegt mit stellenweise abgenutztem Parkett und versehen mit einem pompösen offenen Kamin, der an den Seiten Rauchspuren aufwies. Die Einrichtung bestand aus dunklem Holz und strapaziertem Plüsch. Licht kam von einem Kronleuchter, dessen geschliffene Glasrauten nicht mehr vollständig waren. Der Sekretär mit den vielen Schubladen war allerdings ein Schmuckstück.

»Bitte nehmen Sie doch Platz. Darf ich Ihnen etwas anbieten?«

»Nein danke.«

Christine Lattinger schien nicht beunruhigt, obwohl Sina davon überzeugt war, dass die alte Frau ahnte, dass es ein unangenehmes Gespräch werden könnte.

»Was möchten Sie wissen?«

»Wir suchen den Mörder Ihres Bruders. Dazu brauche ich nähere Informationen. Auch von Ihnen, Frau Lattinger.«

Christine Lattinger schluckte, ansonsten verriet nichts eine innere Anspannung. »Ich gehe davon aus, dass Sie schon mit meiner Schwägerin gesprochen haben …«, erwiderte sie immer noch kühl.

»In welcher Beziehung standen Sie zu Ihrem Bruder?«, fragte Sina.

Christine Lattinger nickte stumm. Mit dieser Frage hatte sie offenbar gerechnet und war sich klar darüber, dass die Oberkommissarin vollständig im Bilde war. Sie sammelte sich kurz, ließ sich in einem der Sessel nieder und rutschte bis zur Kante der Sitzfläche vor.

»Wahrscheinlich werden Sie denken: So sieht also eine aus, die jahrelang mit ihrem Bruder geschlafen, mit ihm ein Kind gemacht und eine Familie zerstört hat. So sieht eine aus, die sich nicht zusammenreißen konnte, *Blutschande* getrieben hat, denn so hieß es ja früher. Das Wort allein klingt schon wie eine Hinrichtung. – Wenn Sie die Geschichte hören wollen, erzähle ich sie Ihnen. Einen Erklärungsversuch ist es wert, auch wenn ich gegen meine Schwägerin nicht die geringste Chance habe.«

Sina nickte auffordernd. Vielleicht brachte die andere Seite der Geschichte Licht ins Dunkel dieses Falls.

Christine Lattingers gepflegte weiße Hände mit transparent lackierten Fingernägeln, die sich stark von dem tiefschwarzen Rock abhoben, ruhten verschränkt in ihrem Schoß.

»Ewalds und mein Zuhause war ein finsteres, kaltes Loch. Als Kinder schliefen wir zusammen in einem Bett im Hinterzimmer unserer Wohnung, das nicht beheizbar war«, begann sie. »Im Winter glitzerte das Eis an der Innenseite des Fensters.

Später, als mein Vater die Pension kaufte – woher er das Geld hatte, weiß ich bis heute nicht –, schliefen wir immer noch in einem Bett, aber das Zimmer war wenigstens warm.

Unser Vater war Bergmann, ein verbitterter, kranker Mann, der schon früh nicht mehr arbeiten konnte. Er trank, und wenn er zu viel hatte, schlug er oft sinnlos auf Ewald und mich ein. Eine ganz normale Geschichte …«

Sie sandte Sina einen Blick auf der Suche nach einem Funken Verständnis in deren Augen. Als die Reaktion ausblieb, stand sie auf, verschränkte die Arme hinter dem Rücken und ließ das Parkett knirschen. Offenbar wühlte sie die Geschichte doch mehr auf, als sie zugeben wollte, und Sina hatte das Gefühl, dass sich auch diese Frau eine Last von der Seele reden wollte, die über die Jahre unerträglich schwer geworden war.

»Wir lagen zusammen in dem Bett, Ewald und ich, und schmiegten unsere Körper aneinander, bis es eines Tages passiert war. Und es war schön. Verboten, aber schön, Blutschande, aber schön. Es war das einzig Schöne, was wir hatten. Meine Eltern haben nichts davon bemerkt. Natürlich haben wir gewusst, dass das, was wir taten, nicht normal, schlimmer noch, *strafbar* war. Und wir haben es immer wieder gemacht, weil es uns gehalten hat, und dieser Zusammenhalt hat uns über die tristen Jahre gebracht. Später versuchte Ewald aus unserer Verbindung auszubrechen und hat geheiratet. Aber wir konnten uns niemals ganz voneinander lösen.«

Sie blieb kurz stehen, ließ die Arme locker, bevor sie sie wieder auf dem Rücken verschränkte und weiterging. »Einmal habe ich nicht aufgepasst und wurde schwanger. Es war schlimm und beglückend zugleich, ein Kind von dem Mann zu haben, den ich liebte. Aber ich musste weg. Ich zog nach Bad Harzburg. Obwohl das Leben hier nicht weniger spießig ist als im Oberharz, akzeptierten die Leute, dass ich als Unverheiratete einen Sohn hatte. Ich war eine junge, resolute Lehrerin und verschaffte mir genügend Respekt, bis irgendwann die Fragerei aufhörte, wer denn der Vater des Jungen sei. Ich erfand eine Geschichte, hatte ja genügend Romane gelesen. Und die Besuche von Ewald brauchte ich nicht groß zu begründen, er kümmerte sich eben rührend um seine Schwester. Damit konnte man leben.«

Sie drehte sich um, nachdem sie bei ihrer Reise durch den Raum an einem der Fenster angekommen war, die zur Straße hinausgingen.

»Wer weiß noch von Ihrer Beziehung zu Ihrem Bruder?«, fragte Sina nach einigen Sekunden des Schweigens.

»Niemand.«

»Warum sind Sie sich da so sicher?«

»Sieglinde hat Ewald geschworen, niemandem davon zu erzählen. Er hat gedroht, sie sonst zu verlassen.«

»Wie ist Ihr Verhältnis zu Sieglinde Lattinger?«

Die Frau in Schwarz nahm ihre Wanderung durch den Raum wieder auf und schritt jetzt vor dem Kamin auf und ab wie ein Lehrer vor der Tafel.

»Wir kennen uns nicht.«

»Das heißt, Sie sind ihr nie begegnet?«

»Bei der Hochzeit schon, aber später nie mehr.«

»Hat es Sie nicht gestört, dass Sie Ihren Bruder Ewald mit ihr teilen mussten? Hätten Sie nicht am liebsten an seiner Seite das Hotel geführt?«

»Wie kommen Sie denn darauf?« Christine Lattinger schüttelte entrüstet den Kopf. »Ich war Lehrerin, sehr gerne sogar. Außerdem hatte ich mich damit abgefunden, dass Ewald entschieden hatte, seine Ehe aufrechtzuerhalten, nachdem ihn seine Frau auf Knien darum gebeten hatte.«

»Sie erzählt etwas anderes …«

»So? Was denn?«

»Dass er *sie* auf Knien angefleht hat …«

Christine Lattinger lachte gekünstelt auf.

»Gab es Spannungen oder Streit zwischen Ihrem Bruder und Ihnen wegen seiner Ehe?«

»Nein, damit haben wir uns nicht die wenige Zeit vergiftet, die wir zusammen hatten.«

»Gab es Streit wegen des Kindes?«

Diese Frage schien Christine Lattinger nahezugehen. »Ich musste auf Johann – er heißt nach einem unserer Vorfahren, auf den Ewald große Stücke hielt – immer besonders achten, weil er kein einfaches Kind war. Und Ewald hatte nur wenig Geduld. Er war fürsorglich, bestimmt, aber ihm fehlte einfach der Sinn für Kinder.«

Den Eindruck hatte Sina auch. »Was macht Ihr Sohn beruflich?«

»Im Moment ist er arbeitslos.«

»Schon lange?«

»Seit einem Jahr.«

»Und was hat er vorher gemacht?«

Die alte Frau fühlte sich sichtlich unwohl. »Johann hat sich schon als Kind nicht gerne etwas sagen lassen, und später hat sich das nicht geändert. Er hat zwei Ausbildungen abgebrochen, und am Ende …«

»Ihr Bruder wusste das und hat sich die gleichen Sorgen gemacht wie Sie?«, vermutete Sina.

Christine Lattinger nickte.

»Hat er Vorsorge für seinen Sohn getroffen, ich meine Versicherungen abgeschlossen oder so etwas?«

»Er hatte es vor, er wollte einen Geldbetrag auf ein Konto einzahlen, denn von Versicherungen hielt er nichts. Das wäre alles Betrug, hat er gesagt. Aber daraus ist dann irgendwie nichts geworden. Ich wollte ihn auch nicht drängen. Er war ohnehin merkwürdig kurz vor seinem Tod, so unruhig und reizbar.«

»Können Sie sich erklären, warum?«

»Ewald war verschlossen. Ich habe das respektiert. Aber er muss sich große Sorgen gemacht haben. Ich hatte den Eindruck, dass er in geschäftlichen Schwierigkeiten steckte, denn sonst hätte er bestimmt für Johann ein Konto eröffnet.«

»Und wenn es Sie nicht mehr gibt, dann hat Ihr Sohn ein großes Problem …«

Die punktgenaue Wahrheit schien Christine Lattinger zu verletzen. Die Überlegenheit, die sie bisher ausgestrahlt hatte, bröckelte. Leise setzte sie sich wieder in den Sessel.

»Ja, er verspricht mir immer, dass er sich ändern würde, aber ...« Sie zögerte. »Ich bin krank, müssen Sie wissen ...«
Sina horchte auf.
»Magenkrebs. Ich weiß nicht, wie lange ich noch habe.«
Schweigen. Das würde auch die Strafverfolgung des Inzests überflüssig machen, dachte Sina pragmatisch, wenn da überhaupt etwas zu verfolgen war.

***

»Findest du die ganze Sache nicht monströs, oder tut dir Lattingers Schwester etwa auch wieder leid?«
Sina war fassungslos. Was sollte das denn heißen? Dass sie ein Gefühlsdusel war, bei dem der Verstand erst an zweiter Stelle kam?
Niebuhr versuchte zurückzurudern.
»Schon gut«, sagte er beschwichtigend, »sie kann es nicht gewesen sein. Sie war ja die ganze Zeit an der Ostsee. Und was ist mit dem Sohn?«
Doch es war zu spät. Sina war sauer. »Verstehst du, Jens, ich versuche hier meine Arbeit zu machen, ohne die Hauruckmethode anzuwenden. Zugegeben, manchmal geht es nicht anders, aber meistens kommt nichts dabei heraus, gar nichts. Ich arbeite mit dem, was sie mir erzählen, *wenn* sie mir etwas erzählen. Und dann versuche ich, das eine zum anderen zu bringen, und nur wenn Motiv, Tathergang und Beweise übereinstimmen, gibt es eine Lösung. Und nur dann! Seit wann arbeitest du bei der Polizei ... seit drei Wochen?«
Er hatte es nicht anders verdient. Immer wenn man hoffte, sie seien endlich ausgerottet, die Vorurteile gegen Frauen in Jobs, die angeblich Männerjobs waren, dann kam an einem ruhigen Frühlingstag wie diesem wieder eins aus seinem Loch gekrochen und zeigte seine dämliche Fratze. *Das* war monströs!
Sie hatte noch eine Menge auf Lager ...
»Schon gut, schon gut! Entschuldige bitte, Sina. Ich hab's nicht so gemeint.«

Er wusste genau, dass sie solche Späße nicht vertrug, und trotzdem konnte er es nicht lassen, zu provozieren.

»Vielleicht ist die Frau Oberkommissarin so gütig und erzählt ihrem unerfahrenen jungen Kollegen jetzt etwas von Johann Lattinger ...«

Ihre Augen blitzten immer noch vor Wut, aber es brachte nichts, ihn weiter fertigzumachen. Jens war Jens, leider, und manchmal Gott sei Dank.

Nachdem sie sich von Christine Lattinger verabschiedet hatte, war Sina über die dumpf dröhnenden Holzstufen in den dritten Stock des Hauses gestiegen.

Johann Lattinger, seinem ermordeten Vater aus dem Gesicht geschnitten, hatte die Wohnungstür im Unterhemd geöffnet, unrasiert, nach Zigaretten und Bier stinkend.

»Ja?«

»Kramer, Kripo Goslar.« Sie zückte ihren Ausweis.

»Muss das sein? Bin gerade aufgestanden.«

Sie antwortete nicht, steuerte auf ihn zu, dass er wohl oder übel ausweichen musste, und betrat die Wohnung. Ein Blick in die Küche sagte ihr, dass es sich um eine Junggesellenbude übelster Sorte handelte.

»Das Wohnzimmer ist hinten«, sagte Lattinger und rieb über seine nackten, dicht behaarten Arme.

Sina ahnte, was er mit Wohnzimmer meinte, und es sollte sich bestätigen: eine verräucherte Höhle mit einer Couch in der Mitte, über die eine blaugraue Decke ausgebreitet war, wie sie Möbelpacker verwendeten. Davor der Fernseher. Keine Bilder an den Wänden, auf dem Tisch eine Batterie Flaschen, Bier und Schnaps, der Aschenbecher voller Zigarettenkippen. In einer Ecke lag ein leuchtgelber Motorradhelm mit aufgeklapptem Visier. Sina fragte sich, wie Christine Lattinger es fertiggebracht hatte, ihren Sohn in einen schwarzen Anzug zu stecken und zur Beerdigung zu schleifen.

»Muss mal wieder aufräumen«, sagte Lattinger wenig überzeugend.

Sina ging zum Fenster und riss es auf. »Haben Sie nie Besuch?«

»Selten.«

»Wundern Sie sich darüber?«

»Was wollen Sie?«

Sie griff nach einem Stuhl, der in der Ecke stand, und setzte sich.

»Mir ist kalt«, sagte Johann Lattinger, wobei er sich mit vorwurfsvollem Blick auf Sina über die Oberarme rieb.

»Ziehen Sie sich was über und dann beantworten Sie mir ein paar Fragen.«

»Schon gut.«

Der harsche Ton, den sie anschlug, gefiel Sina selbst nicht, aber sie hatte das Gefühl, dass dieser Mann sie sonst nicht ernst nehmen würde.

»Was haben Sie an dem Abend gemacht, an dem Ihr Onkel ermordet wurde?«

Sie hatte »Vater« sagen wollen, sich aber im letzten Augenblick für Onkel entschieden. Wozu die kranke Mutter in die Hölle schicken? Dazu wäre später immer noch Zeit.

»Bin bei Freunden gewesen.«

»Namen und Adressen?«

»Muss ich erst überlegen.«

Er kam ihr vor wie ein trotziger Junge, dabei war der Mann über vierzig. Sina griff in die Seitentasche ihrer Lederjacke, zog einen Plastikkuli und ihren Block heraus.

»Nennen Sie mir die Namen, schön langsam, einen nach dem anderen.«

Er gab nach und rückte mit ein paar Namen heraus. Nachdem sie alles säuberlich notiert hatte, stand sie auf. Sie würde erst das Alibi überprüfen und Johann Lattinger dann zur weiteren Befragung einbestellen.

»Sie hören von mir!«

»Übrigens«, Johann Lattinger stellte sich breitbeinig hin und grinste die Oberkommissarin frech an, »Ewald war nicht nur mein Onkel, er war auch mein Vater!«

Mit der Feststellung hatte er offenbar gehofft, Eindruck zu machen.

Sina blieb stehen. Wenn er es wusste, brauchte sie auf seine Mutter keine Rücksicht mehr zu nehmen.

»Und wie standen Sie zu Ihrem Vater?«, fragte sie.

Johann Lattinger wischte sich mit der rechten Hand über den Mund.

»Hab einen trockenen Hals, wollen Sie auch was?«

»Nein danke.«

Er ging in die Küche und kam mit einer geöffneten Bierflasche zurück.

Mit einem Wink bot er Sina wieder Platz an und setzte sich selbst auf die Couch. Dann griff er zu einem Päckchen losen Tabaks auf dem Tisch und begann, sich eine Zigarette zu drehen.

»Ewald war nicht nur mein Onkel, er war auch mein Vater«, wiederholte er und nahm einen Schluck aus der Flasche. »Am Anfang haben sie es mir verschwiegen, aber dann habe ich sie einmal im Schlafzimmer erwischt, und ab da wusste ich, dass etwas nicht stimmte. Er war ja mein Onkel und schlief mit meiner Mutter. Ich hab meine Mutter dann zur Rede gestellt, da war ich fünfzehn. Aber sie hat mich nur angelogen ...«

»Aber Sie haben es schließlich doch erfahren.«

»Ja, das habe ich.«

»Und hat es etwas an Ihrer Einstellung zu Ewald Lattinger verändert?«

»Allerdings. Von dem Tag an, als ich es erfahren hatte, war er für mich gestorben.«

»Sie haben ihn also gehasst?«, fragte Sina.

»Ja, ich habe ihn gehasst. Hassen ist ja nicht verboten ...« Seine Stimme klang jetzt aggressiv.

Bemerkenswert ehrlich, dachte Sina, aber wer war schon so dumm, sich so offen als Täter anzubieten? Doch gerade das konnte ein Trick sein.

»Ich habe auch etwas Neues über Johann Lattinger«, sagte Niebuhr, als Sina mit ihrem Kurzbericht fertig war.

»Und was?«

»Ich hab ihn durch den Computer gejagt, und siehe da: Er ist vorbestraft wegen Körperverletzung. Der flippt öfter mal aus. Hat seine Mutter unter anderem einmal so verprügelt, dass die Nachbarn ihn angezeigt haben.«

»Wahrscheinlich weil sie es ihm verschwiegen hat.«

»Was?«

»Dass er Ewalds Sohn ist.«

»Hm, nicht auszuschließen.«

»Was ist, wenn *er* mit seinem Vater und Onkel an dem Abend des Mordes in der Mansarde gesessen hat? Johann Lattinger ist arbeitslos und pleite. Vielleicht hat er bei seinem Vater, der ihn ja offiziell verleugnete, Ansprüche auf sein Erbe angemeldet und ist auf taube Ohren gestoßen. Ein klares Mordmotiv. Obendrein hat er seinen Vater gehasst, das hat er mir selbst gesagt«, sagte Sina.

»Dazu musste er zuerst von Bad Harzburg nach Clausthal kommen«, sagte Niebuhr.

Das wäre nicht wirklich ein Problem gewesen, immerhin hatte Johann ein Motorrad.

***

Sina und Chao hatten sich verabredet, am Nachmittag auf den Brocken zu steigen, wenn das Wetter mitspielte. Und es spielte mit; zumindest war es trocken, und die Sonne ließ sich ab und zu blicken. Chao wollte sich noch schnell umziehen und war im Schlafzimmer verschwunden. Als er wieder herauskam, blieb Sina die Luft weg.

»Das ist doch nicht dein Ernst!«

»Wieso?«, fragte Chao erstaunt.

Vor ihr stand ein echter Köglsperger in dicken geschnürten Wanderschuhen, wollenen Kniestrümpfen, übergehend in eine Krachlederne mit breiten Hosenträgern, obenrum eine grüne

Lodenjacke mit Hirschhornknöpfen, und auf den glatten blauschwarzen Haaren saß ein Filzhut mit Gamsbart, so groß wie ein Kaminbesen.

»Ich glaube es einfach nicht ...«

»Ein Geschenk von meinem Vater«, sagte Chao mit ehrfürchtig bebender Stimme. »Alles original aus Bayern. Ich mag es sehr.« Er drehte sich einmal um sich selbst und schaute Sina erwartungsvoll an.

Was sollte sie sagen? Unwillkürlich stellte sie sich vor, wie sie mit ihm Arm in Arm den Goetheweg hochwanderte und die Leute, an denen sie vorbeikamen, sich vor Lachen die Bäuche hielten. Ihre gute Laune hatte sich plötzlich aufgelöst. Auf einmal spürte sie, wie fremd ihr Chao eigentlich war.

»Du magst es nicht«, sagte er enttäuscht.

»Doch, doch ...«, protestierte sie sofort, aber sie beide wussten, dass es nicht stimmte.

»Du bist nur höflich, höflich wie ein Chinese: vorsichtig mit der Wahrheit umgehen und immer diplomatisch sein«, antwortete er ernüchtert.

Sie wusste nicht, was sie sagen sollte. Die Situation war ihr peinlich, doch ihr war schlagartig klar geworden, dass sie in zwei Welten lebten, und sie fragte sich, ob die jemals zusammengingen.

Chao nahm den überdimensionalen Pinsel vom Kopf, ging auf sie zu und strich mit der Hand über ihre rechte Wange.

»Soll ich mich umziehen?«, fragte er versöhnlich, obwohl er die Enttäuschung, dass sie die Begeisterung für seinen Aufzug nicht teilte, nicht ganz verbergen konnte.

Sina wachte auf und ärgerte sich über sich selbst. Warum sollte er sich umziehen? Entweder sie wollte Chao oder nicht, und wenn sie ihn wollte, dann auch im Trachtenkostüm und vor allen Leuten.

»Du gefällst mir, so wie du bist«, sagte sie leise, während sie spürte, wie sie errötete.

Sie saßen in Sinas Wagen und fuhren die Strecke über Zellerfeld in Richtung der Okertalsperre. Chao schien sich irgendwie schuldig zu fühlen. Das Corpus Delicti, der Filzhut mit dem Gamsbart, lag hinter ihm auf dem Rücksitz. Sie schwiegen sich an. Die Stimmung war verdorben. Dabei hatte sich Sina so auf den Ausflug gefreut. Er legte seine linke Hand auf ihren rechten Oberschenkel und forschte unsicher in ihren Augen. Sinas Blick sprang zurück auf die Straße. Ihre Gedanken ließen sich nicht verdrängen. Sie und Chao kannten sich noch nicht lange, sie wussten nichts voneinander, sie hatten nur intensiv miteinander geschlafen und meinten, den anderen zu verstehen. Aber das war natürlich eine Illusion.

»Bitte erzähl mir was vom Harz«, forderte sie ihn auf, ein bisschen verlegen und um Verzeihung bittend, weil sie das Gefühl hatte, ihn gekränkt zu haben.

Es ging durch Fichtenwälder, in denen der Wirbelsturm Kyrill seine unübersehbaren Spuren hinterlassen hatte, vorbei an Schulenberg.

»Wusstest du, dass Schulenberg früher im Tal lag?«, legte Chao los, wie immer gut gelaunt, wenn er Gelegenheit bekam, sein Wissen auszubreiten.

Er erzählte, als hätte er es selbst erlebt, wie vor mehr als fünfzig Jahren die Täler geflutet worden waren, in der Absicht, die Kapazität der Talsperre zu vergrößern. Jetzt lag sie wie ein Krake über der Landschaft, mit dickem Bauch und Tentakeln, die in die Seitentäler quollen.

»... und wenn es still ist, hört man noch das Geläute der Kirchturmglocken vom Grund des Sees.«

Sina lächelte. Sie mochte Chaos Geschichten. Die meisten hatte sie irgendwann einmal gehört, aber sie hatten schon lange ihren Reiz verloren. Wenn *er* sie erzählte, gefielen sie ihr wieder.

Sie überquerten die Brücke, vorbei an der Anlegestelle Weißwasser, von wo aus das Fahrgastschiff ab Mai regelmäßig ablegte und bis an die Staumauer der Talsperre heranfuhr. Ortseinfahrt Altenau. Links der Sportplatz, rechts die abrissreife Verkaufshalle eines ehemaligen Autohauses. In Richtung Torfhaus tauchte an einem Hang, den gerade die Sonne anstrahlte, der Gewürzpark mit dem chinesischen Pavillon auf.

»Siehst du, China ist überall«, sagte Chao und lachte ein selbstbewusstes Lachen.

Wieder drängte sich Bernie in ihr Leben, auch wenn Sina es nicht wollte. Sie fragte sich, ob sie schon so weit war. So weit, dass sie wieder einen Mann an ihrer Seite ertragen konnte und gewillt war, seine Eigenarten auszuhalten. Sie musste sich fragen, ob das Maß an Toleranz, das sie augenblicklich besaß, für einen Neuanfang reichte.

Oben auf dem großen Torfhausparkplatz war nichts los. Sonntags und bei schönem Wetter sah es anders aus. Dann war die weite Asphaltfläche vollgestellt. Hier trafen sich Motorradfahrer aus Hamburg bis Berlin und natürlich aus der Umgebung mit ihren chromblitzenden Maschinen, genossen die neidischen Blicke der Touristen und präsentierten sich gegenseitig ihre Spielzeuge wie die kleinen Kinder.

Sie stiegen aus und steuerten das neue Gasthaus mit Kupferdach und Aussichtsplattform an, das den alpinen Stil perfekt imitierte.

»Wo ist dein Hut?«, fragte Sina.

»Liegt im Auto«, antwortete Chao beiläufig.

Sie drehte sich auf der Stelle um und lief zurück, klickte die Zentralverriegelung an, riss die hintere Wagentür auf und griff nach dem Hut. Chao blieb stehen und verfolgte schweigend ihr Tun. Sie knallte die Tür wieder zu, rannte zurück, stellte sich vor ihn hin und drückte ihm den Filz auf den Kopf.

»Ohne Hut gehe ich mit dir keinen Schritt!«, sagte sie und hakte sich bei ihm unter.

Sie schlenderten in Richtung Goetheweg. Chao erzählte vom Jahr 1777, in dem Goethe in den Harz gekommen und den damals noch nicht nach ihm benannten Weg bis zur Brockenkuppe hochgestiegen war, und Sina lauschte. Der Gipfel des Berges war jetzt wolkenfrei und gestochen sichtbar.

Als sie an den gemauerten Wasserläufen vorbeiwanderten, die schon vor Jahrhunderten für den Bergbau angelegt worden waren und neben den vielen künstlichen Seen als »Oberharzer Wasserregal« überall im Harz zu finden sind, kam Sina in den Sinn, wie die Menschen geschuftet haben mussten, um das alles zu schaffen. Vielleicht war es doch nicht so falsch, wenn Chao den frühen Bergbau mit der Chinesischen Mauer verglich. Ausdauer und Genialität hatten die alten Harzer auf jeden Fall bewiesen.

»Unfassbar, was sie geleistet haben«, sagte Chao. »Wer sich nicht mit der Vergangenheit beschäftigt, versteht die Gegenwart nicht.«

»Hat das Konfuzius gesagt?«

Er war ein kluger Mann, ihr Chao. Vielleicht ein bisschen altklug, aber voller Respekt, und das machte Sina vom einen auf den anderen Augenblick wieder glücklich, mit ihm zusammen zu sein. Sie umfasste seine Hüften, und ihre Augen suchten seine Augen, doch sie fanden sich nicht.

***

Auf der anderen Seite des Spiegels saß Sieglinde Lattinger an einem grauen Tisch im Verhörraum, das ausdruckslose Gesicht den beiden Kommissaren zugewandt, obwohl sie sie nicht sehen konnte. Ihre frisch toupierte Frisur kam Sina heute noch höher vor als sonst, und das Ergebnis ihrer Schminkkunst ähnelte frappierend einer Indianermaske.

»Wer ihr das wohl beigebracht hat«, sagte Niebuhr mit ironischem Grinsen.

»Der Schmerz«, hätte Sina am liebsten gesagt, aber dann hätte Niebuhr sie wieder für ein Weichei gehalten.

»Bist du so weit?«, fragte er.

»Warum nicht?«

Sie betraten den Verhörraum und begrüßten die alte Frau.

»Wird es lange dauern?«, fragte sie.

»Das kommt auf Sie an, Frau Lattinger«, sagte Niebuhr in forderndem Ton und blieb in unmittelbarer Nähe zu ihr stehen.

Sina setzte sich Sieglinde Lattinger gegenüber. »Wir zeichnen das Gespräch auf, Frau Lattinger. Das hilft uns später, wenn Unklarheiten auftauchen sollten«, sagte sie freundlich.

Sieglinde Lattinger nickte.

Nach den üblichen Belehrungen und Formalitäten begann Sina: »Wir haben darüber gesprochen, dass Sie in Ihrer Ehe eine große Enttäuschung erlebt haben. Das ist alles protokolliert, und mein Kollege hat Kenntnis davon. Jetzt würden wir gern wissen, wie es weiterging.«

»Ihr Mann hat Sie also nicht mehr angefasst, nachdem er sich wieder seiner Schwester zugewandt hatte?«, legte Niebuhr los.

Etwas zu hart, wie Sina fand, auch wenn sie das Stück »Guter Cop, böser Cop« gaben. Sieglinde Lattinger sollte spüren, dass ihre Aussage gefordert war, das war beabsichtigt, aber das Verhör durfte nicht von Anfang an Zwischentöne ausschließen. Mit einem Blick pfiff sie den Kollegen zurück, obwohl sie das Gefühl hatte, dass das nicht viel nützen würde.

»Es brach dann eine schwere Zeit für Sie an«, fuhr Sina ruhig fort, »das ist doch richtig?«

»Ja, das stimmt. Das habe ich Ihnen aber schon erzählt …«

»Das haben Sie. Und Sie hatten die ganzen Jahre danach mit Ihrem Mann ein gutes Einvernehmen?«

»Ja.«

»Das können Sie uns doch nicht erzählen!«, platzte Niebuhr heraus. »Sie schliefen nicht mehr mit Ihrem Mann, aber Sie sehnten sich danach. Und wenn er zwischendurch bei seiner Schwester war, dann wussten Sie, dass er genau *das* mit ihr machte. Er kümmerte sich auch nicht mehr um Ihre gemeinsamen Söhne und ließ Sie mit den Kindern allein. Es ist einfach unvorstellbar, dass Sie sich mit der Rolle der Leidenden zufriedengegeben haben!«

Niebuhr hatte recht, dachte Sina, und deshalb saß Sieglinde Lattinger heute hier. Andererseits, warum sollte sie sich erst nach dreißig Jahren für ihr Leid rächen? Aber vielleicht hatte ein Ereignis, das in Beziehung zu dem Notartermin stand, der nie stattgefunden hatte, die Sache noch einmal auf die Spitze getrieben?

Sieglinde Lattinger bekam einen roten Kopf. »Ich hatte das Hotel.« In ihr schien es zu brodeln.

»Sie haben also von morgens bis abends gearbeitet, wollen Sie damit sagen?«

»Genau das will ich damit sagen, über vierzig Jahre. Was wollen Sie eigentlich?«

»Mein Kollege meint«, übernahm Sina, um die Wogen wieder zu glätten, »dass sich in Ihnen eine Menge Wut aufgestaut haben muss. Das wäre völlig nachvollziehbar.«

Aber Niebuhr ließ sich nicht bremsen. »Haben Sie ihn nicht gehasst, gehasst wie die Pest für das, was er Ihnen angetan hatte und immer wieder antat?«

Jetzt war auch Sieglinde Lattinger wie entfesselt. »Ja!«, schrie sie Niebuhr an. »Ich habe ihn gehasst, und wie ich ihn gehasst habe, aber ich habe auch mich gehasst, weil ich nicht von ihm loskam. Ich brauchte ihn, ich musste ihn täglich sehen, er war mein Leben! Jawohl, ich habe mich in die Arbeit geflüchtet, jeden Tag aufs Neue, und ich habe oft geheult dabei, und ich habe seine beiden Söhne erzogen, die ich gehasst habe wie ihn. Sind Sie jetzt zufrieden?«

Christine Lattinger hatte also doch recht gehabt, nicht Lattinger hatte seine Frau auf Knien angefleht, sondern es war umgekehrt gewesen. Aber wer gibt das schon gerne zu?, waren Sinas Gedanken in die knisternde Stille hinein.

»Und diese Wut, die Sie über Jahre in sich aufgestaut hatten, musste irgendwann einmal heraus, denn Sie konnten es einfach nicht mehr ertragen. Sie wollten, dass er endlich damit aufhörte, seine Schwester zu besteigen ...«, blieb Niebuhr hartnäckig.

»Das hat mich doch längst nicht mehr interessiert«, wehrte Sieglinde Lattinger ab.

»Aber die jahrelangen Demütigungen saßen tief ...«

Sieglinde Lattinger senkte den Blick auf die graue Tischplatte. Das gab sie also zu.

»Und Sie fassten einen Entschluss …«, unterstellte Sina, ihr Gegenüber scharf fixierend.

»Nein«, sagte die alte Frau.

Doch jetzt durfte Sina nicht nachgeben. Sie musste alles aus Sieglinde Lattinger herausholen, was sie wusste.

»Wir wollen noch einmal den Ablauf des Mordabends mit Ihnen durchsprechen, Frau Lattinger. Erzählen Sie uns bitte alles der Reihe nach und so genau wie möglich«, sagte Sina in sachlichem Ton.

Niebuhr setzte sich auf einen der Stühle links neben der Tür.

»Wie ich Ihnen schon gesagt habe. Als Fanny in der Küche fertig war und ich alles abgeschlossen hatte, ging ich durch das kleine Büro an der Rezeption die Treppe hinunter in meine Räume. Das war so gegen neun. Ich kann es nicht mehr ganz genau sagen.«

»War Ihr Mann da schon im Haus?«

»Ich weiß es nicht, das hab ich Ihnen auch schon gesagt. Ich hatte ihn am Nachmittag aus dem Haus gehen sehen. Wann er zurückkam, weiß ich nicht.«

»Aber dann haben Sie noch Ihren Sohn Christian angetroffen, den haben Sie nicht gehört, sondern sind ihm durch Zufall begegnet …«

»Ja, so war es.«

»Und dann?« Niebuhr war aufgesprungen und stand jetzt wieder neben Sieglinde Lattinger.

»Dann bin ich ins Bett gegangen.«

»War es nicht vielmehr so, dass Sie Ihren Mann und Christian haben reden oder sogar streiten hören?«, fragte Niebuhr.

»Nein. Ich habe niemanden streiten gehört. Ich habe auf meinem letzten Kontrollgang nichts bemerkt. Ich habe die Tür geöffnet, und da war niemand, auch Christian nicht.«

»Sie sind also noch mal aus Ihrer Wohnung gegangen? Das haben Sie bisher verschwiegen. Warum, Frau Lattinger?«

»Es war nicht wichtig, völlig unwichtig. Ich war es nicht!«, antwortete sie aufgebracht.

»Vielleicht sind Sie auch noch einmal in den dritten Stock

gegangen, um nachzusehen, ob Ihr Mann schon zurück ist … Das ist kein Spaß, Frau Lattinger, Sie müssen jetzt die Wahrheit sagen!«

Der alten Frau brach der Schweiß aus. Dann gab sie auf.

»Ja«, gestand sie müde, »ich bin über die Außentreppe hochgegangen und habe an Ewalds Tür gehorcht.«

»Warum haben Sie nicht den Aufzug genommen?«

»Der ist so laut. Ich wollte die Ruhe im Haus nicht stören.« Sie drehte Niebuhr demonstrativ den Rücken zu.

»Sind Sie sicher, dass Sie nur gehorcht haben?«, fragte Sina sanfter.

»Ganz sicher.«

»Und was haben Sie gehört?«

»Ewald sprach mit jemandem, und es stank nach Zigarre. Die raucht er immer, wenn es etwas Wichtiges zu besprechen gibt.«

»Mit wem konnte er denn etwas Wichtiges zu besprechen haben?«

»Ich habe keine Ahnung. Die Stimme kam mir nicht bekannt vor.«

»Und das sollen wir Ihnen glauben? Sie haben Informationen zurückgehalten, die für die Aufklärung des Mordes entscheidend sein können, Frau Lattinger!«

Niebuhr machte etwas zu viel Wirbel für Sinas Geschmack, aber immerhin hatte er etwas in Erfahrung gebracht, das sie noch nicht gewusst hatten.

»War es nicht so, dass Sie genau wussten, wer mit Ihrem Mann stritt, und plötzlich hörten Sie Gepolter und ein Stöhnen? Sie öffneten die Tür der Mansarde, denn Sie kannten den Mörder und wollten sichergehen, dass Ihr Mann wirklich tot war …«

»Wie können Sie es wagen!«

Sieglinde Lattinger war außer sich, und wenn diese Frau jemals zu einem Mord oder zu einem Auftrag dazu fähig gewesen war, dann in diesem Augenblick, in dem sie in die Höhe schoss und Niebuhr am liebsten an die Gurgel gegangen wäre.

»Bitte beruhigen Sie sich«, sagte Sina und verwies Niebuhr gleichzeitig mit Blicken auf seinen Stuhl an der Tür. »Wie war es denn wirklich?«

»Ich habe nur an der Tür gehorcht. Wollte in seiner Nähe sein. Das mache ich öfter …« Sieglinde Lattinger errötete verschämt. »Dann denke ich an früher und an die Zeit, in der wir uns geliebt haben …«

»Wann war das?«, fragte Niebuhr scharf.

Sina nickte Sieglinde Lattinger ermutigend zu.

»Gegen zehn, ich weiß es nicht mehr genau.«

»Und was haben Sie dann gemacht?«

»Ich bin wieder nach unten gegangen. Ich wollte weder ihn noch seinen Besuch sehen.«

»Und warum haben Sie uns das nicht gleich erzählt?«, setzte Niebuhr nach.

***

»Wir hatten keine Alternative«, sagte Niebuhr in der Nachbesprechung des Verhörs. »Wir mussten alle Möglichkeiten durchspielen.«

Sina schwieg. Aber auch wenn ihr die Hotelchefin während des Verhörs teilweise leidgetan hatte, stimmte sie ihm zu. Es stand jetzt eindeutig fest, dass Ewald Lattinger an dem Abend Besuch gehabt hatte. Aus der Familie blieb ihnen noch *ein* potenzieller Verdächtiger: Johann Lattinger, dessen Alibi noch überprüft werden musste.

Mittags fuhren Sina und Niebuhr zu Nikos ins »Mykonos« in die Bornhardtstraße, der in einem kleinen Häuschen unter den alten Linden nicht weit von Notar Erdmann sein Lokal hatte. Dort tauchten sie zwischen falschen Amphoren und schlechten Wandmalereien mit viel Blau in Begleitung von Sirtaki-Klängen für eine halbe Stunde ins südliche Mittelmeer ab.

Danach blieb Sina noch Zeit, um schnell bei Chao vorbeizuschauen. Aber das Geschäft war zu. Sie drückte den Klingelknopf und wartete, doch das Summen des Öffners blieb aus. Sie versuchte es noch mal. Wieder Fehlanzeige. Sie rief ihn auf dem Handy an. Er war vorübergehend nicht erreichbar. Ein eigenartiges Gefühl beschlich sie.

Als sie gestern mit ihm die Brockenwanderung gemacht hatte, war er plötzlich so anders gewesen. Sie hatte sich mehr oder weniger entschuldigt, hatte ihm erklärt, dass die bayerische Tracht hier im Norden eher Belustigung als Bewunderung auslöste und dass sie es nicht so gemeint habe. Sie dachte, dass damit das Missverständnis aus der Welt geräumt sei, und hatte alles gegeben, um den Nachmittag noch zu retten. Wie sehr sie es genießen würde, dass er ihr den Oberharz erklärte, hatte sie versucht, ihn zu bestricken. Nur dank ihm würde sie sich jetzt für das Leben der Bergleute in den alten Zeiten und für das Hochmoor mit dem fleischfressenden Sonnentau interessieren.

Sie hoffte, dass es nichts mit dem Nachmittag zu tun hatte, dass er nicht für sie erreichbar war. Sie stand vor der Ladentür aus kaltem Metall und vergittertem Glas und wusste nur, dass sie ihn nicht verlieren wollte. Vielmehr hatte sie ein unerträgliches Verlangen, ihn zu sehen, seine Hand zu nehmen, ihn zu umarmen, zu küssen, seine Haut zu spüren, ihm zu sagen – dass sie ihn liebte.

Sie legte ihre Hände an die Schaufensterscheibe des Teegeschäfts und suchte angestrengt den Innenraum ab. Das Licht war aus, es bewegte sich nichts.

Mit Unruhe im Bauch setzte sie sich ans Steuer des gelben Honda und fuhr den Zellbach hinunter, dann die Goslarsche Straße wieder hinauf. Sie klemmte sich das Handy ans Ohr, drückte eine Nummer.

»Brauchst du mich heute Nachmittag, Jens?«

»Ich brauche dich immer. Ohne dich kann ich nicht leben!«

Scherzkeks.

»Die Liebe?«

»Nein, ich habe mit Torsten etwas zu bereden.«

»Na, dann gute Verrichtung!«

Sie klappte das Handy zu und steckte es wieder in die Jackentasche. Wenn sie Pech hatte, war Torsten noch gar nicht da. Aber es musste etwas Sinnvolles geben, das sie an diesem Tag noch auf den Weg bringen konnte. Ungeduldig trat sie aufs Gas, fuhr siebzig in der Ortschaft. Sie war sauer und fühlte sich allein.

Auf dem Festplatz unten in Goslar wurden schon Vorbereitungen für Walpurgis und den ersten Mai getroffen. Bald würden wieder die bunten Eierkränze und die aus Plastikmasken und ausrangierten Klamotten gebastelten Hexen und Teufel in Lebensgröße in den Bäumen und an den Straßenlaternen hängen. Andere saßen auf den Vordächern der Hauseingänge. Die grinsenden Fratzen der Puppen konnten einen ganz schön erschrecken, wenn man ahnungslos daran vorbeiging.

In ihrem kleinen Reihenhaus angekommen, war Sina in der richtigen Stimmung. Heute würde sie die Katze aus dem Sack lassen, egal was passierte. Über ihr schlug Torsten den Takt zu seiner Musik mit den Füßen auf den Boden. Sie zog sich um, machte sich im Bad gründlich frisch und stieg die Stufen zu seinem Zimmer hoch.

Das Klopfen hörte er nicht. Sie öffnete die Tür. Wie immer saß er vor der Kiste und starrte auf den Monitor. Neben ihm eine Flasche Cola, nach der er gerade griff.

»Torsten?«

Er zuckte zusammen. Ihre Stimme hatte einen militärischen Ton, der sich erstaunlich gut gegen die dröhnende Musik durchsetzte.

»Was willst du hier? Warum klopfst du nicht an?«

»Hab ich, aber du hast mich nicht gehört. Ich hab etwas mit dir zu besprechen. Komm bitte runter!«

»Schon wieder?«

Sie hatte sich an den Rahmen gelehnt, von dem sie sich jetzt abstieß, und zog die Tür hinter sich zu. Sein Maulen war trotzdem noch zu hören. Niebuhr lag gar nicht so falsch, manchmal musste man die Methoden wechseln, um Ergebnisse zu erzielen. Sie hatte lange genug abgewartet. Einen Verdächtigen musste man verhören. Und sie würde ihren Sohn heute einem Verhör unterziehen. Mit eindeutigem Ergebnis.

Ungeduldig wartete sie in der Küche. Kaum dass er die Tür seines Zimmers aufgerissen hatte, stand er auch schon vor ihr.

»Setz dich!«

»Ist ja schon gut!«

Sie musste sich eingestehen, dass sie Genugtuung empfand, als er sie ängstlich ansah und sich fast schüchtern in die Ecke der Küchenbank schob. Abwartend fixierte er seine Hände, die verschränkt auf der Tischplatte lagen.

»Unser Gespräch war noch nicht zu Ende.«

»Für mich schon.«

Sina ignorierte den plumpen Versuch, sich herauszuwinden. »Was sollte das heißen: Es gibt auch noch andere Möglichkeiten?«

Sie fiel mit der Tür ins Haus, hatte weder Geduld noch die Absicht, sich vorsichtig heranzuarbeiten. Damit war sie nicht weitergekommen. Offenbar zog es nicht bei ihrem Sohn. Er schaute sie an, als wüsste er nicht, worum es ging, dabei wusste er genau, was sie meinte.

»Wenn jemand die Gesellschaft verändern will, dann gibt es zwei Möglichkeiten. Die eine funktioniert von innen heraus und die andere?«

Sie hatte keine Ahnung, ob die Zusammenfassung zu einfach war, aber um die drohende Gefahr abzuwenden, war jede Theorie gut genug.

Ihm fiel nichts Besseres ein, als sich die Ohren zuzuhalten und zu versuchen, den Eindruck eines Gefolterten zu erwecken.

»Also raus damit, wie geht es noch?«

Sie setzte sich neben ihn und spürte, dass er am liebsten von ihr abgerückt wäre. Aber er wagte es nicht. Vielleicht ein gutes Zeichen.

»Mit Gewalt – ist es nicht so?«

Er bekam den Mund nicht auf, schien darauf zu spekulieren, dass der Orkan irgendwann abflaute.

»Und Hasso und du, ihr beiden Irrsinnigen, wollt die Welt verändern, indem ihr wehrlose Menschen in den Tod reißt!«

Er hob ruckartig den Kopf und verzog sein Gesicht wie jemand, der absolut nicht begreift, was vorgeht.

»Tu nicht so! In deinem Computer steht, was du vorhast. Ich hab es gelesen.«

Sie drang auf eine Antwort hier und jetzt, stutzte jedoch, als er sie verständnislos anstarrte.

»Wovon redest du, Mum?«

***

Dir war klar, dass der große Lattinger genauso den Bach heruntergehen würde wie all die anderen, die schon schließen mussten. Der eiserne Kämpfer war am Ende, du hattest verloren! Aber du hast nicht zu deiner Niederlage gestanden. Du bist daran zum Betrüger geworden. Du hast mein Geld in deinem Hotel verbrannt, Ewald, obwohl du wusstest, dass du längst pleite warst! Der Stolz hat dich zum Betrüger gemacht. Du hattest keinen Charakter, Ewald Lattinger, du warst nur stolz!

SIEBEN

»Wo bleibt ihr denn?«, begrüßte sie Kriminalrat Keilberth und riss seinen Mund so weit auf, dass die Mettbrötchenhälfte mit Zwiebelringen fast gänzlich darin verschwand.

»Irgendwer muss hier ja arbeiten«, frotzelte Niebuhr, aber so leise, dass nur Sina es verstand. Keilberth roch nach Alkohol, und auf seinem sonst so penibel aufgeräumten Schreibtisch fanden sich neben einer entkorkten Flasche Sekt Tetrapaks mit Orangensaft, halb ausgetrunkene Gläser, zerknickte Plastikbecher und eine Palette der obligatorischen Mettbrötchen, die schon stark geplündert war, während die Buttercremetorte in Milchkaffeebraun kaum jemand angerührt hatte.

Sina ging auf den Kriminalrat zu und gab ihm artig die Hand. »Meinen Glückwunsch. Darf man fragen ...?«

»Fünfundfünfzig. Ich bin fünfundfünfzig geworden. Letztes Jahr wurde ich vierundfünfzig und bin folglich dieses Jahr fünfundfünfzig. Spar dir die Komplimente. Ich sehe keinen Tag jünger aus, und ich fühle mich auch keinen Tag jünger, und in der Liebe läuft auch kaum noch was.«

Keilberth sagte das unwirsch und ruppig. Sina wusste nicht, ob sie lachen oder es besser bleiben lassen sollte. Diese Art Selbstironie war für Kollegen verdammt gefährlich. Dabei gab es für Keilberth keinen Grund, zu klagen. Er war beruflich erfolgreich, vielleicht nicht so erfolgreich, wie er sich erhofft hatte, weil er aus der »Provinz Harz« nicht herausgekommen war. Aber er hatte eine süße Italienerin zur Frau. Zart gebaut und mit Charme. Was wollte er mehr?

Sina und Niebuhr hatten sich immer gefragt, wie sich so eine Frau auf Keilberth einlassen konnte, einen Rambo, wie er im Buche stand. Aber offenbar konnte er auch anders.

»Der Lack ist eben ab.« Keilberth ließ sich von seinem wenig schmeichelhaften Resümee nicht abbringen und schüttete sich ein Glas Sekt wie einen Schnaps in den Hals. Es war wohl nicht sein erstes, dem ungewohnten Glanz seiner Augen nach zu schließen.

»Darf ich der Dame ein Stück Buttercremetorte anbieten«, mimte er den perfekten Gastgeber.

»Nein danke, Heinz.«

Sina ließ ein paar Schlucke Orangensaft in einen Becher platschen, Niebuhr verdünnte seinen mit etwas Sekt, dann stießen sie mit Keilberth an. Beide überlegten krampfhaft, wie sie ein ungezwungenes Gespräch beginnen konnten, aber sie waren zu langsam.

»Was ist eigentlich los mit euch?«

Da waren sie wieder, die Vorwürfe, und schneller als erwartet.

»Ich hab das Gefühl, diesmal packt ihr es nicht. Hätte nicht gedacht, dass du mich so hängen lässt, Sina!« Niebuhr schaute Keilberth erst gar nicht an.

Doch auch wenn er Geburtstag hatte, musste Sina sich das nicht gefallen lassen. Dem höhnischen Ausdruck in Keilberths Gesicht setzte sie ein angriffslustiges Lächeln entgegen.

»Wir haben bisher alle Spuren konsequent verfolgt, oder bist du anderer Meinung?«

»Aber es ist nichts dabei herausgekommen. Was ist denn mit diesem Johann Lattinger?«

Sie hatten Johann Lattinger zur Vernehmung einbestellt. Es war klar, dass er ein Motiv und auch die Möglichkeit gehabt hatte, die Tat zu begehen.

Zum Termin erschien er in schwarzer Motorradkleidung mit schreigelben Neonstreifen an Armen und Beinen. Den Helm legte er so selbstverständlich auf den Tisch, als befände er sich in seiner Küche.

»Ohne Anwalt brauche ich hier nichts zu sagen«, verkündete er zur Begrüßung, warf sich auf den ihm zugewiesenen Stuhl und grinste Niebuhr provozierend entgegen.

»Das ist richtig. Haben Sie einen mitgebracht?«

»Sehen Sie einen?«

»Wir wollen nur Antworten auf ein paar Fragen. Wenn wir die haben, dürfen Sie wieder gehen. Können wir uns darauf einigen?«, sagte Sina.

Als Lattinger merkte, dass sich die beiden Polizisten nicht provozieren ließen, brummte er: »Na schön.«

Sina fragte wie immer zuerst die Personalien ab, dann kam sie ohne Umwege zur Sache.

»Wir waren dabei stehen geblieben, dass Sie Ihren Vater hassten. Warum?«

»Weil er unser Leben bestimmte, weil er sich einmischen konnte, wann er wollte, und abhauen konnte, wann er wollte.«

In seinen Augen flackerte Zorn auf. Der Mann ist schnell auf der Palme, dachte Sina. Sie konnte sich leicht vorstellen, dass er den Aschenbecher genommen und damit aus einem Wutanfall heraus zugeschlagen hatte. Aber seinen Vater aufzuhängen und vorher in aller Ruhe einen Henkersknoten zu knüpfen passte nicht zu ihm.

»Seit wann wussten Sie, dass Sie der Sohn eines Inzestpaares sind?«, fragte Niebuhr in zurückgenommen sachlichem Ton, um Lattinger nicht unnötig zu reizen. Der schoss einen giftigen Blick auf den Kommissar ab, hatte aber anscheinend die Absicht, sich in die Situation zu fügen.

»Der Sohn eines Inzestpaares … wie das klingt …«, brummte er mürrisch und schien in Gedanken zu verfallen.

»Beantworten Sie bitte die Frage, Herr Lattinger«, hakte Sina nach.

»Seit ich sechzehn war. Ich hab sie gehört, wie sie rumgemacht haben.«

»Das muss ein Schock für Sie gewesen sein …«

»Ja, das war es.«

»Und das haben Sie Ihrer Mutter nicht verziehen?«

Augenblicklich loderte wieder der Zorn in Lattingers Augen. »Kommen Sie mir nicht damit! Ich habe meine Strafen abgesessen. Und die Sache ist für mich gegessen, klar?«

»Haben Sie Ihren Vater nicht auch dafür gehasst, dass er Sie in die Welt gesetzt und doch zu einem Kind ohne Vater gemacht hat, von dessen Herkunft niemand erfahren durfte? Ein Kind, für das man sich schämen musste, obwohl es gar nichts dafür konnte?«

Das ging Lattinger offenbar zu weit. »So lass ich nicht mit mir reden! Was wollen Sie eigentlich von mir? Ich war in Bad Harzburg, als er ermordet wurde. Ich habe sein Scheißhotel nie betreten. Fragen Sie meine Kumpels!«

»Das haben wir gemacht. Sie sagen, Sie wären zwischendurch einfach abgehauen und hätten sich eine Weile nicht blicken lassen, so um neun Uhr herum, für etwa zwei Stunden«, stellte Niebuhr fest.

»Das ist doch Blödsinn. Ich hatte mich mit Fred gezofft. Er schuldet mir seit drei Monaten fünfzig Euro, ich kann es mir nicht leisten, so lange auf das Geld zu warten.«

»Und warum sind Sie abgehauen?«

»Weil es sonst Ärger gegeben hätte, und zwar richtigen!«

»Aber später sind Sie wieder aufgetaucht ...«

»Ja, Mann. Ich bin kurz nach Hause gefahren, aber da hab ich es nicht ausgehalten. Wir sind doch eine Clique ... da gibt es auch mal Zoff ...«

»Kann jemand bezeugen, dass Sie zu Hause waren?«

Lattinger überlegte ohne Ergebnis.

»Sie haben also kein Alibi«, stellte Niebuhr fest.

»Beweisen Sie mir erst mal das Gegenteil!«

Keilberth hatte Sinas Bericht aufmerksam zugehört.

»Für mich bleibt der Mann verdächtig. Lassen Sie den Dreck an seinem Motorrad, oder was es sonst noch gibt, analysieren!«

Der Kriminalrat war ins Siezen verfallen, wie üblich, wenn er einen Verantwortlichen suchte.

»Wir haben seine Fingerabdrücke gesichert. Da Johann Lattinger angeblich nie im Hotel seines Onkels beziehungsweise Vaters gewesen ist, dürften sich dort keinerlei Übereinstimmungen finden«, sagte Sina. »Wenn er die Wahrheit sagt, versteht sich.«

***

Sina war mittags nicht mit Niebuhr essen gegangen. Sie hatte keinen Appetit und wollte allein sein. Allmählich glaubte sie selbst nicht mehr daran, den Mörder von Ewald Lattinger in absehbarer Zeit dingfest zu machen. Und Keilberth, dieses Arschloch, tat nichts anderes, als sie und Jens herunterzumachen, wo sich die Gelegenheit bot. Nicht weniger verrückt machte es sie, dass Chao sich nicht meldete. Nach wie vor wurde sein Handyanschluss von einer knallharten Stimme bewacht, die: »The number you have called is temporarily not available«, skandierte. Aber vor allem war da noch Torsten …

Sina hatte das Bedürfnis, sich irgendwo zu verkriechen, und setzte sich in die fast leere »Pizzeria Milano« in der Nähe der Kirche im Zentrum von Clausthal.

»Geht es Ihnen gut, Signorina?«, fragte der Kellner, der mit einem strahlenden Lächeln an ihren Tisch gekommen war und sich augenblicklich in einen besorgten italienischen Arzt verwandelte.

»Danke, es geht gut. Ich hatte nur zwei miese Tage.«

Der Kellner musterte sie weiter und schien ihr nicht recht zu glauben. Sina bestellte schnell einen Cappuccino, um ihn loszuwerden.

Was sollte das Theater? Doch kaum hatte sie sich das gefragt, rebellierte auch schon ihr Magen. Sie schoss aus dem Stuhl, drängte sich zwischen den chromglänzenden Bistrotischen und -stühlen hindurch nach hinten in das winzige Damen-WC. Es blieb ihr gerade noch die Zeit, die Tür hinter sich abzuschließen und den Klodeckel hochzureißen …

Als sie zurückkam, wartete schon der heiße Cappuccino an ihrem Platz. Mit zitternden Knien setzte sie sich und war froh, dass sich die Stuhllehne so eng um ihre Hüften schloss, dass sie ihr Halt gab. Sie schob den Cappuccino ein Stückchen von sich, er roch zu stark. Ihr fehlte jede Energie, auch als sie merkte, dass der Kellner sie von der Theke aus unablässig beobachtete, schaffte sie kein Lächeln. Sie hatte ihr Gesicht über dem Waschbecken im Klo mit kaltem Wasser bespritzt und in den Spiegel gesehen. Sie wusste, wie sie aussah.

»Geht es besser, Signorina?«

»Danke, ja.«

Unbeteiligt schaute sie durch das Fenster auf die regennasse Straße, hörte den Stimmen der Passanten nach. Ihre Hände lagen kraftlos vor ihr auf dem Tisch. Sie wollte den Cappuccino trinken, konnte aber nicht.

Dann stellte sich unweigerlich wieder das Bild ein, das sie den Vormittag über zu verdrängen versucht hatte. Obwohl es ihr so vorkam, als hätte es diese Geschichte gar nicht gegeben oder sie wäre zumindest nicht ihr, sondern einer anderen Frau passiert.

Wie Torsten sie angestarrt hatte. Es musste in diesem Moment unfassbar für ihn gewesen sein, dass es seine eigene Mutter war, die ihm so etwas zutraute.

»Wie bist du denn drauf, Mum?«, hatte er schockiert gefragt.

Dann entstand eine Pause, in der sie sich nicht sicher war, ob er ihr nur etwas vormachen wollte. Aber sein Gesichtsausdruck veränderte sich, als schien allmählich das ganze Ausmaß ihres Vergehens in sein Bewusstsein zu sickern.

»Und was hattest du in meinem Zimmer zu suchen, spionierst du mir nach?«

Hatte sie sich getäuscht? Wie war das alles denn sonst zu erklären? Es war an der Zeit, ihren Verdacht endlich auszusprechen.

»Für mich sieht alles so aus, als ob Hasso und du ein Attentat auf eure Schule plant, und ich versuche, dich davon abzuhalten!«

Er war belustigt gewesen und gleichzeitig zutiefst erschrocken. Sina wagte jedoch immer noch nicht auszuschließen, dass sein Lachen ein falsches Lachen war, um sie in Sicherheit zu wiegen.

»Mum, wir haben ein Projekt, Hasso und ich, für Gesellschaftskunde! Wir sollen uns überlegen, wie es zu einem Amoklauf kommen kann und was in einem Menschen vorgeht, der so etwas vorhat. Das ist alles. Warum hast du mich nicht gefragt?«

Das sagte sich so leicht. Das war doch überhaupt das Problem! Wann konnte man mit Torsten schon reden?

»Und was ist mit deinem Tagebuch auf dem Rechner … und der Musik …?«

»Das sind die Gedanken, die mir dazu eingefallen sind. Ich bin der Meinung, so kann einer gedacht haben, bevor er seine Schule oder die Klasse in die Luft jagt. Die Musik hat damit nichts zu tun, ich finde sie einfach nur cool.«

Sie staunte ihn an, hatte keine Worte. Sie spürte Erleichterung, aber so schnell ging das alles nicht in ihren Kopf hinein.

»Aber dass du in meinem Computer spionierst, finde ich absolut uncool!«

Das Wort »uncool« beschrieb die Enttäuschung nicht annähernd, die sich auf seinem Gesicht abzeichnete. Er schoss von seinem Platz hoch. Sie hielt ihn an den Armen fest, wollte sich entschuldigen, ihn küssen oder streicheln, irgendetwas, doch er riss sich los und verschwand türknallend unter dem Dach.

War es nicht Chao, der ihr geraten hatte, das Risiko einzugehen, sich mit Torsten auszusprechen? Jetzt hatte sich das Risiko gegen sie gewendet: Ihren Sohn hatte sie verloren und den klugen Ratgeber offenbar auch.

Über eine Stunde hatte Sina wie eine Sphinx auf dem harten Chromstuhl verbracht und durch das Fenster der Pizzeria auf die Straße gestarrt, hatte die Gedanken, die ihr durch den Kopf gingen, nicht verdrängt, sondern sie akzeptiert und zu Ende gedacht. Dabei hatte sie versucht, ihre Emotionen möglichst herauszuhalten, mit dem Erfolg, dass nach einer Zeit wieder einigermaßen Klarheit in ihrem Kopf herrschte.

Sie musste in allem noch einmal von vorn anfangen. Für ihren Fall bedeutete das: Die erste Station war wieder das Hotel, in dem es keine Gäste gab, sondern nur ein Hausgespenst namens Sieglinde Lattinger. Die Witwe hatte nicht alles gesagt, da war sich Sina mit Niebuhr einig, aber sie kamen nicht weiter an sie heran. Was, wenn die Hotelchefin die Polizei ausgetrickst hatte, indem sie die herzzerreißende Geschichte von der betrogenen Ehefrau und Mutter nur deshalb so übertrieben inszenierte, um von etwas abzulenken, das für den Fall wirklich wichtig war?

Zwanzig Minuten später erreichte Sina den oberen Parkplatz unmittelbar vor dem Eingang des Hotels. Sie stieg nicht gleich aus, kramte erst in ihrer Jackentasche nach einem Kaugummi, um den ekligen Geschmack im Mund loszuwerden.

Sie mussten die Teile des Puzzles so lange drehen und wenden, bis sie passten. Das Problem war, dass noch so viele Teile fehlten. Lattingers Mansarde, in der sich der Mord abgespielt hatte, und das »Heimatstübchen« hatten sie zum Glück noch nicht freigegeben. Sina hatte darauf bestanden. Da passte es gut, dass die Räumlichkeiten für den Hotelbetrieb nicht gebraucht wurden.

Sina wusste zwar nicht im Geringsten, was sie dort noch suchen sollte, aber das schloss nicht aus, dass sie etwas finden würde.

Die bisherigen Ergebnisse ließen sich auf einen Nenner bringen: Am Tatort hatten sie schon anfangs festgestellt, dass es verblüffend wenige Spuren, vor allem keine Vergleichsmöglichkeiten gab. Auffälligkeiten in den Geschäftspapieren hatten sie auch nicht gefunden. Im »Heimatstübchen« lag wiederum ein Haufen alter Krempel, der schon seit Jahren von niemandem angefasst worden war. Bis auf ein Seil, das der Täter, ohne Fingerabdrücke und Fußspuren zu hinterlassen, hieraus entwendet hatte, um das Opfer im Flur des Hauses aufzuknüpfen, das hatte die Technik unterdessen herausgefunden. Was zum Teufel hatten sie übersehen?

Diesmal war der obere Hotelparkplatz nicht vollkommen leer. Vor den Garagen stand ein Wagen, ein Mercedes metallic mit getönten Scheiben, Modell Geldschrank auf vier Rädern. Eine Größenordnung, die im Oberharz selten auftauchte. Sina zog den Schlüssel ab und stieg in dem Moment aus, als sich die Drehtür des Hotels in Bewegung setzte. Sieglinde Lattinger, in lebhaftem Gespräch, begleitete zwei Männer in dunkelgrauen Anzügen und weißen Hemden – der eine mit einer verwegen pinkfarbenen Krawatte – zu dem Mercedes und winkte ihnen noch zu, als sie gemächlich von dannen rollten.

»Sie schon wieder! Ich sage nichts mehr, das war doch deutlich, oder?«

»Schon gut. Ich frage auch nichts, zumindest heute nicht«, antwortete Sina, »aber den Zutritt zum Tatort wollen Sie mir doch nicht verwehren?«

Sieglinde Lattinger sah sie giftig an. »Wenn es sein muss«, raunzte sie, »kommen Sie!«

In der Lobby war es kalt, und die Musik spielte nicht. Das Haus verlor allmählich seine Seele.

»Es wird nicht lange dauern«, sagte Sina, um Sieglinde Lattinger zu besänftigen, aber natürlich würde sie sich so viel Zeit nehmen, wie sie brauchte.

Sie nahm zwei Stufen auf einmal und blieb vor der Tür stehen, über der in handgemalten Buchstaben »Heimatstübchen« stand. Unweigerlich musste Sina grinsen. Sie sah den chinesischen Bayern vor sich, mit dem größten Pinsel aller Zeiten auf dem Kopf. Aber sie konnte jetzt den alten Lattinger besser verstehen. Er hatte eben auch so an seiner Heimat gehangen, mit Haut und Haar, und sie geliebt.

Sie löste das Polizeisiegel und drückte die Klinke. Erneut schlug ihr der abgestandene Geruch entgegen, der sie beim ersten Mal so schnell wieder hinausgetrieben hatte.

Sie knipste das Licht an. Ein Abstellraum für Erinnerungen, nichts weiter. Was sollte sie hier noch finden? Sie riss sich zusammen und zwang sich, Interesse für das Modell der Marktkirche aufzubringen. Laubsägearbeit, offenbar bis ins kleinste

Detail genau. Das musste ein Freak in Hunderten, wenn nicht Tausenden von Arbeitsstunden gebastelt haben, zweifellos beeindruckend, aber wozu? Damit es hier verrottete? Beinahe hätte sie sich auf den mottenzerfressenen Fuchs gesetzt, dessen Reißzähne immer noch scharf waren. Von all diesen Dingen hatte sich Lattinger senior nie getrennt.

Bevor Sina eine der Vitrinen öffnete, um sich die kleine Münzsammlung näher anzuschauen, zwängte sie ihre Hände in Latexhandschuhe. Erst dann nahm sie den Ausbeutetaler aus reinem Silber in die Hand, las die Beschriftung, wann und wo er geschlagen worden war. Interessierte sich für die Erläuterungen über die früher weithin berühmte Zellerfelder Münze, die jetzt ein Glasmuseum war. Daneben stand ein Schautisch mit Kupferstichen aus alten Zeiten. Abbildungen der Bergleute und ihrer beschwerlichen Arbeit. Ihr fiel wieder Chaos Spruch ein: Wer nicht versucht, die Vergangenheit zu verstehen, versteht die Gegenwart schon gar nicht, oder so ähnlich.

Sie öffnete die nächste Vitrine. Auf einem vergilbten Papierbogen mit Stockflecken war der Querschnitt eines Schachtes mit den Arbeitsabläufen der Bergleute abgebildet. Alles bis aufs Kleinste ausgeführt. Bevor sie in der Lage waren, das Erz zu schießen, schlugen es die Bergmänner allein mit Eisen und Schlägel aus den Gängen. Im Mittelalter waren die Männer durchschnittlich mit fünfunddreißig Jahren verbraucht und starben, stand da in einer kantigen Handschrift zu lesen, die Sina als die Ewald Lattingers identifizierte.

Kaum traute sie sich, das uralte Papier anzufassen. Wahrscheinlich würde es unter der Berührung ihrer Finger zerbröseln. Aber die Neugierde hatte sie gepackt, und als sie den Bogen in den Händen hielt, entdeckte sie darunter etwas, das noch weitaus interessanter war.

Unter dem Querschnitt des Erzschachtes lagen Handschriften. Das erste Blatt, das Sina vorsichtig hochhob und zu entziffern versuchte, schien der Bericht eines Verhörs zu sein, das in Clausthal stattgefunden hatte – im Jahr 1738. Den Schreiber, offenbar ein Bergmann, presste ein gnadenloser Richter aus, der ihn zum Verrat seiner Genossen zwingen wollte. Die verschnörkelte, teilweise stark verblasste Schrift war signiert mit J.L.

Der zweite Eintrag schien von demselben Mann zu sein:

Oh Du grundgütiger, alles wissender und verstehender Vater im Himmel,

Deinen Kindern im Harze hast Du ein schweres Leben geschenkt, für das wir Dir dennoch von Herzen dankbar sind. Nie würde Dein Dir ergebener Sohn sich wagen, Deiner zu freveln oder sich gar von Dir abzuwenden. Vielmehr betet er jeden Tag, daß Du, Allmächtiger, ihn erhörst und ihm Linderung sendest.

Nun ist mir die Suse, mein treusorgendes Weib, in Dein Reich vorausgegangen, und ich bin allein mit den vier Blagen. Die Älteste, die Doris, ist ein braves Mädchen und wäscht und putzt. Sie kümmert sich um die Kleinen und erzählt ihnen manch heitere Mär, um ihnen Mut zu machen. Kochen kann sie auch, aber es gibt nichts zu kochen. Es gibt nur trocken Brot und Mehlsuppe. Dafür danken wir Dir, oh Herr! Doch wäre zu loben hier und da ein Stück Speck, von einem deftigen Braunkohl will ich gar schweigen. Kaum daß mir nach den Kosten der Wohnung noch ein Groschen bleibt, um alle Münder zu stopfen. Die Schuhe haben Löcher, die Hosen liegen in Fetzen, unsere Bettstatt ist ein Bündel Stroh, und im Raume stinkt es nach Stall.

Oh Du mein Prüfer, der Du mein Schicksal in Händen hältst, ich danke Dir, daß Du Deinen Sohn nicht im Stiche läßt. Ich kenne die Gebote, die Du uns allen auferlegt hast, um am Ende der Mühsal Dein Reich zu schauen. Glaube mir, ich habe mich immer nach ihnen gerichtet, so gut ich konnte. Doch nun spüre ich, wie mein Arm erlahmt, und nur Du weißt, wie lange er noch die Kraft hat, das Erz zu bergen, wie lange die Beine meinen Leib, den es des Morgens vor Krämpfen schüttelt, noch zur Arbeit tragen.

Ich weiß, oh Herr, es sind viele, die Du prüfst. Viele schleppen sich von Tür zu Tür und betteln um Brot. Und die hohen Her-

ren bestimmen, wann sie es dürfen, wann sie durch die Straßen ziehen und um ihr Leben flehen dürfen.

Ich will Dir davon berichten, der Du der Quell der Gerechtigkeit bist. Die Armenkassen sind leer, und die hohen Herren, deren irdischer Reichtum Legenden nährt, vertrösten uns mit falschen Worten. Gar drohen sie, uns ins Loch zu werfen, wenn wir uns gegen das Leid erheben.

Bevor meine letzten Kräfte schwinden, oh Herr, und ich vor Dein Antlitz trete, werde ich jedoch für meine Kinder sorgen, daß allezeit, wenn eine Not sie überkommt, ein gutes Stück Geldes sie vor dem Ärgsten schützt. Bitte verzeih mir, oh Herr, ich weiß, es ist nicht Recht, was ich tue, und ich bin bereit, dafür zu büßen, aber bitte verstehe Deinen unwürdigen Sohn.

Draußen, nach Wildemann hin, hat dem Peters das Erz aus einem längst vergessenen Stollen entgegengeleuchtet. Er hat's mir erzählt, und der Feldkamp von der Schmelzhütte und der Hartmann von der Münze wissen es auch. Wir werden den Schatz heben, aber ohne das Bergamt, ohne die hohen Herren. Mit dem heutigen Tage sind wir der Bund der Vier.

Unter Deinen Augen, oh Herr, schwören wir, den Schatz nur anzurühren, wenn die Kraft des Armes einer unserer Brüder nachläßt oder der Tod die Familien zu früh auseinanderzureißen droht. Aber nie werden wir die Beute verschwenden oder etwa mit ihr vor anderen prahlen, soll sie uns doch nur in Zeiten des Elends und Hungers beistehen.

Das, auf unsere Ehre, schwören wir Dir.

Dieses aufgeschrieben von Deinem Sohn J.L., der allein des geschriebenen Wortes mächtig in diesem Bunde, am 14. Augustus im Jahre des Herrn 1741

Sinas Neugierde war geweckt. Sie blätterte weiter, auch wenn sie diese »Histörchen« zuerst nicht wirklich ernst nahm. Doch bei genauem Hinsehen fiel ihr auf, dass seit 1741 alle fünfzehn bis zwanzig Jahre ein Brief geschrieben worden war, der einem Testament gleichkam und vom Vater auf den Sohn überging.

Die Gesamtheit der Briefe ergab die Geschichte einer Familie und ihres Geheimnisses, das sie von Generation zu Generation weitergab, einer Familie mit dem Namen L. …

Karl, mein ältester Sohn,

Du wirst diese Zeilen lesen, wenn ich nicht mehr pfeifeschmauchend auf der Holzbank vor dem Haus sitze, um mir das Gesicht von der Nachmittagssonne wärmen zu lassen. Ich werde dann in der kalten Grube liegen und hoffen, daß ich mich auf Dich verlassen kann.

Wir haben brav unsere Arbeit gemacht und nicht viel geredet, Du und ich. Das eint uns. Aber wichtiger ist, daß wir uns vertraut haben. So baue ich auf dieses Vertrauen zwischen uns, wenn ich nach meinem Tod das Wort in allem Ernst an Dich richte:

Du erinnerst Dich, wie es war, als die Flammen uns alles nahmen, wie im Jahre 44 Clausthal ein Opfer der Flammen wurde, wir in sengender Hitze schreiend und hilflos zusehen mußten, wie das Höllenfeuer ganze Straßenzüge verschlang und unser Haus vor unseren Augen zu Asche zerfiel. Nur mit Glück konnte ich die Dokumente in letzter Minute erretten, die nun in Deiner Hand ruhen.

Du wirst Dich vielleicht auch erinnern, daß unser Leid kürzer war, als es manch anderem widerfahren ist. Ich will Dir sagen, daß wir deshalb nicht untergingen, weil wir Freunde hatten und uns eine Summe Geldes zur Verfügung stand, die wir dem Fleiß und der Umsicht unserer Vorväter zu verdanken haben. Dieser Schutz vor der Unbill des Lebens, der wir im Oberharz insbesondere ausgesetzt sind und immer sein werden, hat uns seit Generationen gesichert und zu neuem Fleiß angespornt. Dabei steht es Dir und mir nicht zu, unsere Vorväter zu richten, denn auch Du wirst später nicht gerichtet werden. Also stehe zum Erbe deiner Väter und verrate es nicht.

Nur Gott ist Zeuge, daß Du nun meine Nachfolge antrittst und mit den anderen Mitgliedern des Bundes in schweigender Übereinkunft bei Leid und Not die Kasse angreifst. Und das nur, um den Untergang Deiner Familie zu verhindern, nicht aus selbstsüchtigen Zwecken.

Jetzt, wo ich tot bin, wirst Du an meinem Grab vor Gott und Deinen Vorvätern schwören, daß Du zum eigenen Wohl, aber auch zum Wohl künftiger Generationen haushaltest und den Notgroschen zu vermehren suchst.

Wie Du weißt, ist dein Oheim, mein Bruder Eugen, mit der großen Expedition nach Texas ausgewandert. Er wird wohl nie wieder zum Harze stoßen. Ja, er hat seine Heimat verraten, aber ich habe ihm eine kleine Summe anvertraut, weil er unserem Bunde stets treu diente und sich selbstlos einsetzte.

Jedoch soll jeder, der zukünftig die Heimat verläßt und die Arbeit von Generationen verrät, leer ausgehen und nicht mehr unserem Bunde angehören, das habe ich mit den anderen geklärt, und sie werden es ihren Söhnen hinterbringen, wenn der Zeitpunkt dafür gekommen ist.

Der aber, der sich unehrlich des Geldes bedient, das wir mit viel Mühe zusammengetragen haben, soll hängen wie ein Verräter.

Dein Vater Josef L., den 24. April des Jahres 1863

Ungeduldig flog Sina von Brief zu Brief. Am Ende wagte sie kaum zu atmen. Die Hinweise verdichteten sich, in der Ahnengalerie fehlte nur noch einer.

Lieber Ewald,

sicher wunderst Du Dich, von mir einen Brief zu erhalten. Jetzt, wo ich den Stift kaum noch halten kann, tut es mir leid, daß ich nicht früher mit dir gesprochen habe, von Mensch zu Mensch oder besser von Vater zu Sohn. Ich weiß, daß ich es nur noch schlimmer mache, indem ich Dir keine Gelegenheit gebe, mir auf diesen Brief zu antworten und mir Deine Meinung zu sagen.

Doch ich habe einen wichtigen Grund, Dir noch kurz bevor ich endgültig abhaue, ein paar Erklärungen zu hinterlassen, die unter uns bleiben müssen. Ich weiß, daß Du einen starken Charakter hast und dieses Geheimnis bei dir gut aufgehoben ist, auch wenn ich Dir damit nachträglich Arbeit aufhalse.

Ich bin kein guter Vater gewesen. Ich war meistens ungeduldig mit Dir und Deiner Schwester Christine und habe mich schuldig gemacht. In den vielen Wochen, die ich jetzt hier schon im Krankenhaus liege, habe ich das eingesehen. Zu spät, wirst Du sagen. Ja, zu spät!

Aber tröste Dich, es wird ein anderer mit mir abrechnen: der im Himmel. Ich habe wieder gelernt, an ihn zu glauben, obwohl mir der Glaube mehr als einmal im Leben abhanden gekommen ist. Aber auch wenn es einen Gott gibt, habe ich keine Angst vor ihm und erst recht nicht vor dem Tod. Ich weiß, wie es ist, zu sterben. Ich bin schon viele Male gestorben. Das erste Mal, als ich 14/18 neben den Leichen der Kameraden im Dreck lag und minutenlang dachte, daß ich auch tot bin. Das zweite Mal, als gut zwanzig Jahre später Granaten neben mir einschlugen und die Splitter aus meinem Rücken eine blutige Wüste machten. Das dritte Mal bin ich gestorben, als ich nach all dem Elend wieder in den Harz kam und der Bergbau am Ende war. Was sollte ich als gelernter Bergmann jetzt arbeiten?

Immerhin hatte ich eine Familie, eine Frau und zwei Kinder, die ich ernähren mußte. Dich und Christine und eure Mutter, der ich dankbar bin, daß sie mich aufrecht gehalten hat, sonst hätte ich mir eine Kugel gesetzt, und es wäre erledigt gewesen.

Doch zu Dir! Die Papiere, die Du in dem Schließfach findest, sind die Hinterlassenschaft einer langen Reihe besorgter Familienväter, die ihre Existenz sichern wollten. Zugegeben mit nicht immer sauberen Mitteln. Aber es ist trotzdem ein ehrenvoller Verein, wie ich finde. In den Kriegen ist uns der Notgroschen ausgegangen, und wir haben angenommen, daß der Bund der Vier und die Kasse für schwere Zeiten endgültig Geschichte sind.

Aber nach dem Krieg, als ich weder aus noch ein wußte, bekam ich völlig unerwartet Post aus Texas. Einer unserer Nachfahren aus Übersee war reich geworden und hat aus Solidarität – auch wenn wir den Krieg angezettelt und mit Recht verloren hätten, so schrieb er – eine beachtliche Summe Dollars geschickt. Ich habe mir davon die Ferienpension kaufen können, die uns über Wasser gehalten hat. Die Übrigen aus dem ehemaligen Bund der Vier, die hier noch leben, habe ich vertröstet, aber es steht ihnen noch ihr Anteil zu. Sie wissen das, und ich habe ihnen versprochen, daß ich sie auszahle.

Doch jetzt fehlt mir dazu die Zeit, und ich überlasse Dir diese Aufgabe, Ewald.

Du bist ein starker Mann. Ich wünsche Dir, daß Du Dein Leben besser erledigst als ich.

Dein Vater, Hermann L. 11.04.1965

***

Eine Spur von Begeisterung klang in Sinas Stimme mit, als Niebuhr ans Telefon ging.

»Hier liegt etwas, Jens, direkt vor unserer Nase, das wir bei den Ermittlungen bisher übersehen haben.«

»Erstens was und zweitens wo?«, kam es ungläubig zurück.

»Ein Haufen alter Briefe im ›Heimatstübchen‹ von Lattingers Hotel.«

»Wieso alte Briefe? Vielleicht geht's etwas genauer?«

Offenbar hatte sich Niebuhr mit der Schlechte-Laune-Krankheit von Keilberth infiziert.

»Die Annalen der Familie Lattinger. Ich kann nur sagen: sehr aufschlussreich ...«

Sina hatte keine Lust, sich das Geraunze von Niebuhr weiter anzuhören, und drückte den Kollegen einfach weg. Vor ihren Augen schwirrten Bilder von katastrophalen Bränden, martialischen Kriegen und Folterungen. Szenen aus dem Leben der Bergarbeiter, die, schutzlos den schlagenden Wettern unter Tage ausgesetzt, ums tägliche Überleben kämpften.

Sie sank auf einen Stuhl und versuchte, sich zu konzentrieren.

Offenbar wussten immer nur die ältesten Söhne von dem Geld, das der Bund der Vier und seine Angehörigen – voran die Familie Lattinger – seit Generationen illegal organisiert und gehortet hatte. Das Vermögen wurde nur dann angegriffen, wenn die Familien durch Alter oder Krankheit in Not geraten waren oder ein Schicksalsschlag sie getroffen hatte.

Von dem streng gehüteten Geheimnis erfuhren die Nachfahren so spät wie möglich, wahrscheinlich um den Kreis der Mitwisser klein zu halten. So hatte der Bund eine halbe Ewigkeit überdauert, allein vom Ehrgefühl und einigen wenigen strengen Regeln zusammengehalten.

Am Ende erhielt Ewald Lattinger unerwartet ein kleines Vermögen aus Texas zu treuen Händen, das vermutlich von den Nachfahren des ausgewanderten Eugen Lattinger einige Generationen davor stammte.

Jetzt kam es darauf an, die richtigen Fragen zu stellen. Die erste Frage, die sich aufdrängte, war: Wo ist das Geld aus Texas geblieben? Die zweite war: Wie viele Mitglieder des Bundes leben noch? Hatte Ewald dem Wunsch seines Vaters Hermann entsprochen und den Rest des Geldes an die verbliebenen Mitglieder ausgezahlt?

Wahrscheinlich war allerdings, dass er das Geld den anderen vorenthalten und für sich verwendet hatte. Und jemand hatte sich das nicht gefallen lassen. Denn es sah verdammt danach aus, dass Ewald Lattinger als Verräter im Treppenhaus seines Hotels aufgeknüpft worden war.

Nur Mitglieder, die im Oberharz lebten, hatten Anspruch auf das Geld aus der Notkasse, so stand es in einem der Briefe. Das schränkte den Kreis der Mordverdächtigen einigermaßen ein.

Doch es gab noch andere Fragen. Hatte Ewald Lattinger vor seinem Tod einen Nachfolger erkoren, der ihm in der Ahnenreihe des Bundes folgen würde? Wenn ja, wen? Von seinen Söhnen hielt er herzlich wenig, das hatte sich bei den Befragungen von Christian und Uwe unzweifelhaft herausgestellt. Vielleicht war der alte Lattinger gar nicht mehr dazu gekommen, den Brief an seinen Nachfolger im Geheimbund zu schreiben, oder es wollte ihn jemand daran hindern?

Niebuhr! Sie brauchte jetzt Niebuhr. Das Sondieren lief einfach besser zu zweit. Was der eine übersah, konnte der andere richten. Ohne auf das Display zu gucken, drückte Sina seine Nummer aus der Anrufliste und wartete.

Es meldete sich eine Frauenstimme.

Verwählt. Sina schaute auf das Display. Es war Chaos Nummer.

Ihr blieben die Worte im Hals stecken. Wie eine erschrockene Muschel klappte das Handy zu.

Es fühlte sich an wie ein Nadelstich ins Herz. Doch sie verbot sich krampfhaft, an dieser Stelle weiterzudenken. Jetzt war der falsche Moment, sich mit ihrer Liebschaft herumzuschlagen. Endlich hatte sie einen Weg gefunden, der sie der Lösung des Falles näher brachte.

Niebuhr schaffte es in Rekordzeit, im Hotel aufzukreuzen. Zuerst rümpfte er demonstrativ die Nase, als er den Raum betrat. Dann fragte er, immer noch leicht atemlos, mit der üblichen Ironie: »Was hat die Schatzsucherin denn Aufregendes entdeckt?«

Ohne Worte überreichte sie ihm den Stapel Briefe. Der leicht spöttische Ausdruck auf Niebuhrs Gesicht verflog, als er sich eingelesen hatte. Ihn schien – wie Sina noch vor einer guten halben Stunde – die Faszination gepackt zu haben.

»Unglaublich«, murmelte er immer wieder, während er die Papiere durchging. Dann schaute er kurz auf und sah sich noch einmal um. »Der ganze Krempel hier scheint nur Tarnung zu sein für das eigentlich Wertvolle: die Briefe.«

»Wenigstens haben wir jetzt einen konkreten Anhaltspunkt«, stellte Sina trocken fest, selbst davon überrascht, dass bei ihr der anfängliche Enthusiasmus schon aufgebraucht war. Schließlich konnten sie jetzt endlich etwas vorweisen und fischten nicht mehr im Trüben.

»Wieder das Übliche: das liebe Geld …« Niebuhr stieß einen Seufzer aus. »Wir müssen abchecken, wer von dem Geld aus Übersee alles gewusst hat …«

»… und wo es letztlich gelandet ist.«

Niebuhr schritt nachdenklich auf und ab, und Sina verfolgte jede seiner Bewegungen. Vor einem ausgestopften Bussard blieb er stehen. Er trug wieder seine Cowboystiefel, die Sina so affig fand.

»Ganz so einfach wird es nicht werden. Zuerst müssen wir die Existenz des Geldes nachweisen. Da wird uns der Packen Altpapier nicht großartig helfen, den die Familie Lattinger im Laufe der Zeit angesammelt hat. Das Geld taucht in den Geschäftspapieren nicht auf. Die Kriminaltechnik hat jedenfalls keine Unterlagen diesbezüglich sicherstellen können: keine Überweisungen von größeren Summen, keine dubiosen Geldtransfers und so weiter«, führte Niebuhr aus, aber das wusste Sina selbst.

»Und wenn ich jede Buchungsbestätigung einzeln überprüfen muss, wir werden das Geld finden«, war ihre Antwort.

Wenn das verbissen klang, dann nicht von ungefähr. Mit einem leisen Stöhnen erhob sie sich von ihrem Stuhl. Müde war nicht der passende Ausdruck für ihren Zustand, sie empfand ihn eher als unbeschreiblich.

***

Die warme Flut prasselte in ihr Gesicht. Sina würde diese Fläche aus neunzig mal neunzig Zentimetern, eingerahmt von Fliesen in imitiertem Marmor und zwei milchigen Plastikwänden, nicht vorher verlassen, bis sie alles von sich abgewaschen hatte. Alles, nicht nur den Schweiß und den Geruch von Erbrochenem.

Sie bewegte den Chromhebel tastend auf die rote Seite, bis das Wasser genau den Hitzegrad erreicht hatte, der bei ihr ein Gefühl zwischen Schmerz und Wohlbehagen auslöste. Langsam begann sie sich um sich selbst zu drehen wie die Figur auf einer Spieldose.

Sina war der Abstand abhandengekommen, wie eine Verliererin kam sie sich vor. Ihr Stolz bröckelte weg wie eine marode Hauswand. Sie musste sich eingestehen, dass sie kurz davor stand, Chao hinterherzutelefonieren, obwohl der vielleicht längst nichts mehr von ihr wissen wollte, und Torsten auf Knien anzuflehen, sich wieder mit ihr zu vertragen.

Ihr einziger Trost war, dass der Mordfall ins Rollen kam. Obwohl ihr klar war, dass diese Briefe, so aussagestark sie ihr auf den ersten Blick erschienen waren, kein belastbares Beweismaterial darstellten. Sie konnten höchstens zu Spekulationen Anlass geben, aber nicht mehr. Wenn wirklich Geld geflossen war, dann gab es bisher keinerlei Hinweise darauf. Höchstens vage Andeutungen. Etwa von Christine Lattinger, die sich wunderte, dass sich ihr Vater die Pension hatte kaufen können, wo die Familie zu dem Zeitpunkt doch völlig verarmt gewesen war, und die Aussage von Sieglinde Lattinger, die sich nicht erklären konnte, wie Ewald es geschafft hatte, das Geld für den Hotelbau aufzutreiben. Außerdem gehörte der »Oberharzer Hof« zu den wenigen einheimischen Herbergen, an denen das Hotelsterben anscheinend ohne tiefgreifende Spuren vorübergegangen war. Fragte sich, ob das alles mit sauberen Mitteln möglich gewesen war.

Der Einzige, der hier Licht ins Dunkel hätte bringen können, war Ewald Lattinger selbst, der das aus naheliegenden Gründen nicht mehr konnte.

Doch möglicherweise war die Spur im Hotel noch nicht kalt: Wenn Lattinger senior das Geld aus Texas für seine Zwecke verwendet hatte, musste es irgendwie in den Geschäftskreislauf des Hotels eingeschleust worden sein. Das war jedenfalls das klassische Prinzip der Geldwäsche. Und es war Pflicht, Geschäftsunterlagen mindestens zehn Jahre lang aufzubewahren. Vielleicht gab es noch ältere Unterlagen. Die Wahrscheinlichkeit, etwas zu finden, war zwar gering, aber sie bestand.

Sina stellte das Wasser ab, öffnete die Schiebetüren der Dusche und machte einen weiten Schritt, um nicht mit nackten Füßen den kalten Fliesenboden zu berühren. Dabei wäre sie fast ausgerutscht und musste erst recht auf die kalten Fliesen, bevor sie den Frotteevorleger erreichte.

Nichts rührte sich im Haus. Torsten war ausgeflogen. Sina seufzte. Mit achtzehn wäre er dann ganz verschwunden. Zum

Abschied läge ein Brief auf dem Küchentisch: »Bin ausgezogen. Bis dann. Torsten«.

Der Traum von einem Kind war nur kurz gewesen. Sie hatte ein paar Jahre einen Jungen gehabt, das war lange her, dem hatte sie jeden Abend Geschichten erzählt. Sie griff nach dem Handtuch und wischte sich Tränen und Duschwasser aus dem Gesicht. Dann blies sie mit dem Föhn warme Luft in ihre Haare, bis sie leicht und weich wie Federn waren.

Sie hatte die Hoffnung gehabt, dass sie in ihrem Leben das Ruder noch einmal herumreißen könnte. Aber es sah wohl eher so aus, als dass daraus nichts mehr würde.

Nachdem sie sich ihren alten Jogginganzug übergezogen hatte, stellte sie die Sachen mit dem gewissen Tröstungsfaktor, die sie im Supermarkt erstanden hatte, vor sich auf den Wohnzimmertisch. Krebsschwänze, viel zu fett, aber verdammt lecker, zwei Sahnejoghurts mit Heidelbeeren, einen dicken Hefezopf, übersät mit Zuckergranulat, wie sie ihn liebte. Zum Runterspülen eine Flasche französischen Rotwein, den sie sich etwas hatte kosten lassen.

Sie holte sich eines der besseren Weingläser aus dem Schrank – ein geschliffenes Kristallglas aus Böhmen –, die ihr die Eltern unter anderem zur Hochzeit geschenkt hatten.

Seufzend ließ sie sich auf die Couch fallen, goss sich ein und trank einen Schluck. Dann griff sie zum Telefon, aus Sehnsucht nach dem Klang einer Stimme, die sie lange nicht gehört hatte.

»Kramer!«

Er war es. Sie hatte gehofft, dass *er* und nicht ihre Mutter an den Hörer gehen würde.

»Hallo, Paps.«

Augenblicklich war sie wieder das kleine Mädchen, das sich beim Vater einschmeichelte, weil es die Mathearbeit verpatzt hatte, der Teenager, der ihn anflehte, samstags nicht schon um zehn zu Hause sein zu müssen, die junge Frau, die ihm gestand, dass sie in den Polizeidienst wollte, und der in seiner humorvollen Art nur: »Au weh!« darauf geantwortet hatte.

»Was gibt's, Mädchen?«

Sie liebte ihn, und er liebte sie. Und doch telefonierten sie nur selten. Und er wusste genau, dass sie immer nur dann anrief, wenn etwas im Argen lag. So wie damals, als kein Weg mehr an der Scheidung von Bernie vorbeiging und er versucht hatte, sie am Telefon wieder aufzubauen. Nicht besonders originell, sogar mit ziemlich banalen Sprüchen, aber sie hatten gewirkt. Er war eben ein guter Tröster, ihr Paps. Obwohl es immer Sinas Ehrgeiz gewesen war, ihm zu zeigen, dass sie ihr Leben im Griff hatte.

Ihre Mutter war ganz anders. Wenn etwas schieflief, machte sie alles noch schlimmer. Meistens hatte sie es längst kommen sehen und fühlte sich in ihrer Meinung bestätigt, die mehr oder weniger in der Einsicht endete, dass das Leben ein Jammertal sei. Dabei steckte das Jammertal hauptsächlich in ihr selbst. Deshalb hatte Sina nur selten Lust, Dinge mit ihr zu bereden. Sie bekamen dann unweigerlich etwas unerträglich Schweres.

»Alles in Ordnung, Paps. Ich wollte mich nur mal bei euch melden.«

Er schwieg ungläubig.

»Was macht Torsten?«, fragte er dann.

»Wir verstehen uns im Moment nicht so gut«, antwortete sie so lässig wie möglich, als sei das alles ein Kinderspiel. Sie war froh, dass er sie jetzt nicht sehen konnte. Er hätte sofort gemerkt, dass sie log. Aber wem konnte sie denn erzählen, dass sie sich wie eine hysterische Ziege aufgeführt und ihren Sohn verdächtigt hatte, einen Amoklauf zu planen? Das würde selbst ihren verständnisvollen Paps aus den Schuhen werfen.

»Mit sechzehn wollen Jungs ihre Ruhe haben, vor allem vor den Eltern. Hat er eine Freundin?«, fragte er.

Sina lächelte mild. So war er immer gewesen, neugierig, und er mischte sich gerne ein. Streckenweise hatte sie das an ihm gehasst. Er ließ nicht locker, bis er alles wusste, und hielt nie mit seiner Meinung zurück, auch wenn die nicht gefragt war. Als Teen war ihr das öfter hart angekommen.

»Ich glaube nicht, Paps.«

»Wenn Jungs erst eine feste Freundin haben, werden sie friedlicher. Dann fühlen sie sich in ihrer Männlichkeit bestätigt, verstehst du? Dann öffnen sie sich wieder ... Und wie sieht es bei dir aus?«

Sie konnte ihm unmöglich von Chao erzählen, der war doch schon fast wieder raus aus ihrem Leben. Oder etwa nicht?

»Was hältst du eigentlich davon, wenn eine Frau einen zwanzig Jahre jüngeren Freund hat?«

»Wieso nicht. Junge Männer haben mehr Power im Bett. So ist das nun mal. Aber ihnen fehlt oft in anderen Dingen die Übersicht. Das muss dann die Frau ausgleichen, wenn es klappen soll. Was macht er denn?«

»Er ist Kaufmann ...«

»Aha, und was verkauft er?«

Sie antwortete nicht. Er würde es von selbst merken, dass er wieder nervte. Er hatte ja dazugelernt, wie er einmal behauptet hatte.

»Ich will dich nicht löchern, Sina-Maus. Aber pass auf dich auf!«

Dann kamen die unvermeidlichen Dinge zur Sprache, dass so ein Haus viel zu viel Arbeit mache, besonders der Garten, der jetzt im Frühjahr wieder seinen ganzen Einsatz verlange. Dass er sich nun endlich von seinem alten Ford trennen würde und sich nicht sicher sei, ob er überhaupt noch einmal einen neuen Wagen anschaffen solle. Der neueste Klatsch über die Nachbarn und der Berlin-Kommentar, was die Regierung alles falsch machte.

Am Ende versprach Sina, wieder anzurufen. Natürlich würde sie ihre alten Eltern bald in Düsseldorf besuchen. Sie könnten auch wieder einmal gemeinsam Weihnachten verbringen.

Als sie den Hörer auflegte, kroch ein wehmütiges Gefühl in ihr hoch.

***

Ich frage mich, was ich machen soll, wenn es so weit ist. Wenn sie mich wie einen Dachs im Bau aufgespürt haben und mich abführen und einsperren wollen. Doro weiß von allem nichts. Und ich lasse die Tage vergehen und denke an früher, als es uns noch besser ging. Ich drehe wie immer bei jedem Wetter meine Runden mit Robi, auch wenn meine Gelenke wegen der verdammten Arthrose schmerzen, meine Hände rissig sind und ich den Hund kaum halten kann. Nur wenn ich mir Handschuhe überziehe, ist es erträglich.

Aber Robi ist uns wenigstens treu geblieben im Gegensatz zu Evamarie, die einfach nach Hamburg abgehauen ist. »Lasst mich mit eurer Pension in Ruhe. Ich will damit nichts zu tun haben«, hat sie gesagt. Knallhart. Von der eigenen Tochter. Das hat wehgetan, das tut immer noch weh. Auch wenn sie richtiggelegen hatte, denn es gibt längst keine Gäste mehr.

Und ob wir etwas mit dem Geld hätten anfangen können, Ewald, auch wenn wir nicht so hochfahrende Pläne im Leben hatten wie du. Wir hätten noch einige Jährchen durchgehalten, weil wir nicht viel brauchen, Doro, Robi und ich. Die alten Briefe von meinem Vater und den Großvätern liegen in einem Koffer oben im Speicher. Ich werde sie herunterholen und sie wieder lesen, Ewald. Die hatten noch Ehre im Leib, im Gegensatz zu dir!

ACHT

Es schien ein passabler Frühlingstag zu werden. Beim Frühstück, das für ihn aus einer Scheibe Vollkornbrot, fast durchsichtig mit Schnittlauchleberwurst bestrichen, und einem Kaffee mit viel Milch bestand, nahm er es unbewegt zur Kenntnis. Das Wetter war ihm egal. Er lief bei jedem Wetter. Besonders in letzter Zeit, nach dem besagten Abend.

Unter Laufen verstand er eine Art bewegtes Gehen zwischen Spaziertempo und Jogginggeschwindigkeit. Einerseits brauchte er das Gefühl, dass er Strecke hinter sich ließ, andererseits konnte er nicht schneller wegen der Kniegelenke. Er bekam dann diese unerträglichen Schmerzen von der Arthrose.

Doro stand mit dem Rücken zu ihm am Küchentresen, raschelte mit Papier. Aber es gab kaum noch etwas, das sie hätte einpacken können.

»Wir müssen einkaufen«, sagte sie.

Er brummte. »Bin gegen elf wieder da.«

Beim Aufstehen schob er den Stuhl nach hinten, dass er über die Fliesen schrammte. Das Zeichen für Robi. Vor Aufregung begann der Hund sich um sich selbst zu drehen. Er wusste, dass es rausging, machte Anstalten, an seinem Herrchen hochzuspringen, während er ein Jaulen von sich gab, das mehr ein unterdrücktes Freudengebell war.

Er zog sich die schwarz glänzende Jacke an, die so aussah wie Leder und von Anfang an so stark nach Chemie gestunken hatte, dass ihm flau im Magen geworden war. Das würde sich geben, hatte die Verkäuferin in der Herrenabteilung gesagt. Es hatte sich nicht gegeben. Aber wenigstens war die Jacke wasserdicht. Auch von innen. Wenn er schwitzte, hatte er das Gefühl, in der Sauna zu sitzen. Aber etwas Besseres war nicht drin gewesen.

Wie immer, wenn er Fitzelkram machen musste, etwa den Reißverschluss einhaken und hochziehen, hatte er seine Schwierigkeiten. Aber noch schaffte er es allein. Er streifte vorher die Handschuhe über, damit das harte Metall nicht in die offenen Stellen seiner Hände geraten und die Risse noch vertiefen konnte.

Ohne sich noch einmal nach Doro umzudrehen, nahm er die Hundeleine von der Garderobe und verließ mit Robi das Haus.

Noch fuhr der Wagen, und es war Sprit im Tank. Robi saß wie immer hinter ihm und hielt mit wachem Blick die Welt aus dem Autofenster unter Beobachtung. Besonders interessierte er sich für Radfahrer und herumhüpfende Kinder und veranstaltete ein Höllenspektakel, wenn er sie entdeckte. Deshalb musste er auch an der Leine bleiben, denn ganz schnell hatte er ein Hosenbein erwischt oder die Kinder angesprungen. Einmal hatte er einen Studenten vom Fahrrad gerissen. Zum Glück war nicht viel passiert, abgesehen von dem Schreck und ein paar Schrammen, aber seitdem war es aus mit der Freiheit für Robi.

Er lenkte den Wagen über Zellerfeld hinaus durch Erbprinzentanne bis zum Kreuzeck. Dort bog er nach links auf den Parkplatz oberhalb des Campingplatzes ab. Der Hund konnte es kaum erwarten, gebärdete sich wie wild auf dem Rücksitz.

Er stieg aus, ging um den Wagen herum an die hintere Tür, öffnete sie, schnappte sich Robi und befestigte mit schmerzverzerrtem Gesicht den Karabiner der Leine am Halsband. Jauchzend sprang Robi heraus und pinkelte vor Freude dem nächstbesten Wagen an den rechten Vorderreifen.

In der Gegend von Hahnenklee waren sie noch nicht so oft gelaufen, hier kannten sie nicht jeden Stein. Das Wasser des mittleren Grumbachteiches schimmerte im Sonnenlicht, spiegelte eine gebeugte Männergestalt mit einem Hund an der Leine.

Er lauschte dem friedlichen Rauschen der Fichten, das ab und an von einem vorbeifliegenden Eichelhäher hämisch belacht wurde. Seit dem bewussten Abend versuchte er, einen Überblick über sein Leben zu bekommen. Einen Sinn darin zu erkennen, dass er und seine Frau Doro eine kleine Pension geführt und zusammen die gemeinsame Tochter Evamarie großgezogen hatten, die aber in die Großstadt abgehauen war, sodass ihnen nur noch Robi blieb.

»Komm schon!«, sagte er zu dem Hund und zog ihn von einem Vogelkadaver weg.

Als er Robi aus dem Tierheim geholt hatte, war der kleine Kerl ganz eingeschüchtert gewesen, hatte am ersten Abend in die Küche geschissen, und als Doro ihn ausschimpfte, hatte er sie mit seinen schwarzen Knopfaugen verängstigt angestarrt. Dabei konnte der Hund nichts dafür. Sie hätten ihn so lange um den Block führen müssen, bis er sich entleert hätte. Ihnen fehlte eben die Erfahrung, aber sie gewöhnten sich an den Hund, und der Hund gewöhnte sich an sie.

Sie hatten ihn Robi getauft, nach dem berühmten Sohn von Clausthal, Robert Koch. Sie hatten das witzig gefunden. Damals konnten sie noch über so was lachen.

Dann hatte sich das Leben verändert. Es war nie leicht gewesen, wer hätte das behauptet. Aber sie waren zurechtgekommen. Er hatte eine treue Frau, eine patente Tochter, die zwar ihren eigenen Kopf hatte, aber das hatte er auch. In der kleinen Pension tummelten sich nicht mehr so viele Gäste wie früher, aber warum sollte es nicht wieder besser werden? Sie hatten eine bescheidene Zukunft vor sich und ein friedliches Alter. Vielleicht wäre sogar einmal im Jahr ein Urlaub drin gewesen. Eine Busfahrt in den Schwarzwald oder eine Woche Nordsee. Evamarie würde einen netten Mann kennenlernen und die Pension übernehmen.

Dann kam die Aussprache mit Evamarie.

Er hatte sich Mühe gegeben mit dem Kind. Doro und er hatten doch auch für sie gearbeitet. Doch sie hatte einfach alles weggeworfen. Depressionen würde sie hier kriegen, hatte seine Tochter ihm ins Gesicht gesagt. Das Blut war ihm in den Kopf gestiegen, und seine Hände hatten sich zu Fäusten geballt, dass die Schmerzen wie Raketen durch seinen Körper schossen. Er hatte den Hund angeleint, die Tür hinter sich zugeknallt und war gelaufen, durch ganz Clausthal war er gelaufen, bis nach Zellerfeld und wieder zurück.

Doro und er hatten die Welt nicht mehr verstanden. Immer wieder hatte er versucht, Evamarie umzustimmen. Bis er sie damit buchstäblich aus dem Haus gejagt hatte. Eines Morgens war sie weg gewesen, ohne sich zu verabschieden, einfach abgehauen. Außer ihrem Rucksack und ein paar Klamotten hatte sie alles zurückgelassen. Doro hatte dann, als klar war, dass Evamarie in Hamburg bleiben und nie mehr zurückkehren würde, ihr Zimmer aufgeräumt, die Heizung ausgestellt und die Tür abgeschlossen. Niemand hatte seitdem das Zimmer betreten.

»Zieh nicht so«, sagte er zu Robi.

Seine Hände taten schon wieder weh, es würde nicht mehr lange dauern, bis er sie überhaupt nicht mehr gebrauchen konnte.

***

Torsten lümmelte auf der Holzbank und bestrich einen Toast fingerdick mit Nougatcreme. »Ich fahr am Wochenende nicht nach Braunschweig«, ließ er unerwartet vernehmen, während er das Messer ableckte.

Sina sah ihn überrascht an. Immerhin war es das erste Mal, dass er einen Besuch bei seinem Vater absagte. Vielleicht sollten sie etwas zusammen unternehmen? Eine gute Gelegenheit, ihr Verhältnis zu kitten. Einen Versuch war es wert. Sie wollte ihm vorschlagen, ins Kino zu gehen. Aber …

»Hab was anderes vor.«

Ohne weiter auf sie zu achten, griff er nach der Glaskanne mit Orangensaft und goss sich ein.

Wie konnte sie nur annehmen, dass Torsten mit ihr, seiner Mutter, etwas unternehmen würde? Idiotisch, der Gedanke. Das metallische Geräusch der Sprungfedern im Toaster, der eben die zweite Runde Röstbrot ausspuckte, zerriss das bittere Lächeln auf ihrem Gesicht. Es roch leicht angebrannt.

»Und was?«, fragte sie.

Auf Torstens sonst so unbewegtem Pokerface zeichnete sich ein zartes Rosa ab. Sie hatte keine Ahnung, was das bedeutete, Hauptsache, es hatte nichts mit Amokläufen oder Ähnlichem zu tun.

»Ich bin wahrscheinlich selbst auf Achse«, log sie, »den ganzen Samstag, vielleicht bis Sonntagmittag.«

Er sollte einfach nur wissen, dass sie nicht die Absicht hatte, um seine Gesellschaft zu buhlen. Während sie überlegte, ob sie am Wochenende der Therme in Bad Harzburg einen Besuch abstatten und wieder mal ein paar Runden schwimmen sollte, meldete sich die Sehnsucht nach Chao, nach seinen Berührungen, seinen Küssen. Wie ein Virus überfiel es sie, und sie war machtlos dagegen. Das Bild ihres ersten Abends drängte sich in ihr Bewusstsein, als sie nicht schnell genug die Kleider herunterbekommen hatten, sich aufeinanderstürzten und völlig abhoben – traumhaft abhoben. Danach die Unsicherheit und dann der Glaube, dass aus der verrückten Begegnung eine Liebe werden könnte.

Und jetzt war alles kaputt. Einzig das Gefühl war ihr geblieben, schuld zu sein. *Sie* war es, die ihn an dem Nachmittag zur Witzfigur gemacht hatte, nicht die Folkloremontur mit Hut und Pinsel. *Sie* hatte seinen Stolz gekränkt, auch wenn sie fand, dass er überreagiert hatte.

Eine Möglichkeit hatte sie noch: die Möglichkeit, ihren Stolz zu vergessen, Chao in seinem Teeladen gegenüberzutreten und sich zu entschuldigen. Wenn auch nicht ohne Hintergedanken. Sie hatte nämlich nicht die leiseste Absicht, ihn kampflos einer anderen zu überlassen.

***

»Na, waren wir schon fleißig heute?«, trompetete Sina dem Kollegen entgegen. Sie hatte auf dem Weg in den Oberharz ihre Laune hochgepäppelt, indem sie lauthals die Popsongs auf Radio Brocken mitgegrölt hatte, und war von dem Level noch nicht wieder ganz heruntergekommen.

»Da kann wohl jemand vor Kraft kaum laufen?«, antwortete Niebuhr und sah belustigt von seinem Monitor auf. Doch er ließ sich gerne von Sinas Elan anstecken.

»Die Namen der Gründungsmitglieder unseres Geheimbundes sind: Lattinger, Feldkamp, Peters und Hartmann«, wiederholte er das, was sie beide schon wussten.

Als Sina stumm nickte, fragte er: »Und jetzt will die Frau Oberkommissarin bestimmt wissen, welche der besagten Familien aus dem früheren Bund denn noch in Clausthal ansässig sind, stimmt's?«

»Jetzt sag schon!«

Von den Feldkamps hatte Niebuhr im Oberharz keine Spuren mehr finden können. Die Familie Peters hingegen war weit verstreut. Es gab sowohl in Clausthal als auch in Wildemann Mitglieder dieser Familie. Niebuhr hatte, akribisch wie er sein konnte, genau recherchiert und war auf Herbert Peters, den ältesten Sohn von Arnold Peters, gestoßen. Das war der Mann, dem vermutlich als Nächstem in der Kette das Familiengeheimnis weitergegeben worden war. Arnold war schon vor einem Jahr gestorben.

Sina und Niebuhr fuhren entlang der ausgedehnten Heideflächen, die einen Teil der vom Bergbau verwüsteten Hänge später im Jahr zu einer lila Augenweide machten, nach Wildemann und hielten an der Clausthaler Straße. Die Familie wohnte in einem der Reihenhäuser, die am Ortsende liegen und gleich hinter dem Lachterstollen beginnen.

»Kripo Oberharz«, sagte Sina und wurde von einem schwergewichtigen Mann um die fünfzig mit rundem Gesicht und kleinen Augen, der zu einer verwaschenen Jogginghose nur ein Unterhemd trug, hineingebeten.

»Ich habe heute meinen freien Tag und habe nicht mit Besuch gerechnet«, sagte er verlegen.

In der Küche saß eine kräftige Frau in Kittelschürze, etwa so alt wie der Mann, die nicht einmal den Blick hob, als die Beamten eintraten. Auf dem Tisch standen zwei Tassen und ein

Tablett Zuckerkuchen. Die beiden hatten wohl ein spätes Frühstück eingenommen.

»Das ist meine Frau. Marlies, hier sind ...«, sagte Peters und verstummte. Frau Peters, deren schlapp herabhängende Wangen an die Lefzen eines Bernhardiners erinnerten, griff nach ihrer Tasse, als wollte man sie ihr wegnehmen, und führte sie mit gewaltigen Hausfrauenhänden wie eine Drohung zum Mund.

»Was gibt es?«, bellte sie.

»Reg dich nicht auf, Marlies«, sagte der Mann beschwichtigend, der offenbar nur körperlich der Riese in der Familie war.

Anscheinend hatte Frau Peters nicht die Absicht, sich mit der Kriminalpolizei abzugeben. Sina richtete sich an den Mann.

»Herr Peters, wir kommen im Mordfall Lattinger zu Ihnen und möchten Sie als Zeugen befragen.«

»Wir wissen davon nichts, und wir sind es nicht gewesen«, dröhnte Frau Peters.

»Kommen Sie doch bitte ins Wohnzimmer«, sagte Peters, wofür er einen Blick seiner Frau einsteckte, der den leibhaftigen Bergmönch hätte gefrieren lassen.

Das Geld aus der schwarzen Kasse hätte Peters gut gebrauchen können, dachte Sina, als sie sich umsah. Und der Drachen in der Küche hätte wahrscheinlich auch nichts dagegen gehabt.

»Wir wissen, dass der Ermordete Ewald Lattinger eine geheime Kasse geführt hat, die seit Generationen von vier Oberharzer Familien gehalten wurde. Eine der Familien sind die Peters, und sie sind einer der letzten Erben dieser Kasse, Herr Peters.«

Peters wollte zu einer Antwort ansetzen, doch er kam nicht dazu.

»Wir wissen davon nichts.«

Frau Peters stand in der Tür und posaunte in kämpferischem Forte:

»Wir können Ihnen nicht weiterhelfen.«

»Frau Peters, wir wissen, dass Sie Kenntnis von dieser Kasse hatten. Der verstorbene Hermann Lattinger, Ewalds Vater, hatte alle Familien benachrichtigt, die Anteil an dem Geld aus Übersee hatten.«

»Wir wissen davon nichts«, wiederholte Frau Peters und schob ein befehlsartiges »Das war's dann wohl!« hinterher.

Peters zuckte entschuldigend mit den Schultern und fügte sich endgültig dem Kommando seiner Frau.

»Wir kommen wieder«, sagte Niebuhr an der Haustür, aber Frau Peters schien auch das nicht zu beeindrucken. Sie schloss hinter den Beamten dreimal demonstrativ von innen die Haustür ab.

»Es wird uns nichts anderes übrig bleiben, als mit einem Durchsuchungsbeschluss anzurücken«, sagte Niebuhr.

»Hast du hier irgendwo einen Hund gesehen?«, fragte Sina.

Niebuhr schaltete nicht sofort. Dann fielen ihm offenbar die zwei Hundehaare, die am Tatort gefunden wurden, wieder ein.

»Du meinst außer der Peters? Nein.«

Im Wagen atmeten sie kurz durch, bevor sie nach Zellerfeld fuhren, um die Nachfahren der Familie Hartmann zu befragen, die Niebuhr ausfindig gemacht hatte.

Sie trafen niemanden an und würden es später noch einmal versuchen müssen. Aber selbst dann würden sie auf eine Mauer des Schweigens stoßen, ahnte Sina. Sie musste die Existenz dieser schwarzen Kasse unbedingt konkret beweisen.

***

Für Sina war es unvorstellbar, dass die Witwe Lattinger von den finanziellen Aktionen ihres Mannes nichts gewusst hatte. Selbst vorausgesetzt, dass Lattinger derjenige gewesen war, der die vollkommene Kontrolle über die Finanzen des Hotels gehabt hatte, so liefen doch die Gelder aus den Zimmerbuchungen und den Umsätzen im Restaurant durch die Hände seiner Frau. Angeblich hatte sich Lattinger am Ende kaum noch um den Betrieb gekümmert. Wer außer seiner Frau konnte also wissen, woher das Geld kam und wohin es floss?

Sina fuhr wieder zum »Oberharzer Hof«.

Wie nicht anders zu erwarten, schnaufte die alte Hotelchefin, als die Oberkommissarin in der Drehtür des Hotels erschien.

»Ich habe nichts mehr zu sagen. Warum lassen Sie mich nicht in Ruhe? Kommen Sie wieder, wenn Sie etwas haben!«

In der Lobby roch es abgestanden, der Geruch der beginnenden Vernachlässigung. Kälte kroch durch die Mauern. Sieglinde Lattinger stand hinter der Rezeption, selbstbewusst, ganz die Hotelchefin, wie Sina sie kannte, im dunkelblauen Kostüm, zu stark geschminkt, die Frisur aufragend wie der Zuckerhut von Rio. Sie schien auf etwas oder jemanden zu warten.

»Sie werden lachen, wir haben etwas.«

Die alte Frau blickte sie verwundert an.

»Wir wissen, dass durch Ihre Hände Schwarzgeld geflossen ist. Jede Menge sogar.«

Der Angriff war geplant gewesen, wenn auch ins Blaue ausgeführt. Doch wahrscheinlich gab es keinen Hotelier auf der Welt, durch dessen Hände aus irgendwelchen Gründen nicht wenigstens einmal in seinem Leben Schwarzgeld geflossen war.

Erwartungsgemäß stieg Sieglinde Lattinger das Blut in den Kopf.

»Wir können uns darüber gepflegt unterhalten, wenn Sie wollen, oder ...«, sagte Sina in dem sachlich kalten Ton, der immer den größten Erfolg zeitigte.

»Na schön, kommen Sie mit ins Büro.«

Der Büroraum war wenigstens geheizt. Sieglinde Lattinger setzte sich an ihren Schreibtisch, verwies die Oberkommissarin auf den Platz ihr gegenüber.

»Ziemlich wenig los hier«, legte Sina nach.

»Was meinen Sie damit?« So schnell gab die Hotelchefin nicht auf.

Sina wartete nicht, bis sie sich eine Antwort ausgedacht hatte oder wieder etwas von der kargen Vorsaison erzählte. »Wie begleichen Sie eigentlich Ihre laufenden Kosten?«

Sieglinde Lattinger schwieg, ließ aber an den flatterigen Fingern erkennen, dass ihre Nerven blank lagen.

»Seit wann geht das schon so, dass Sie keine Gäste mehr haben?«

Wieder keine Antwort.

»Frau Lattinger, ich kann das ganz leicht überprüfen. Wir nehmen uns die Buchungslisten des Hotels vor und machen Stichproben, ob die Gäste auch hier waren, die Sie eingetragen haben. Von diesem Jahr, vom letzten Jahr ... Dann sehen wir, ob das Geld wirklich verdient oder eingeschleust worden ist. Das Finanzamt wird sich freuen ...«

Die alte Frau war fast so weit. Es fehlte nicht mehr viel, um sie zum Reden zu bringen, das spürte die Oberkommissarin.

»Damit wir uns richtig verstehen, Frau Lattinger, mir geht es nicht um das Geld. Mir geht es um den Mord.«

Sieglinde Lattinger nickte. In dem Augenblick beobachteten beide Frauen durchs Fenster, wie eine schwere Limousine mit schnurrendem Motor auf den Parkplatz vor dem Hotel rollte.

***

Sie fuhren zu einem der Discounter, die entlang der Bahnhofsstraße lagen. Früher waren sie gerne einkaufen gefahren. Hatten sogar den Gästen ihrer kleinen Pension hin und wieder Leckereien mitgebracht, echten französischen Camembert oder italienischen Prosciutto. Aber das war vorbei. Einkaufen machte ihnen schon lange keinen Spaß mehr.

Robi hatten sie zu Hause gelassen. Nach dem Spaziergang in Hahnenklee lag er jetzt friedlich dösend im Hausflur auf dem abgewetzten Läufer, auf dem er nachts auch schlief, und wartete auf ihre Rückkehr. Nachher würde er sie begrüßen, toll vor Freude, als wären sie ein halbes Jahr weg gewesen. Ein kurzes Gedächtnis müsste man haben.

Doro saß zusammengekauert neben ihm auf dem Beifahrersitz. Längst war sie nicht mehr sie selbst. Seit über einer Woche hatte sie ihre Fingernägel nicht gemacht, der rote Lack war schon abgesplittert. Den Kopf bedeckte eine Wollmütze. An den Seiten sahen angegraute, fettige Haarsträhnen hervor. Ihre Augen, gegen die Windschutzscheibe gerichtet, blickten stumpf auf die Straße.

Doro war seine Königin gewesen. Er hatte ihr zu Füßen gelegen, und sie hatte ihn erhört. Über zwanzig Jahre hatten sie zusammen ihre Ferienpension geführt, sich nicht vor der Arbeit gescheut. Ein Gast hatte einmal gesagt, sie seien das ideale Gastgeberpaar. Es sei alles so harmonisch in ihrem Haus. Ja, das war es gewesen, harmonisch.

Aber so war es nicht geblieben. Von Jahr zu Jahr waren weniger Gäste gekommen. Immer wieder hatten sie sich gesagt, es würde wieder besser werden. Doch es wurde nicht besser. Im Gegenteil. Sie mussten an ihre Spargroschen heran. Und als die aufgezehrt waren, kündigte er eine der Lebensversicherungen, die eigentlich fürs Alter gedacht waren. Man braucht im Alter nicht mehr so viel zum Leben, waren sich Doro und er einig gewesen. Und schließlich hatten sie ja noch das Haus, das sie verkaufen konnten, um von dem Erlös zu leben.

Nie hatten sie daran gedacht, einfach aufzugeben. Sie waren nur ein unbedeutender Betrieb, aber sie waren freie Unternehmer, stolze Unternehmer. Und ein Unternehmer kämpft bis zum Schluss – hofft bis zum Schluss.

Doch zu allem Übel stellte sich heraus, dass ihre Pension nichts mehr wert war. Sie inserierten und schalteten einen Makler ein. Aber niemand wollte sie haben, ihre kleine Pension, die so viele Jahre so viele Gäste glücklich gemacht hatte. Zugegeben, sie hatten die Renovierungen etwas schleifen lassen. Die Möbel in den Gästezimmern waren älter als fünfzehn Jahre, und der Teppichboden hätte längst erneuert werden müssen. Aber es war zu spät. Sie konnten sich keine Veränderungen mehr leisten, kamen so gerade eben durch den Tag.

Bis Doro und er schließlich mit den Nerven am Ende waren. Sie hatten Angst vor dem Morgen, stritten sich mehr, als sie sich vertrugen.

Mehrfach hatte er Ewald Lattinger gefragt, was mit dem Geld

sei. Dass er es endlich herausrücken solle. Sie brauchten es jetzt und nicht später. Doch immer wieder hatte Ewald sie vertröstet.

Er war zu stolz, um zu betteln, das Geld stand ihm zu, so wie es Ewald zustand. Doch es gab kein Gesetz und kein Recht, das er hätte einklagen können. Es sollte Ehrensache sein, dass Ewald sie nicht hängen ließ.

Und Doro gab keine Ruhe, hetzte ihn auf gegen Ewald. Tag und Nacht musste er sich von ihr anhören, dass er nicht einfach die Hände in den Schoß legen könne, dass er etwas unternehmen müsse. Schön und gut, aber was?

Mit Ewalds Gerede stimmte etwas nicht, da war er mit Doro einig. Es war ihm auch verdächtig vorgekommen. Ewald sprach wie ein Banker: Das Geld sei langfristig gut angelegt. Kurzfristig könne man es nur mit hohen Verlusten flüssigmachen, und Verluste könnten sie sich alle nicht leisten, schließlich zähle jeder Cent. Doro und er sollten sich noch gedulden, aber dann hätten sie für alle Zeiten genug.

Er hatte es am Ende geglaubt.

Doro nicht.

An dem bewussten Abend hatte sie es übertrieben, ihn als Schlappschwanz beschimpft. Wutschnaubend war er aus dem Haus gerannt und hatte sich ans Steuer gesetzt. Er konnte sich ausrechnen, dass Ewald in der Sitzung vom Fremdenverkehrsverein saß …

Als er zwei Stunden später nach Hause kam, sah Doro ihn fragend an. Er sagte nur: »Es gibt kein Geld mehr.«

Ohne ein Wort waren sie ins Bett gegangen. Am übernächsten Tag stand in der Zeitung, was es zu sagen gab.

Der Wagen bog auf den betonierten Parkplatz ein. Wieder eine Filiale der Supermarktketten, denen Deutschland gehört, dachte er. Sie stiegen aus.

Doro steckte den Plastikchip in den Einkaufswagen und zog ihn mit einem Ruck aus der Schlange der anderen heraus. Die Tür machte ihnen automatisch Platz, links die Säfte, rechts Tee und Backwaren.

Doro forschte die Regale nach Angeboten aus. Sie hatte noch die Kraft dazu, Frauen haben immer noch ein Stück mehr Kraft als Männer, dachte er. Am Ende landete das Übliche in ihrem Einkaufswagen: billige Eintöpfe, Ablaufware, Hackfleisch, das kostete nicht viel, und man konnte allerhand daraus machen. Seltener kauften sie Gemüse, die Tomaten waren unerschwinglich teuer geworden. Die Kartoffeln würden bald auch nur noch Essen für reiche Leute sein. Wie satt er die Rechnerei hatte, ob er sich eine Dose Heringsfilet in Champignoncremesauce leisten konnte, die er sich früher, ohne nachzudenken, in den Korb gelegt hatte. Oder ein Päckchen Shrimps, die Doro so mochte.

Ohne es zu wollen, wanderte sein Blick zu dem gemütlichen Imbiss im vorderen Bereich der Verkaufshalle gegenüber den Kassen. Quadratische Holztische mit Stoffdeckchen und künstlichen Blumen in kleinen bauchigen Vasen. Jeden Tag wurde ein preiswertes Mittagsgericht angeboten. Aber selbst dafür fehlte ihnen das Geld. Ein bisschen Zufriedenheit, das hatten sie sich gewünscht. Das hatten sie verdient.

Plötzlich machte es »klick« in seinem Kopf. Es war, als hätte er darauf gewartet. Aber der Zeitpunkt war erst jetzt gekommen. Ihm blieben nur noch Tage, vielleicht nur Stunden, auch wenn die Polizei bisher offenbar nicht die leiseste Spur vom Täter hatte.

Er ließ Doro stehen, steuerte ein Regal an, zog etwas heraus und kam damit zurück.

»Was ist denn mit dir los?«, fragte Doro erschrocken.

Schweigend legte er die Flasche Champagner in den Einkaufswagen.

»Spinnst du?«

Er antwortete nicht, lächelte nur.

»Und für meine Doro eine Packung Shrimps, schön knackig. Mit Knoblauchdressing?«

Sie begriff nicht, wahrscheinlich dachte sie, dass er übergeschnappt war. Doch er wusste genau, was er tat.

Er nahm seiner Frau den Wagen aus der Hand, schob schneller und griff links und rechts in die Regale, kaufte die Shrimps, den Hering in Champignoncremesauce und Cracker, eine Schachtel Pralinen, einen Kranz Rührkuchen …

»Hör auf damit!«, zischte sie und stieß ihn in die Seite.

»Warum? Wir machen uns einen schönen Abend. Den haben wir uns verdient«, sagte er ruhig.

Zuerst sah sie ihn verständnislos an. Doch allmählich schien sie zu begreifen.

»Und dann?«, fragte sie mit Angst in der Stimme.

»Dann …«

Sein Lächeln war jetzt sanft und gütig.

***

Am nächsten Morgen saß Sina allein im Büro. Gerade hatte sie erfahren, dass die Technik keine Fingerabdrücke von Johann Lattinger im Hotel und am Tatort gefunden hatte. Das Ergebnis war keine Überraschung für sie. Johanns Charakter hatte von Anfang an nur zur Hälfte in das Profil des Täters gepasst.

Sie telefonierte mit Sieglinde Lattinger. Die wichtigen Fragen hatte sie am Vortag nicht mehr stellen können, weil sie unterbrochen worden waren. Entgegen Sinas Erwartung war die Hotelchefin gut gelaunt und bereit, mit ihr zu reden – allerdings unter der Bedingung, dass Sina mit ihr einen Ausflug in den Oberharz mache.

»Ich hatte nie einen Führerschein. Also, wer außer Ihnen sollte mich ein bisschen in der Gegend herumfahren?«, sagte Sieglinde Lattinger fröhlich, als die Oberkommissarin sie in ihrem gelben Honda abholte.

»Wo soll's denn hingehen?«

Sina konnte selbst nicht fassen, dass sie das fragte. Schließlich hatte sie schon mehr als genug Geduld mit der alten Dame bewiesen. Aber was tat man nicht alles, wenn es der Wahrheitsfindung diente.

»Nach Braunlage. Wir könnten auf den Wurmberg …«

»Frau Lattinger …«

»Schon gut, schon gut, Sie haben natürlich keine Zeit. Machen *Sie* einen Vorschlag!«

Sina stöhnte. Dann trat sie die Kupplung, legte den ersten Gang ein und fuhr los. In Braunlage stellten sie den Wagen nahe der Eishalle ab, nahmen die Seilbahn und schwebten wenig später in einer der Glasgondeln über einem Meer von dunkelgrünen Fichtenkronen der lichten Höhe des Wurmbergs entgegen.

Oben strahlte eine kräftige Frühlingssonne, deren Wärme jedoch von einem ausgesprochen frischen Luftzug gedämpft wurde.

»Dieser Ausblick! Unvergleichlich, finden Sie nicht?«, schwärmte Sieglinde Lattinger.

Sina stach das grelle Sonnenlicht in die Augen, dass sie blinzeln musste, und die Frühlingsbrise wehte ihr permanent die Haare ins Gesicht, während Sieglinde Lattinger ein Kopftuch über ihre Turmfrisur gebunden hatte und sich von der blendenden Sonne offenbar nicht stören ließ.

»Hier bin ich immer mit Ewald gewesen, wenn wir Zeit hatten«, sagte die alte Frau verträumt, »aber wir waren nicht so bequem und haben uns hochziehen lassen. Wir sind zu Fuß gegangen. – Ich wollte diesen Blick noch einmal genießen.«

Sina nickte schweigend. Sie legten die wenigen Meter bis zur Sprungschanze zurück, beschirmten ihre Augen mit den Händen und blickten in den Osten hinunter, dorthin, wo die ehemalige deutsch-deutsche Grenze verlief.

»Ja, jetzt gehören wir wieder zusammen.«

In diesem Seufzer lag alles, was es zu sagen gab. Neben der ehrlichen Freude auch die Erkenntnis, dass seit der Vereinigung alles geteilt werden musste, denn es gab nur einen Harz. Und Teilen ist schwer.

Womit Sina beim Thema war. »Frau Lattinger …«

»Ja, ja«, antwortete die, lenkte aber gleich wieder ab. Sie war noch nicht so weit. »Sehen Sie mal!«

Sie wies auf die Sprungschanze und dann über die Kuppen

der umliegenden Berge abwärts bis ins schattenlos ausgeleuchtete Tal.

»Wenn ich hier stehe, so nahe am Himmel, dann weiß ich wieder, warum ich aus dem Harz nie wegwollte, auch wenn mein Leben kein Zuckerschlecken war.« Sieglinde Lattinger sah Sina an. »Können Sie das verstehen?«

Sina nickte, obwohl ihr Heimatsentimentalität fremd war. Aber sie dachte an Chao und seine Erzählungen, die sie wieder etwas für die Region empfinden ließen.

»Dieses Gefühl hat auch Ewald angetrieben. Dieses Gefühl von Weite. Er hat seine Heimat wirklich geliebt.« Der alten Frau stand das Wasser in den Augen.

»Haben Sie Lust auf einen Tee?«, fragte sie, als sie sich wieder gefangen hatte.

Der nicht nachlassende Wind hatte Sina reichlich ausgekühlt, und die Vorstellung, in einer beheizten Berghütte zu sitzen und heißen Tee zu schlürfen, war verlockend.

»Gern, aber die Hütte an der Seilbahn hat heute Ruhetag.«

»Kein Problem«, sagte Sieglinde Lattinger, zog den Reißverschluss ihrer geräumigen Handtasche auf und holte eine Thermoskanne und zwei Plastikbecher heraus.

Die Überraschung war gelungen. Sie setzten sich auf eine angemoderte Holzbank, die aber trocken war, und tranken heißen Tee. Nach einigen Schlucken begann die alte Frau zu erzählen, während sie die Augen geschlossen hielt und sich von der Frühlingssonne bestrahlen ließ.

»Wie ich schon sagte, Ewald war ein kraftstrotzender junger Mann, als ich ihn kennenlernte, und sein Unternehmungsgeist steckte mich an. Ich wollte ihm folgen. Sein Traum war, ein Hotel zu bauen, schön und groß, passend zu den Bergen. Erst viel später habe ich begriffen, wie zerrissen er war, und wenn ich das vorher gewusst hätte … Aber das kennen Sie ja schon alles.«

Sie schwieg für eine Weile.

Sina nahm einen Schluck aus ihrem Becher. »Ein Hotelbau kostet Geld. Wer hat es Ihnen gegeben?«

»Ich hatte einen kleinen Bausparvertrag, den haben wir gekündigt. Und Ewald hatte auch ein paar Tausender gespart. Sein Vater sträubte sich bis zum Schluss, die Pension zu verkaufen. Er traute der Zukunft nicht, war krank und verbittert. Und als nach seinem Tod die Pension doch verkauft wurde, blieb Ewald nicht viel übrig, nachdem er mit Mutter und Schwester geteilt hatte.«

»Aber dann kam es zum Bau ...«

»Wir rechneten alles zusammen, was wir hatten. Lächerlich wenig für einen großen Hotelbau, noch nicht einmal fünfundzwanzigtausend Mark waren es am Ende. Und Ewald bekam keine Finanzierung auf die Beine. Er ließ nicht locker, aber es hat einfach nicht gereicht.

Dann auf einmal sagte er eines Morgens nach dem Frühstück feierlich: ›Sigi, wir werden es doch machen! Es gibt einen Weg, der nicht ganz leicht für mich ist, aber wir werden es machen!‹

›Und woher willst du das Geld nehmen?‹, fragte ich ihn.

›Lass das meine Sorge sein‹, war die Antwort. Als ich mich darüber wunderte, sagte er nur: ›Glaub mir, es ist besser, wenn du nicht alles weißt.‹

Und weil er es so wollte, habe ich mich nicht weiter darum gekümmert. Daraus kann mir keiner einen Vorwurf machen.«

Es war das Geld aus der ehemaligen Notkasse, dachte Sina, die Hermann Lattinger seinem Sohn Ewald übergeben hatte und die er an die anderen Mitglieder des Bundes auszahlen sollte. Aber es würde nicht leicht sein, wenn nicht sogar unmöglich, nachzuweisen, ob bei einem Hotelbau vor fast vierzig Jahren Schwarzgelder verbaut worden waren.

»Nach dem Mauerfall kam die große Krise. Der Westharz verlor zu viele Touristen an den Ostharz. Die Geschäfte gingen immer schlechter. Ewald wollte sein Hotel auf keinen Fall verkaufen, obwohl wir mehrere Angebote von großen Ketten bekamen. Damals hätten wir uns noch mit gutem Geld zur Ruhe setzen können. Aber er wollte nicht. Und ich konnte ihn verstehen. Wir hatten zu viel in diese Existenz investiert, um sie einfach wegzuwerfen wie ein abgetragenes Kleid.«

Sieglinde Lattinger seufzte.

»Es ging immer weiter bergab, und die Gäste blieben trotz Werbung aus. Wir sollten die Zimmer zum Schleuderpreis an Reiseunternehmen abgeben. Ewald hat das wutschnaubend abgelehnt, ohne zu merken, dass wir uns immer tiefer hineinritten. Ich fragte mich, wie alles weitergehen sollte, machte nachts vor Sorgen kein Auge mehr zu.

Dann ging alles sehr schnell, und wir waren nach kurzer Zeit praktisch insolvent. Die Belegung war völlig eingebrochen, und mir war klar, dass wir die laufenden Kosten nicht mehr stemmen konnten. – Aber es passierte nichts. Der Betrieb lief einfach weiter. Als ich die Kontoauszüge prüfte, fand ich plötzlich Eingänge von Gästen, an die ich mich nicht erinnern konnte. Woher das Geld kam, weiß ich nicht ...«

Sieglinde Lattinger brach ab, blickte schuldbewusst zu Sina. »Ich wusste doch auch nicht, was wir machen sollten.«

»Und das ging bis in die Gegenwart so weiter ...?«

»Ja, obwohl ich mich natürlich gefragt habe, wie lange wir noch durchhalten würden. Als Ewald immer nervöser wurde und kaum noch ansprechbar war, wusste ich, dass wir am Ende waren, ohne den Brief zu kennen, den er bei Erdmann für mich hinterlegt hatte.«

Natürlich hat der Krötenkönig von der Bornhardtstraße seine feuchten Finger im Spiel gehabt, dachte Sina. Aber selbstredend würde Lattingers ehemaliger Rechtsanwalt und Notar nach dessen Ermordung alle verräterischen Unterlagen längst beseitigt haben.

»Welcher Brief?«, fragte sie.

»Ich habe ihn zerrissen ...«

»Aber Sie haben ihn vorher gelesen?«

»Ja. Ewald hat geschrieben, dass er mir den Brief hinterlegt hätte für den Fall, dass ihm keine Zeit mehr bleibe, es mir persönlich zu sagen.«

»Wurde Ihr Mann denn bedroht?«

»Das weiß ich nicht. Jedenfalls hat Ewald keine Namen genannt.«

»Worum ging es genau?«

»Er beschrieb in dem Brief, wie er an das Geld gekommen war, dass er es mit den anderen hätte teilen müssen. Dass er die Tradition verraten und den größten Teil des Geldes in das Hotel gesteckt hätte. Das, was noch übrig war, legte er an und hatte den festen Vorsatz, es später in voller Höhe an diejenigen auszuzahlen, die ein Recht auf einen Anteil hatten. Aber dann kam die Krise, und er nahm das Geld und manipulierte damit die Einnahmen des Hotels.«

Sieglinde Lattinger schwieg für einen Moment.

»Ewald schrieb, dass ihm eine Begegnung bevorstünde und er keine Möglichkeit mehr sähe, denjenigen weiter zu vertrösten«, fuhr sie schließlich fort. »Er müsse eingestehen, dass es nichts mehr zu verteilen gab. – Ewald hatte Schuld auf sich geladen, Frau Kramer, Ehrenschuld, und er fürchtete sich vor dem Tag, das zugeben zu müssen. Möchten Sie noch Tee?«

»Nein danke.«

Sieglinde Lattinger nahm die Thermoskanne, die sie auf die Holzbank gestellt hatte, schraubte den Deckel fest zu und steckte sie zusammen mit den Plastikbechern zurück in ihre Handtasche. Bevor sie sich erhob, hielt sie kurz inne.

»In dem Brief stand auch, dass er sich bei mir entschuldigen wolle für alles, was er mir angetan hat. Er würde sich wünschen, seine Fehler wiedergutmachen zu können. Das genügt mir, wissen Sie, das genügt mir ...«

Sie wandte Sina den Rücken zu, und das Geröll, das über den schmalen Fußweg verstreut lag, knirschte unter ihren Füßen. Sina folgte der alten Frau zurück zur Gondel.

»Was machen Sie jetzt?«, fragte sie, als sie an der Plattform angekommen waren.

»Neu anfangen, was sonst«, antwortete die Hotelchefin ohne jede Spur von Sentimentalität.

***

Es war noch nicht Geschäftsschluss, als Sina wieder zurück in Clausthal war. Sie erwischte eine der raren Parktaschen an der Adolph-Roemer-Straße.

Weit hatte sie nicht zu laufen. Doch auf den wenigen Metern steckte das drückende Gefühl in ihrem Magen in affenartiger Geschwindigkeit alle weiteren inneren Organe an. Dazu kam Herzklopfen. Sie war aufgeregt, aber da musste sie durch.

Diesmal legte Sina nicht die Hände an die Scheibe und schaute durch das Schaufenster, bevor sie den Laden betrat. Sie packte, ohne zu zögern, den Griff der Ladentür und drückte mit Kraft nach innen. Erschrocken bimmelte das Glöckchen.

Eine ältere Chinesin, die wie eine Puppe hinter dem Verkaufstresen harrte, sah überrascht auf. Sina wurde klar, dass ihr Auftritt eher wie der einer Polizistin wirkte, die ein Verbrechernest stürmte, als wie der einer Frau, die ihren abtrünnigen Liebhaber zurückerobern wollte.

»Was darf ich für Sie tun?«, fragte die Chinesin so leise und demütig, wie es eine Dienerin die Kaiserin fragen würde.

Sina zwang ein freundliches Lächeln auf ihr Gesicht und suchte nach Worten. Hilflos starrte sie in das mit fliederfarbenem Lippenstift und schwarzer Wimperntusche akzentuierte Gesicht der zierlichen Person. Endlich wusste sie, wie sie anfangen sollte.

»Ich würde gerne mit Chao Köglsperger sprechen.«

»Moment bitte.«

Die kleine Frau verschwand in dem Nebenraum, in dem Sina mit Chao Tee getrunken hatte.

Es war alles wieder da, und gleichzeitig hatte Sina das Gefühl, dass alles weg war und nie mehr zurückkommen würde. Wie hatte sie nur auf die Idee kommen können, hier aufzukreuzen? Was hatte sie zu erwarten außer einer riesigen Peinlichkeit?

Plötzlich stand Chao vor ihr. Allein.

»Sina.«

Er war bleich. Wenn er das immer schon gewesen sein sollte, weil seine Hautfarbe eben bleich war, dann fiel ihr das jetzt erst auf.

»Warum hast du dich nicht mehr gemeldet?«

»Ich …«

Sie konnte nicht an sich halten. Es sprudelte aus ihr heraus. »Ich dachte, wir wären Freunde, das hast du doch damals selbst am Telefon gesagt …« Sie wollte es nicht, aber ihr kamen die Tränen. Verdammt noch mal!

Er machte einen Schritt auf sie zu und fasste nach ihren Händen. »Sina, ich …«

»Du hättest mir doch sagen können, dass du dich neu verliebt hast …«

Aber das war glatt gelogen. In Wirklichkeit hätte sie nichts davon wissen wollen. Zu einem Mord wäre sie fähig gewesen, wenn er damit angekommen wäre. Zumindest hätte sie ihn zum Teufel gejagt.

Er nahm sie in die Arme und drückte sie gegen seine Brust. Sie hatte ihn so vermisst, oh mein Gott, wie sie ihn vermisst hatte.

»Sina, bitte …«, sagte Chao, »komm!«

Er zog sie in den Nebenraum.

»Es ist so …« Er schob sie zärtlich von sich weg und zwang sie, ihm in die Augen zu sehen. »Ich muss den Laden schließen. Ich bin pleite …«

Sina schaute ihn unerschrocken an.

»Ich habe kein Geld und weiß nicht, was ich machen soll.«

»Warum hast du mir nichts davon gesagt?«

Seine Wangen glühten. »Ich will meiner Frau etwas bieten«, war die Antwort.

Zuerst wusste Sina nicht, was er meinte. Sie war hin- und hergerissen zwischen dem Mitgefühl darüber, dass er sein geliebtes Geschäft verlieren würde, und andererseits der Freude, dass sie ihn vielleicht doch noch nicht verloren hatte.

»Das kannst du ja auch noch, wenn du eine andere Arbeit gefunden hast, oder?«, versuchte sie die Dramatik herunterzuspielen, dabei wischte sie sich Tränen aus dem Gesicht, von denen sie nicht wusste, ob es Tränen der Trauer oder der Freude waren.

»Wer nimmt schon einen bayerischen Chinesen?«

Dieses bleiche, todernste Gesicht, das er dazu machte. Ein erleichterndes Lachen brach aus ihr heraus.

Sie küsste ihn auf die Wangen. Sie küsste ihn auf den Mund. Er musste doch merken, dass ihr völlig egal war, ob er ihr etwas bieten konnte. Außerdem konnte man sie nicht kaufen. Was war das überhaupt für eine Einstellung? Da war noch einiges zu tun … und wer war die Chinesin am Tresen?

***

Der Nachmittag ist wie früher. Sie halten sich bei den Händen, lächeln sich zärtlich an. Doro ist wieder seine Königin, die er liebt, der er zu Füßen liegt. Mit der er ein Reich gegründet, das Glück gesucht und gefunden hat. Beide fühlen es wieder, dieses warme Gefühl von Zuneigung und Sicherheit, wenn auch nur für diesen einen Nachmittag und den Abend.

Er sitzt im Wohnzimmer in einem der dick gepolsterten lindgrünen Sessel, die sie vor zwanzig Jahren angeschafft haben. Er ist müde, wohlig müde. Robi geht es genauso, er liegt auf seinem Läufer im Flur und streckt alle viere von sich. Sie sind auf den Wiesen rund um Buntenbock unterwegs gewesen. Und er hat den Hund zur Feier des Tages von der Leine gelassen. Er musste eben aufpassen, dass Robi nicht übermütig wurde und einen Passanten anging. Doch an diesem Nachmittag sind sie allein gewesen. Robi peste über die grünen Flächen, als wäre der Leibhaftige hinter ihm her. Juchzend sprang er nach dem Stöckchen, das sein Herrchen immer wieder wegwarf, wenn er es ihm anbrachte. Ausgelassen, glücklich.

Er wollte nichts mehr von dem Stechen in seinen Knien wissen, das ihn bei jedem Schritt quälte, vergaß die reißenden Schmerzen in den Händen, wenn er den Stock umgriff und warf. Nie mehr würden ihn die Schmerzen an den Rand der

Verzweiflung bringen. *Nichts* würde ihn *jemals* mehr an den Rand der Verzweiflung bringen.

Doro bereitet die Leckereien in der Küche vor. Auch für Robi haben sie etwas Besonderes mitgebracht: Dosenfutter mit Wildbrocken für den gesunden Hund. Zuletzt hat Robi nur Reste vom Tisch bekommen und ist schon ganz abgemagert. Aber das soll vergessen sein. Für heute haben sie ihm als Vorspeise sogar getrocknete Schweineohren gekauft. Noch weiß der Racker nichts davon, das wird eine Überraschung werden.

Ein zufriedenes Lächeln huscht über sein Gesicht, obwohl beinahe alles schiefgegangen wäre. Der Schreck sitzt ihm noch in den Knochen.

Er war auf dem Speicher, stöberte nach den Hochzeitsbildern in den alten Koffern, die sie sich noch einmal ansehen wollten, als der Kripobeamte auftauchte. Wenn Doro den nicht abgewimmelt hätte …

Er hatte sie erwartet. Irgendwann mussten sie kommen. Sie tun ja nur ihre Pflicht.

Außer ihm war keiner da, der Ewald hätte bestrafen können, also hatte *er* es tun müssen, daran besteht für ihn kein Zweifel. Zur Genugtuung von Generationen, die sich an die Regeln der Vier gehalten hatten, richtete er Ewald Lattinger, der betrogen hatte.

Seine Gefühle waren ehrenhaft gewesen und sein Handeln auch, er braucht sich nichts vorzuwerfen. Aber sie werden es nicht einsehen, sie werden ihn einsperren, ihn von seiner Frau trennen, für immer.

»Willst du dem Hund nicht die Schweineohren geben?«, ruft Doro aus der Küche.

Ihre Stimme klingt feierlich wie am Weihnachtsabend kurz vor der Bescherung, als Evamarie noch klein gewesen war und es kaum erwarten konnte. Er und sie saßen in ihrem Zimmer, voll Spannung auf jedes Geräusch im Wohnzimmer lauschend, bis Doro mit ihren Vorbereitungen fertig war und sie endlich hereinrief.

»Ja, natürlich.«

Der Hund wird aufmerksam. Beobachtet, wie sich sein Herrchen aus dem Sessel windet und in die Küche schlurft. Er weiß nicht, was los ist.

»Robi!«

In einer Sekunde ist Robi da, tänzelt, maunzt, dreht durch und stürzt sich auf die verschrumpelten Dinger in seiner Hand, die für ihn ein Festtagsbraten sind.

Doro und er schauen zu, wie sich der Hund mit glänzenden Augen über die ledernen Delikatessen hermacht, und freuen sich mit ihm.

Jetzt sind *sie* beide dran. Doro drapiert die Leckereien appetitlich auf einem Tablett, trägt es ins Wohnzimmer und stellt es auf den Esstisch. Sie reicht ihm eine Flasche und den verchromten Öffner.

»Mach doch schon mal den Wein auf«, sagt sie und schaut ihn zärtlich an.

Dabei vergisst sie wieder, dass der Fitzelkram für ihn die Hölle ist. Jedes Knicken der Finger, jeder Druck auf die rissigen Stellen, die seine Handflächen wie Schnitte durchziehen, bedeuten Folterqualen. Aber er tut es für sie, zieht sich vorher die dünnen Baumwollhandschuhe über, um die Hände zu schützen und die Schmerzen besser zu ertragen.

Der Korken ploppt. Rotwein aus Frankreich, trocken, edel, samtig auf der Zunge. Der lag noch im Keller für eine ganz besondere Gelegenheit. Doro hat die Gläser aus der Pfalz mit den grünen trichterförmigen Füßen auf den Tisch gestellt. Die haben so etwas Gemütliches, rund und bauchig, wie sie sind. Später würden sie noch die Champagnerflasche köpfen, als Höhepunkt.

Sie setzen sich an den Tisch und genießen die Köstlichkeiten. Dann kommt Robi aus der Küche gewetzt, angezogen von den Gerüchen, die vom Tisch ausgehen. Die Schweineohren hat er längst zerbissen und verschluckt.

»Es ist Zeit, dass er sein Futter bekommt«, sagt er liebevoll.

Doro nickt. Sie steht auf und ruft Robi in die Küche. Der

folgt ihr schwanzwedelnd, rutscht vor Übermut auf den Fliesen fast aus.

Vom Wohnzimmertisch aus hört er, wie Doro das Futter aus der Dose kratzt.

»Fein!«, sagt sie. »Fein!«

Dann setzt sie sich wieder zu ihm an den Tisch. Sie stoßen an. Die Gläser klingen. Doro genießt ihre Shrimps. Er schaut zu. Er hat auf einmal keinen Appetit mehr.

Robi kommt ins Wohnzimmer gelaufen, streicht ihm dankbar mit der fettigen Schnauze über die Hose.

Dann kehrt er in die Küche zurück.

NEUN

Am nächsten Morgen bogen Sina und Niebuhr in die Goslarsche Straße ein. Sie fuhren erneut zu den Hartmanns. Nach der Erfahrung vom Vortag – Niebuhr hatte am Nachmittag noch einmal vergeblich versucht, jemanden anzutreffen – schwante Sina allerdings, dass sie am Ende wieder mit leeren Händen dastehen würden, und hatte Kriminalrat Keilberth vor Augen, wie er mit den Fingern auf seine Schreibtischplatte trommelte mit einem Blutdruck, der ausreichte, den Brocken in die Luft zu jagen. Ich kann mir kein Versagen leisten und so weiter, es gibt keinen einzigen Fall, der nicht mit sauberer Polizeiarbeit gelöst werden könnte – obwohl er es besser wusste. Immer dieselben Sprüche.

Wenn die Ermittlungen nicht vorankamen, schüttelte Keilberth die Verantwortung einfach ab. Sie kannten das schon, aber das machte die Sache nicht erträglicher.

Niebuhr sprühte auch nicht gerade vor Einsatzeifer an diesem Morgen. Wahrscheinlich ging ihm gerade das Gleiche durch den Kopf wie ihr.

Sie bogen in die Seitenstraße ein. Diesmal schaute sich Sina das Haus genauer an. Gegenüber einer zweigeschossigen Pension mit Holzfassade in braungelbem Anstrich mit Schiefergiebel blieb Niebuhr stehen. An dem in die Jahre gekommenen Bau vorbei führte eine Durchfahrt nach hinten, vermutlich in einen Hof.

Sie stiegen aus. Es war neun Uhr zweiundfünfzig, der Himmel bewölkt, und es nieselte. Sie durchschritten den schmalen Vorgarten, ein kleines moosiges Stück Rasen, umrandet von verunkrauteten Beeten, zum Eingang.

»Herzlich willkommen bei Gernot, Dorothea und Evamarie Hartmann« stand auf dem bunten Keramikschild in kindlicher Schrift zu lesen, das an der rechten Seite der Haustür angebracht war.

Sina drückte den Klingelknopf, und im Hausflur ließ sich ein scharfes Surren vernehmen. Sie warteten. Im Haus regte sich nichts. Sina schickte noch zweimal das Surren auf den Weg. Die Lage blieb unverändert. Niebuhr und sie tauschten Blicke.

»Vielleicht gibt es noch einen Hintereingang«, sagte Niebuhr und machte sich auf den Weg in den Hof. Sina folgte ihm.

Die Rückseite war mit schmutzigen Eternitplatten verkleidet und hatte, wie vermutet, einen weiteren Eingang, links davon zwei Fenster, die mit grauen Gardinen verhängt und uneinsehbar waren. An das Haupthaus schlossen sich drei Garagen an. In einer stand ein alter Ford.

»Sie sind zu Hause, aber irgendetwas stimmt nicht!«

Sina drehte sich um. Die Stimme kam aus dem Nachbarhaus. Eine ausgemergelte Frau mit Habichtsgesicht streckte ihren Kopf aus einem Fenster im ersten Stock.

»Sonst geht er morgens schon früh mit dem Hund ... Aber wer sind Sie überhaupt?«

»Kriminalpolizei. Wir möchten zu Herrn Hartmann.«

Die Frau platzte sichtlich vor Neugier, war aber gescheit genug, einzusehen, dass weitere Fragen keine Chance auf Beantwortung hatten. Sie drehte den Spieß einfach um und spielte die Besorgte.

»So? Na, das trifft sich ja gut. Ich habe mich schon gefragt, ob ich Sie anrufen soll. Wie gesagt, morgens geht er immer mit dem Hund raus, schon früh und bei jedem Wetter. Nichts hält ihn davon ab. Als ich ihn heute nicht gesehen habe, dachte ich mir: Hilde, da stimmt was nicht. Der Wagen steht ja in der Garage, also sind die Hartmanns auch zu Hause, aber warum führt keiner den Hund aus?«

Ohne weiter auf die Frau zu achten, drehte sich Sina um und klopfte an die Hintertür.

»Hallo! Ist jemand zu Hause?«

Die Tür hatte eine Klinke wie eine Zimmertür und war nicht abgeschlossen.

»Herr Hartmann? Frau Hartmann?«

Ein säuerlicher Geruch, der aus dem Inneren der Wohnung strömte, stieg in ihre Nasen, als sie zögernd den Flur betraten.

»Hallo, ist da jemand?«, wiederholte Niebuhr.

Keine Antwort.

Der Flur lag im Halbdunkel, nur aus dem vorderen Bereich, durch eine Glastür, drang mattes Tageslicht. Sina suchte den Schalter, knipste das Licht an. Links vom Gang gingen zwei Türen ab, dann kam die Glastür, rechts die Holztreppe führte in die oberen Stockwerke.

Die Türen auf der linken Seite waren nur angelehnt. Niebuhr drückte die erste auf. Eine bürgerliche Wohnstube im Harzer Barock mit lindgrünen Veloursssesseln, Webteppich und einem Monstrum von Schrankwand aus Eiche kamen zum Vorschein.

Vor der zweiten Tür verdichtete sich der säuerliche Geruch, den sie schon an der Hintertür wahrgenommen hatten, zu ätzendem Gestank. Der Kühlschrank sprang an. Das musste die Küche sein. Niebuhr ging ohne Zögern hinein, kam aber schon nach kurzer Zeit angewidert wieder heraus.

»Vor dem Herd liegt ein toter Hund.«

»Was heißt hier tot?«

»Tot, in einer Lache von Kotze.«

Sina warf von der Tür aus einen Blick auf den Kadaver, ohne die Küche zu betreten. Das hatte Zeit.

»Familie Hartmann, sind Sie da?«

Die Glastür war abgeschlossen. Offenbar führte sie in den Pensionsbereich. Niebuhr betrat die Holztreppe. Die Stufen waren schmal und knarrten bei jedem Schritt.

»Ist da jemand?«

Sie rechneten nicht mehr mit einer Antwort. Das Haus war still, erschreckend still, und barg mindestens eine Leiche.

Sie stiegen weiter hoch. Im ersten Stock befanden sich drei Zimmer. Eins davon wurde offenbar als Wäsche- und Bügelzimmer genutzt, das zweite war abgeschlossen.

Das dritte Zimmer war ein Schlafzimmer.

Sina öffnete die Tür.

Auf dem Ehebett lagen, angezogen und sich an den Händen haltend, ein Mann und eine Frau, bewegungslos und mit geschlossenen Augen.

***

Keilberth stieß sich von der Schreibtischkante ab und rollte in seinem Bürostuhl bis zur Wand und wieder zurück. Den Gesichtern der beiden Beamten, die ihm soeben mündlich den aktuellen Bericht im Mordfall Lattinger unterbreiteten, war das Wechselbad der Gefühle nicht anzusehen, das sie noch vor einer halben Stunde durchlebt hatten.

»Also, ihr habt die beiden im Ehebett gefunden …«

»… nebeneinander, Hand in Hand, reglos. Wir haben sie natürlich sofort auf Lebenszeichen hin überprüft«, berichtete Sina in überzeugendem Ton.

In Wirklichkeit waren sie sprachlos vor dem erschütternden Todesidyll verharrt, hatten das halb gefüllte Glas Wasser und den Berg Tablettenhülsen auf dem einen, den beschrifteten und verschlossenen Briefumschlag auf dem anderen Nachtkästchen registriert und nicht im Traum daran gedacht, dass da noch was zu retten war.

Aber vor Keilberth galt es, die souveränen Kriminaler zu geben, damit er ihnen hinterher nichts in die Schuhe schieben konnte.

Es war ihre feste Überzeugung gewesen, dass sie zu spät gekommen waren. Doch als sie sich den vermeintlichen Leichen näherten und Sina sich über den Mann beugte, um ihm routinemäßig, aber hoffnungslos, den Puls zu fühlen, da merkte sie, dass sie sich geirrt hatte.

»Jens, der atmet noch!«, rief sie erschrocken aus.

Die Sanis kamen und leiteten alles ein. Sie wussten, worauf es ankam, denn womit sich die Hartmanns vergiftet hatten, war offenkundig.

»Dass sie nicht genug von den verschreibungspflichtigen

Schlafmitteln hatten und anschließend nur noch leichteres Kaliber einwarfen, hat den beiden wahrscheinlich das Leben gerettet …«, kommentierte Niebuhr, an Keilberth gerichtet.

»… und spricht dafür, dass sie von Giften nicht die geringste Ahnung hatten«, ergänzte der Kriminalrat, wie immer bemüht, Niebuhr blass aussehen zu lassen.

»Bei dem Hund hat's immerhin geklappt«, konterte der jedoch, ohne sich beeindrucken zu lassen.

Sina lächelte, während Keilberth mit äußerstem Missfallen zur Kenntnis nahm, dass der junge Kommissar offenbar die Ehrfurcht vor verdienten Kollegen zu verlieren begann.

»Und was steht in dem Brief?«, fragte Keilberth.

»Willst du ihn lesen?« Sina hielt ihm die durchsichtige Plastikhülle mit dem Brief unter die Nase.

Keilberth winkte ab. »Also, was steht drin?«

»Er ist an die Tochter gerichtet, Evamarie, und entspricht unseren Recherchen. Gernot und Dorothea Hartmann haben nur die eine Tochter, ansonsten bloß entfernte Verwandte, die allesamt nicht im Oberharz leben. Die Tochter ist auch verzogen, nach Hamburg, sozusagen von den Eltern, besonders vom Vater, aus dem Haus getrieben. Das wird aus dem Zusammenhang klar.

Die beiden bitten ihre Tochter um Verzeihung, dass sie ungerecht zu ihr gewesen seien und sie erst jetzt verstehen würden. Sie hätten beschlossen, aus dem Leben zu scheiden, weil sie alles verloren hätten und nicht wüssten, wie ihre Zukunft aussähe. Sie entschuldigten sich bei ihr für diesen Schritt, der ihnen nicht leichtfiele und so weiter.«

»Und was ist mit dem Mord?«, platzte Keilberth heraus. »Hat er ihn zugegeben und geschrieben, was an dem Abend vorgefallen ist?«

»Nein, Chef, kein Wort«, sagte Niebuhr, wieder in gedämpfterem Ton.

»Aber wir kriegen es raus, sobald die beiden wieder auf dem Damm sind. Laut Aussage der Ärzte vom Krankenhaus Goslar steht außer Zweifel, dass sie das in Kürze sein werden. Immerhin befinden sie sich jetzt schon außer Lebensgefahr«, entgegnete Sina selbstbewusst.

***

Die Kriminaltechnik war wirklich gut. Die ersten Ergebnisse aus dem Labor kamen früher als erwartet. Jeder wollte sich in dem spektakulären Fall von der besten Seite zeigen. Die DNA-Analyse war aber beim besten Willen nicht vor Ablauf von drei Tagen zu bekommen.

Es gab drei Übereinstimmungen: In der Mansarde des Ermordeten waren Hautpartikel gefunden worden, die von den schuppigen und rissigen Händen des tatverdächtigen Gernot Hartmann stammten, und auf Lattingers Couch klebten zwei Hundehaare, die dem toten Tier in der Küche der Hartmanns zugeordnet werden konnten. An der Kleidung von Ewald Lattinger hafteten Fasern, die von Gernot Hartmanns Baumwollhandschuhen übertragen worden waren. Jetzt erklärte sich auch, warum man am Tatort keine Fingerabdrücke gefunden hatte. Hartmann hatte vor, während und nach der Tat offenbar diese weißen Handschuhe getragen. Fraglich war noch, ob er sie ausschließlich im Zusammenhang mit der Tat benutzt hatte oder sie allgemein wegen seiner Krankheit trug.

Sina lächelte Niebuhr zufrieden zu. Die Spuren und Indizien waren eindeutig. Die genetischen Untersuchungen würden die Aussage von Hartmann zur reinen Formsache machen, daran bestand kaum noch Zweifel.

»Hab ich doch gesagt«, frohlockte Kriminalrat Keilberth. »Jeder Fall lässt sich mit gründlicher …«

Das hatte noch gefehlt.

»Gib nicht so an, Heinz«, versetzte ihm Sina die verdiente Breitseite. »*Wir* haben ordentliche Arbeit abgeliefert. Das Einzige, was gefehlt hat, war *deine* Unterstützung!«

Keilberth bekam einen roten Kopf und zeigte Anflüge von Scham. Doch – wie nicht anders erwartet – erholte er sich binnen Sekunden davon. Schließlich war er es, der jetzt vor die

Presse treten und mit gespielter Bescheidenheit verkünden konnte, dass sie nach zähen Ermittlungen mit ungewöhnlichem Durchhaltevermögen und zielgerichteter Fahndung einen Tatverdächtigen hätten. Bestimmt würde er auch nicht vergessen zu erwähnen, dass auf die Kriminalpolizei der Region unter seiner langjährigen Leitung eben Verlass sei.

ZEHN

Sina hatte sich auf den Samstag gefreut. Endlich abschalten und sich den Fall aus dem Kopf schlagen. Und jetzt das: Unauslöschbar stand ihr die Szene im Schlafzimmer der Hartmanns vor Augen. Sie konnte sich nicht erinnern, dass ihr ein dienstliches Ereignis je so unter die Haut gegangen war. Wie die beiden auf dem Bett gelegen hatten, im stillen Einverständnis bis in den Tod hinein. Imponierend. Gleichzeitig verantwortungslos. Doch es war ein Hauch von überirdischer Gerechtigkeit durch den Raum geweht. Eine Atmosphäre, die man nicht beschreiben konnte.

Und dann war es für die beiden anders ausgegangen als erwartet. Sie standen nicht vor einem höheren Richter, wenn es den gab. Sie waren in die Welt zurückgezerrt worden, mit der sie abgeschlossen hatten. Ein unvorstellbarer Schock. Daran änderte auch nichts, dass sie rund um die Uhr beobachtet und von Psychologen betreut wurden.

»Woran denkst du?«, fragte Chao.

Sie hätte es ihm gerne gesagt, doch dieser Teil ihrer Gedanken trug die Aufschrift »Zutritt nur für Betriebsangehörige«. Einmal ein Wort zu viel, immer ein Wort zu viel.

Sie nahm ihre rechte Hand vom Steuer und strich liebevoll über seinen Oberschenkel. »Ich frage mich, ob sie mich akzeptieren wird.«

»Wer?«

»Deine Mutter.«

So viel wusste Sina schon vom chinesischen Wesen: Es war äußerst schwer zu ergründen. Und das Lächeln der kleinen Chinesin in Chaos Laden hatte alles bedeuten können.

»Warum nicht?«

»Als deine Freundin?«

»Ich sagte doch, warum nicht?«

»Hast du ihr schon gesagt, dass wir etwas miteinander haben?«

»Ich habe ihr gesagt, dass du meine Freundin bist und dass ich dich sehr schätze.«

Feigling, dachte Sina, er hält sich alle Türen offen.

Chao nahm ihre Hand und streichelte sie. »Es ist also alles in Ordnung.«

Während draußen der Wald vorbeiflog und sie sich Goslar näherten, schwiegen sie.

Sie hatte etwas mit Chao vor, heute an diesem Samstag. Aber auf einmal wurde sie unsicher. Vielleicht war die Idee doch nicht so gut, vielleicht machte sie aus Angst, ihn zu verlieren, einen Fehler …

Außerdem war nicht ausgeschlossen, dass er ihr, aus »chinesischen« Gründen, die sie nicht erahnen konnte, einen Korb gab.

Und Torsten? Was er wohl sagen würde?

Sina entzog Chao ihre Hand, schaltete und gab Gas für die letzten Kilometer bis zum Stadteingang.

Vor ihrem Reihenhaus hielt sie an.

»Ist es das?«, fragte Chao.

Sina nickte.

»Schöne Lage, so nahe an der Altstadt. Ich mag es.«

Das hatte sie gehofft. Er machte ihr gute Laune. Beschwingt kickte sie das Gartentürchen auf.

»Es ist nicht sehr groß, reicht aber für eine kleine Familie«, sagte sie.

Er nahm den Satz zur Kenntnis, schien die Anspielung aber nicht zu bemerken.

Sie schloss die Haustür auf. Für einen Augenblick befürchtete sie, dass Torsten wieder die Küche verwüstet hätte. Aber das konnte nicht sein. Es war Samstag, und er war ausgeflogen, das hatte er angekündigt, und darauf war Verlass.

»Komm rein!«

Sie zog Chao am Ärmel ins Haus. Zuerst gebärdete er sich etwas schüchtern, betrachtete alle Gegenstände mit Abstand, wie Kunstobjekte in einer Galerie oder einem Museum, aber dann wurde er lockerer.

»Wir werden Tee trinken«, sagte Sina, »zur Feier des Tages. Ich habe einen Fall abgeschlossen.«

»Der Fall mit dem Hotelier?«, fragte Chao, schien sich aber nicht wirklich dafür zu interessieren. Er setzte sich auf die Küchenbank. Dann grinste er Sina an. »Es gefällt mir hier«, stellte er fest, »aber wo ist das Schlafzimmer?«

Er lachte. Sina lachte.

Wie beim ersten Mal pflückten sie sich in atemberaubendem Tempo die Kleider vom Leib und warfen sich auf Sinas Ehebett, das von einer auf die andere Sekunde nichts mehr mit Bernie zu tun hatte, sondern nur noch mit Sina und Chao.

Später saßen sie nebeneinander auf der Küchenbank und hielten eine improvisierte Teezeremonie ab. Sina in ihrem alten Jogginganzug. Chao hatte sich Sinas schweinchenfarbenen Bademantel umgehängt, der ihm ein ganzes Stück zu klein war.

Sie wollte es ihm jetzt sagen, überlegte aber noch, wie sie es anfangen sollte.

»Ich fühle mich sehr einsam, weißt du?«, begann sie leise und ein bisschen in dem Ton, den sie früher angeschlagen hatte, wenn Paps ihr einen Wunsch erfüllen sollte. Aber davon hatte Chao keine Ahnung.

Er sah sie verwundert an.

»Ohne dich«, fügte sie zärtlich an.

»Aber ich bin doch da, bei dir …«

»Aber nicht immer.«

Ihr wurde ganz heiß. Sie konnte nur hoffen, dass sie diesen Schritt nicht schon nach ein paar Wochen wieder bereute.

»Ich möchte, dass wir zusammenleben. Möchtest du auch?«

Es war heraus. Er hatte nicht damit gerechnet, das war unschwer zu erkennen. Seine Mandelaugen weiteten sich, und er öffnete seine Lippen einen Spalt.

Mit einem harten Geräusch schloss die Haustür. Wer konnte das sein? … Torsten wollte doch … Und wie würde das aussehen, Chao in ihrem Bademantel?

Sie hätte es Torsten gesagt, aber nicht so plötzlich, nicht heute …

Blieb nur die Hoffnung, dass er – ohne vorher in der Küche herumzuschnüffeln – oben in seinem Zimmer verschwand und seinen ohrenbetäubenden Krach anstellte.

Doch Torsten verschwand nicht, er erschien in der Küche.

Und er hatte jemanden mitgebracht.

Sein rechter Arm lag auf den Schultern einer Kindfrau mit langem braunem Haar und frechfröhlichem Stupsnasengesicht, das einen amüsierten Blick versprühte.

»Mum, ich dachte ...?«

Torsten und Sina, beide konnten es nicht fassen.

Doch Torsten hatte sich schneller wieder im Griff. Sein Blick wanderte blitzschnell zwischen ihr und Chao und Chao und ihr hin und her. Auf dem Gesicht trug er das überlegene Schmunzeln eines Mannes, der das Leben kennt.

»Nicht schlecht. – Das ist übrigens Sandra. Sandra, das ist meine Mutter und ...«

»... Chao«, warf Sina verdutzt ein. »Das ist Chao.«

Chao nickte freundlich und verbreitete chinesischen Gleichmut.

»Wollt ihr was zu trinken?«, fragte Sina, wieder Mutter eines Sechzehnjährigen.

Torsten sah seine Flamme fragend an. Die schien nichts dagegen zu haben.

»Wäre nicht schlecht«, gab er als gemeinsame Losung aus.

Sina sprang auf, lief barfüßig über die kalten Fliesen zum Kühlschrank, holte eine Flasche Cola heraus und drehte sich um. Torsten stand ihr gegenüber. Sie hatte Angst vor seiner vernichtenden Meinung gehabt, aber der Blick, der ihr jetzt entgegenschlug, war offen. Er schien sich sogar für sie zu freuen.

»Vielleicht bis später«, sagte Torsten.

Er wandte sich Sandra zu und legte wieder seinen Arm um sie.

»Bis später«, sagte Sina.

Dann setzte sie sich wieder neben Chao und schwieg mit ihm eine Weile, bis er zärtlich ihr Kinn in die Hand nahm, sie auf den Mund küsste und sagte: »Ja, ich möchte.«

Danksagung

Danke allen, die den Roman möglich gemacht haben. Ich werde versuchen, euch auch in Zukunft nicht zu enttäuschen.

Mein besonderer Dank gilt:
Anna Mechler für die Motivation, einen Krimi zu schreiben.
Gisela Reese von der Stadtbibliothek Clausthal-Zellerfeld, die meine Recherche in der Historie so mütterlich umsorgt hat.
Nicht zuletzt Stefanie Rahnfeld für ein Lektorat, das mir in vielerlei Hinsicht den Blick frei gemacht hat.